하기주 장편소설

목숨

3

나남
nanam

나남창작선 182

목숨 3

2023년 3월 5일   발행
2023년 3월 5일   1쇄

지은이   河基柱
발행자   趙相浩
발행처   (주) 나남
주소   10881 경기도 파주시 회동길 193
전화   (031) 955-4601 (代)
FAX   (031) 955-4555
등록   제 1-71호 (1979.5.12)
홈페이지   http://www.nanam.net
전자우편   post@nanam.net

ISBN   978-89-300-0682-8
ISBN   978-89-300-0572-2 (전3권)

나남창작선 182

하기주 장편소설

목숨

3

나남
nanam

강세준 가계도

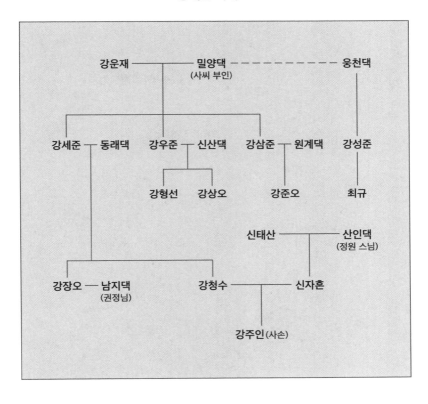

1940년대 동북아

1940년대 마산 일대

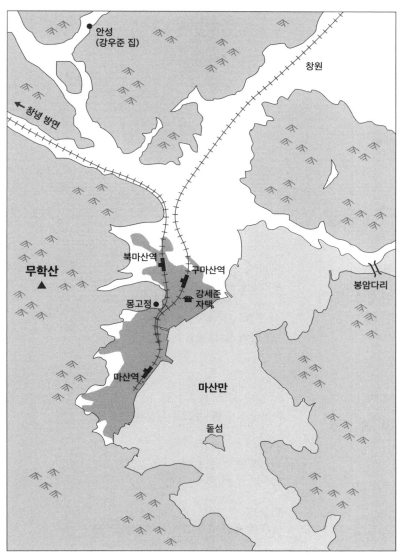

안성
(강우준 집)

창원

← 창녕 방면

북마산역

구마산역

무학산

봉암다리

몽고정

강세준
자택

마산역

마산만

돌섬

미국 텍사스대학 PCL(The Perry-Castañeda Library) Map Collection의 마산 지도를 바탕으로 작성.
이 지도는 1946년 미군이 1940년대 도시계획용으로 만든 일제의 지도를 참고해 제작한 것.

목숨 3

차례

8

등장인물 소개

― 강씨 일가 및 주변 인물

강운재 姜運載	3·1운동 때 총격으로 숨진 마산 유림 대표.
강세준 姜世駿	유교 가치관이 뚜렷한 강씨 집안 대들보.
동래댁	강세준의 아내, 강씨 가문의 종부.
강우준 姜又駿	마산 인근 안성에서 소 키우며 농업 종사.
신산댁	강우준의 아내.
강삼준 姜三駿	보성전문을 졸업하고 고무신 공장 경영.
원계댁	강삼준의 아내.
강성준 姜成駿	강운재의 서자. 슬하의 아들은 최규.
강장오 姜莊午	강세준의 장남, 일본 중앙대 법대 학생.
남지댁	본명은 권정님으로 강장오의 아내.
강청수 姜清壽	강세준의 차남, 중학교 5학년 졸업반.
강형선	강우준의 장녀, 고녀 학생.
강준오	강삼준의 장남, 사촌형 강청수를 따름.
최규 崔珪	강씨 가문의 서손, 북만주에서 항일투쟁.
영산댁 고씨 부인	남지댁 권정님의 모친, 강장오의 장모.
권윤칠	권정님의 집안 숙부로 강장오와 도쿄 유학생 친구.
박학추 朴鶴秋	강세준과 죽마고우 사이인 한의사.
김원봉 金元鳳	의혈단 단장으로 강삼준과 보성전문 학우.
조 曺 선생	마산 동인병원 원장.

― 바닷가 사람들

신태산 辛泰山	10세 때부터 어선을 탄 멸치잡이 전문가.
산인댁	신태산의 아내, 비구니 출신으로 법명은 정원靜圓.
신자흔 辛慈欣	신태산의 딸, 여고생으로 총명하고 외모가 수려함.
장용보	홀아비 어부로 지내다 해녀 수생과 살림 차림.
수생	제주 해녀의 딸인 벙어리 해녀.
장수명	장용보의 전처 소생 아들, 마산 행림옥 일꾼.
우렁쉥이 할멈	선장 춘성의 모친.
미더덕 할멈	어부 장용보의 모친.
상도	동신호 선주, 거제도 마을 구장.

― 밑바닥 민초 民草

천성규 千性圭	백정 출신으로 투우챔피언 담비소의 주인.
천중건 千重建	천성규의 아들, 의협심 강해 백지동맹 주도.
곽상수 郭相洙	만주에서 최규와 항일투쟁, 별명 '공산명월'.
은도 銀濤	김원봉을 사모한 기생, 행림옥 주인. 본명은 장정자
끈님	북면댁. 두리, 꼭지, 찬호(삭부리) 등 세 자녀를 낳음.
소엽 小葉	아명이 꼭지인 행림옥의 어린 기생.
용팔(용재)	강청수의 친구, 일본에 징용 갔다가 한쪽 팔을 잃음.
진환	강청수의 친구, 마산역 노무자.

― 연해주 및 흑룡강성 사람들

장씨 노인	함안 군북 출신의 유맹流氓, 최규와 농장 정착.
산청댁	장씨 노인의 아내, 횟배를 앓아 아편을 찾음.
언년	장씨 노인의 딸, '공산명월' 곽상수 청년과 혼인.
고달식 高達植	의협심 강한 싸전 양산상회 주인.
박 포수	본명은 박용섭, 호랑이를 잡은 명포수.
이상조	무장 항일단체 의혈단 단장 김원봉의 밀사.
사샤	러시아인 간호사, 최규의 탈출을 도움.
레오	사샤의 오빠, 비밀경찰 게페우GPU 요원.

― 일본인

가시이 겐타로	남해안의 '어장 군주君主'.
미노베	가마보코(어묵) 업자 노인.
야스오	미노베의 차남, 신자혼을 사모함.
도코모	미노베의 딸, 강청수를 짝사랑함.
오카다	악명 높은 특고特高 형사, 유도 고단자.
오쿠무라	고문 기술자 경찰관.
사사키	끈님을 겁탈한 산림 공무원.
고키	마산경찰서장.

― 기타 인물

김재우	경남도청 산업국장.
김태수	김재우의 아들, 강장오와 도쿄 유학생 친구.
조점식	마산 정미소 주인.
조태구	조점식의 아들.

사라져 가는 것들을 위하여

1. 부엌과 안방

세준의 선고先考 강운재姜運載의 제사 입재일入齋日이었다.

"질부야! … 치자 물이 곱게도 묵었네."

돌로 괸 솥발에 밥솥 뚜껑을 뒤집어 걸고 한뎃부엌에서 열심히 전을 부치고 있는 조카며느리 곁을 지나면서, 안성에서 아침 일찍 떠난 신산댁은 알은체를 하고 부엌으로 향한다.

남지 새댁은 장작불로 달군 솥뚜껑 불판에 파란 미나리를 가지런히 올려놓고 그 위에 치자를 물에 풀어 밀가루에 갠 노란 지짐 반죽을 한 판 떠서 올리면서 지나는 신산 숙모에게 역시 알은체를 한다.

"잘머이, 오셨어예?"

그녀는 회장回裝저고리 소매 끝단을 걷어붙이고, 화근내(탄내)가 눈지 않도록 불판에 돼지비계를 연신 둘러낸다.

지! 지! 지!

"불심 한 번 오지게 싸다."

신산댁은 목소리를 살짝 높였다.

기름 튀는 소리가 양철지붕 위에 소낙비 퍼붓듯 요란하게 자지러지고, 냄새는 바람을 타고 사랑채까지 건너간다.

바알간 치자 물빛은 양푼이 속에서 갈수록 진하게 우러난다.

세준은, 며느리가 집안에 들어와서 처음으로 맞는 조부의 제물을 장만하느라고 전을 부치고 있는 구수한 냄새를 맡으며 마음으로 흡족해 했다.

'오늘은 어른께서 손자며느리 절을 받으시고 얼마나 즐거워하실까.'

연기가 자욱한 부엌에는 제수 준비로 한창 부산했다.

"성님, 서둘러 온다는 기 늦었십니더."

신산댁은 형님 동서에게 인사를 드리며 부엌으로 들어섰다.

동래댁은 강씨 집안 종부로서 손아래 아낙들을 거느리고 제수祭需를 다듬고 제물을 조리하는 일을 일일이 챙긴 지 30년 가까이 되어 간다.

"어서 오게. 인자 막 시작했네."

바로 손아래 동서를 맞는다.

"신산 동서는 적접炙楪에 올릴 쇠괴기하고 닭괴기하고 생선부터 다듬어 주게."

이웃집 재강아지가 전 굽는 냄새를 맡고 찾아와 불판 곁에서 코를 벌룽거리며 쫄랑거린다.

"이놈우 강생이, 요게가 오데라고 근대 쌓노? 옛기! 저리 몬 가나!"

새댁 옆에서 제기를 닦고 있던 찬호 어미 끈님이 다가와서 팔을 휘저어 개를 내쫓고는, 지짐이 조각을 한 입에 넣고 우물거리며 눈을 흘긴다. 찬호 어미는 남지 새댁이 미덥다.

"제삿날에 와서 부엌일을 돕도록 하게. 새북같이 와야 되이, 저역(저녁)에 미리 모욕탕 들러 칼겋게(깔끔하게) 씩도록 하고. 머리는 매에매에 감아서 음식에 머끄댕이로 안 빠자야제."

동래댁은 며칠 전 찬호 어미를 불러 주머니 끈을 풀어 품앗이 돈으로 지전 몇 장을 건넸다.

끈님은 새댁 옆에 덕석을 깔고 앉아 놋그릇에 핀 동청을 벗겨내고 있다. 물에 적신 짚 뭉치에 재 가루를 묻혀서 바데기에 긴 묵은 때를 닦아내자 녹은 말끔히 가신다. 때를 벗은 방짜유기는 햇빛을 받아 반짝반짝 빛을 내면서 쌓여 갔다.

"보소, 새댁이! 내 말 좀 들어보소."

끈님이, 연기 때문에 고개를 외로 꼬고 눈살을 찌푸린 채 전을 부치고 있는 남지 새댁에게 말을 걸어왔다.

"모욕탕이라는 데, 거어 숭실받기(흉측스럽기) 짝이 없더라 카이. 냉탕에 찬물을 푸는데 불쑥 남정네 손이 들어오더라 칸께. 얼매나 놀래 자빠졌던지 가슴이 다 콩닥거리더라 말이요."

대중탕은 남탕과 여탕을 벽으로 구획 지어 놓고 헹굼 물은 그 벽 아래쪽을 터서 조그만 수조水槽를 만들어 놓았는데, 남녀 양쪽에서 공용으로 같이 쓰도록 되어 있었다. 목욕통을 쥔 남녀의 손이 양쪽에서 수시로 드나들었다.

"그런데 불에 뎄는지 손모가지도 뻘겋게 화상이 져서 징글받고 숭칙시럽더라 카이."

동래댁 앞에서는 감히 못할 소리다. 끈님은 남지 새댁이 아무래도 만만하다. 새댁은 듣기가 민망해서 말머리를 돌린다.

"찬물을 공동으로 쓰는 것은 물 애낀다고 그라는 갑네요. 수돗물도 다 돈 아인교?"

"아무리 그렇다 캐도 여탕 쪽에 남정네 손이 불쑥불쑥 드나드니, 그라다가 손목이라도 덥석 쥐게 되모 우얄 낀고? … 본데 일본 사람들은 남녀 구분 없이 한 탕에 같이 든다 카는 이바구는 들었다마는, 시상에 여자가 발가벗고 남정네 따라 탕 속에 함께 들어가다이 … 아이고 오 말만 들어도 넘사시럽고 징글맞다."

불판에 지짐이는 한바탕 요란하게 기름을 튀긴다.

일본 사람 목욕 풍속에 관한 끈님의 말을, 정지 문 옆에서 나물을 다듬고 있던 막내 동서 원계댁이 듣고서 신산댁한테 전한다.

"성님요! 일본 아아들은 남녀 내우도 없이 혼탕을 한다 카이 … 천지개벽이 났나아, 베락 맞을 짓이 아인교? 시상에 머슨 일이 그런 일이 다 있는고?"

드디어 동래댁까지도 그 소리를 듣게 되었다.

"천하에 상것들! 암것들이 사나아를 따라 탕에 같이 들어가다이, 선천에도 후천에도 들도 보도 몬한 짓이다. 하기사 가아들은 본데부터 의관이 없던 나라가 아이었더냐? 훈도시만 달랑 차고 … 아이고 오올(오늘)은 몬 들을 이야기를 다 듣겠다."

동래댁은 새끼손가락으로 귀를 후볐다.

그녀는, 소쿠리에 지짐이를 담아 안고 부엌으로 들어서는 며느리를 보더니 일렀다.

"야야아, 좌반거리 하거로 도미하고 조구부터 따듬어라."

새댁은 손톱만 한 도미 비늘을 정지칼로 툭툭 긁어내기 시작한다.

"조구 다듬은 손은 비린내가 타니까 식초로 손을 씩도록 해라이. 헛간에 마시다 남긴 막걸리 뒷병이 있다. 벌써 시어서 식초가 됐을 낀께 갖다가 손을 매에매에 헹구거라이 … . 어육을 졸일 때는 국물을 바듯하게 끓여 속에까지 고루 익히도록 해야 된다이."

동래댁은 새 며느리에게 할 말이 많다.

"그라고 야야아, 제숫거리는 고칫가리하고 파하고 마늘 다진 거는 양념으로 쓰는 기이 아이다. 구신께서 역하다고 고개를 돌리신다. 절간 음식맨키로 고마 간장하고 소금으로 간만 내모 된다이. 공 들이서 정갈케만 다듬으모 조상님께서도 기꺼이 흠향歆饗하신다아. 제사 음식은 정성이니라."

동래댁은, 새로 시집 들어온 며느리가 차종부次宗婦로서 장차 자기 뒤를 이어서 종부가 될 처지이니 처음부터 하나하나 자세히 가르쳐야겠다고 마음먹었다.

"가 고녀高女 공부는 마쳤겠다마는, 신식핵교에서 제사상 차림 같은 거를 가르치기야 했겠느냐. 내자란 부엌일을 옳게 배우야 지대로 배운 기지. 정지칸에도 법도는 있는 벱이다. 제사는 가가례라 집안 나름대로 각각 다 내림이 있니라."

며느리는 본시 남지 반가班家집안의 맏딸이어서 들은 것도 본 것도 있는 데다 교육을 받은 사람답게 쉽게 알아들었다.

시어머니는 희게 담근 나박김치를 보시기에 담고 간장도 한 종지 부어 도리반상에 올려놓는다.

동래댁은 며느리가 대개는 한 번에 알아듣는 것을 보고 말이 나온

김에 한꺼번에 늘어놓는다.

"우리 집은 삼대봉사하고, 제사를 부부합설로 모신다. 따라서 메와 갱, 잔반과 수저는 고위考位 비위妣位 두 분 것으로 쌍을 맞차서 올리야 한다이. 제상 진설은 오열五列로 차린다. 한복판에 탕이 한 줄 더 차지하는 까닭이라."

세준은 선고先考의 제삿날에는 의관을 갖추고, 고인이 애장하던 연계벼루와 서수필鼠鬚筆로 지방을 쓰고 축문을 닦아서 고인을 기리는 뜻을 한층 더했다.

그는 다락에서 자개함을 꺼내 서안書案에 올려놓았다. 그 속에서 괴목을 옻칠하여 만든 연상硯箱의 뚜껑을 열고 벼루를 천천히 꺼내 놓았다. 단계석 수암벼루였다.

곁에는 오늘 제사에 집사 일을 보게 될 청수가 앉아 있었다.

세준은 벼루의 석품石品을 아들에게 이야기해 주었다.

"이 베루는 석질이 엔간히 단단한 기이 아이다. 먹을 가는 묵도墨道에 미세한 봉망鋒芒이 소물게(촘촘히) 돋아 있어, 먹이 고루 갈리고 먹빛이 곱게 우러나니라. 숫돌에 칼 가는 이치를 생각해 보면 알아들으리라. 이 단계벼루는 붓털을 해치는 법이 없으니, 서수필하고는 좋은 짝을 짓느니라. 그래서 …."

우보 강운재 어른은 어린 세준이 《동몽선습童蒙先習》을 시작할 무렵에, 붓을 쥐기 전에 먼저 먹 가는 용묵用墨의 방법부터 가르쳤다.

지금도 그의 준엄한 목소리가 귀에 쟁쟁하다.

"묵법墨法을 알고 제대로 갈아야 먹빛을 살려낼 수 있느니라. 자세를 바로해서 먹을 쥐되, 경사를 짓지 말고 벼루에 바로 서게 해야 한다. 옛 선비들이 소맷부리를 걷어붙이고 먹 가는 품새를 보면 그자의 사람 됨과 필력의 내력을 알 수 있었느니. 곧추세워 위에서 아래로 가볍게 내리눌러서 그네 타듯이 천천히 갈아야 먹물도 곱고 깨끗하게 퍼지니라. 빨리 갈려고 들지 말거라. 서두르다가는 봉망에 긁힌 몽우리가 일어 장심색농漿深色濃을 얻을 수가 없느니라. 깊이 우러난 먹물로 짙게 피어오르는 먹빛을 얻기 위함이 먹을 가는 목적이 아니더냐?"

선친 운재는 세준에게 먹을 쥐고 벼루에 세우는 방법을 직접 보여주었다.

"묵색墨色에는 농담濃淡의 정도가 있다. 서가書家에서는 먹을 간 오랜 이력으로 농담을 뜻한 바대로 다룰 수가 있는 법인데, 발묵潑墨의 묘를 여기서 가려내니라."

발묵의 묘를 살린다 ⋯. 묵객墨客은 서화의 뜻에 맞추어 먹물을 갈아 썼다. 어린 세준은 선친의 가르침에 따라 1년간 어른의 붓글씨를 위해 먹을 갈고 나서, 비로소 붓을 쥐었다.

세준은 부엌에서 제수 차림으로 달그락거리는 소리를 귓전으로 흘리면서 벼루에 당먹을 석석 갈기 시작했다. 먹은 갈수록 뿜어내는 향내가 짙어진다. 은은하게 풍겨 오는 먹 냄새가 방 안에 무겁게 깔린다. 세준은 먹물이 갈린 정도를 묵향으로 가늠한다.

준오한테는 백부의 벼루에서 은은하게 건너오는 짙은 먹 냄새가 제사상에 피어오르는 분향의 매운 연기보다 더 좋았다.

백부는 가위를 꺼내 한지를 오려 지방을 만들었다. 문패같이 긴 네모로 오려서 상단을 둥글게 오렸다.

"하늘은 둥글다. 위가 하늘이다."

어른은 지방을 들어 보이며 청수와 준오더러 알아듣도록 설명했다.

"혼령은 하늘에서 내려오시고, 체백은 평평한 땅에서 나오시니라. 그래서 신위를 모시는 자리는 귀신이 좌정하시는 천지를 뜻하니라. 지방의 위가 둥근 것을 이제 알 것이니라."

세준은 검은 비단에 학 무늬를 수놓은 필낭을 들어내더니, 수실로 묶은 고를 끄르고 서수필을 끄집어냈다.

세준은 두루마기 소매를 걷어붙이고 연도硯道에 붓끝을 뉘여 먹물로 벌러 한 자 한 자 적어 나간다.

먼저 지방紙榜부터 썼다.

지방의 왼쪽 곁에 종서로 고위부터 써 내렸다. 곧추세운 붓이 한 점 흐트러짐 없이 자획을 박아 나갔다. 선친은 일찍이 세준에게 악필과 운완運腕에서부터 글자획의 전절轉折과 행필에 이르기까지 두루 가르쳐 주었다.

"붓을 놀릴 때 손목을 쓰지 마라. 운완을 해라. 팔로 저어 쓰란 말이다 …. 손목을 놀려서 재주를 부릴 일이 아니다."

어린 세준이 혹여 오자誤字를 쓰면 우보는 가차 없이 벌을 내렸다. 매듭이 총총한 대뿌리 회초리로 상처 자국이 나도록 종아리를 맞아야 했다.

짐짓 엄한 표정을 지으며 우보는 자식을 훈육한다.

"정신을 딴 데다 쏟고 글자 한 자 긋기를 함부로 하니, 붓을 쥐는 자세가 아니다. 서예는 서도書道라 하지 않느냐. 의관을 정제하고 경건한 자세로 마음을 비우고 한 획 한 획 온 정신을 쏟아 담아야 하거늘!

도를 닦는 정신이다. 견오백絹五百, 지천년紙千年 …. 비단 병풍이 오백 년을 간다면, 한지 족보는 천 년을 간다는 말이 아니겠느냐? 닥종이가 그러니라. 한 번 쓴 글씨가 천 년을 넘기는데, 어찌 글씨 한 잔들 벌로 (허투루) 날려 쓰겠느냐?"

오자 한 자에 매질 한 대였다. 아이의 종아리에 파고든 하얀 매 자국은 보라색으로 변해서 며칠간 지워지지 않았다.

"운필을 하되 붓이 딸려가서는 안 된다. 그것은 단지 필획을 그리는 것에 지나지 않는다. 붓이 운필을 끌고 나가야 한다. 붓끝에 혼신의 공력을 한껏 들여서 쓰인 글씨라야 한 자 한 자 그 필의筆意가 읽혀지느니라."

성격이 과감한 세준이어서 금세 필획에 힘이 실리기 시작했다.

세준은 하얗게 반들거리는 백동 담배통을 왼손에 말아 쥐고 오른손 엄지로 꾹꾹 눌러서 담뱃재를 다진다.

통통 통통통!

부엌에서 칼등으로 마늘 다지는 소리가 들려왔다.

총총총!

칼날로 파를 채 치는 소리도 들려온다.

이어서 동래댁이 무엇에 심사가 뒤틀렸는지 동서들 앞에서 내뱉는 소리가 들려온다.

"암것들이 사나아를 따라 탕에 같이 들어가다이, 선천에도 후천에도 듣도 보도 몯한 짓이다 …."

지방 쓰기를 마치고 나자 이번에는 한지를 대롱같이 말아서 손바닥으로 살짝 다져 접힌 자국을 행간 삼아 축문을 닦기 시작했다.

첫 번째 줄은 한 줄 건너뛰고, 두 번째 줄 위에서부터 석 자 위치에 내려서 이제라는 '維'(유) 자를 찍어 기준으로 삼고 써 내려갔다. 마지막 줄에 이르러 '饗'(향)이라고 따로 외자를 써 넣고 작축을 끝내자, 안도의 입맛을 다시면서 '흠향하소서' 하고 붓을 걷고, 소매를 내렸다.

세준은 소탁 위에 고인의 유물 일체를 올려서 제상 옆에 붙여 놓았다. 그는 축문지를 접어서 축판에 끼워 소탁에 올려놓고 마당으로 내려선다.

어른은 긴 대비를 들고 마당을 쓸기 시작한다. 싸악싸악 댓가지 스치는 소리를 듣고 남지 새댁이 부엌에서 고개를 내민다. 두루마기 자락을 바람에 날리며 빗질하는 시아버지가 노를 젓듯이 마당을 헤어 나가신다.

'어둑녘에 마당 청소는 웬일인고?'

며느리는 마당을 내다보며 생각했다.

'어른이 오시는데 제소祭所를 깨끗이 치워 놓아야지.'

며느리가 내다보자 세준은 한층 힘주어 눌러서 빗질을 해 나갔다. 지극한 정성이었다.

저녁이 되자 안방에서는 시국담이 오갔다.

"인자 곧 학병징집이 시작될 기라 합니다. 동경서는 내각에서 벌써 발표하고 대학생들 징집이 시작됐다 합니다. 총독부도 학도 출병을 서두르고 있다 합니다."

삼준은 우준 형님의 심정을 헤아리고 말을 뱉는다. 신문에서 읽은 내용을 이야기한 것이다. 안방에 둘러앉은 제꾼들 앞에서 맏형 세준은 누렇게 담뱃진이 묻어난 상아 물부리를 입에 물고 연기만 뻑뻑 뿜을 뿐이다.

"곡석이고 쇠쪼가리고 공출이라고 닥치는 대로 싹싹 다 훑어가고, 딸아들꺼정 정신대로 잡아가다 몬 해 인자는 젊은 대학생들꺼정 다 씰어 가서 조선 종자 씨를 말리삐릴라 카는 모앵이제."

"아아들 다 키어 갖고 손孫 볼 만하게 쌈터에 끌고 가서 명줄을 짤라 놓는 판이니, 후사는 어찌 잇는단 말인고? 으험, 으흐험!"

우준 동생의 말이 끝나자 세준은 헛기침을 역정스레 돋우고는 청수 쪽을 곁눈질로 힐끗 훔쳐본다.

"동경에 장오 조카는 우짤 셈입니까?"

학도병 징집통지서가 나오면 장오를 전쟁터로 내보낼 것인지 삼준이 묻는다.

"어허, 어허흠!"

세준은 짐짓 대수롭지 않은 일같이 헛기침을 하고는 크으윽, 하고 길게 가래를 끌어올려 타구唾口를 당겨서 퉤엑, 하고 뱉었다.

"진(자긴)들 안 가고 배기겠나. 조선 천지 방방곡곡에 일본 헌병이 좌악 깔렸으니 숨는다 칸들 어디 가서 숨을 것이며, 도망친다 칸들 어디로 치겠는가. 옴짝달싹이나 하겠더나 말이다. 난감한 일이다. 어허, 쯧쯧쯧!"

노인은 입맛만 다신다.

우준이 장바닥에서 들은 이야기를 늘어놓는다.

"하기는 요새 벵정 안 나갈라고 무단이 지 손구락도 짜르고 지 눈도 찌르고 해 쌓는다 캅디다마는, 아무리 목숨이 중하다 캐도 오데 그기이 사람에 할 짓입니꺼? 부모님한테서 받은 몸뚱인데 보중히 지키야지. 발부수지髮膚受之 … 청수야, 니는 우짜모 좋겠노?"

"…….."

청수는 말이 없다.

"니 생각은 멋고? 장오 다암에 니도 곧 징집통지서가 나올 거 아인가 말이다."

"저는 안 나갈 겁니더."

"그라모 우짤 긴데?"

"좌우간에 저는 안 끌려갈 겁니더."

"안 나가고 배길 재주나 있으면 얼마나 좋겠노?"

세준은, 한꺼번에 자식 둘을 전쟁터로 내보내게 된 답답한 심정에서 탄식조로 말했다.

"전쟁은 오래 못 갑니더. VOA '자유의 소리' 라지오 방송을 들어 보면, 태평양전투에서 일본이 연전연패해서 미군이 파죽지세로 몰려오고 있습니더. 일본은 이미 패색이 짙었습니더. 대본영大本營에서 발표하는 승전勝戰보도는 전부 거짓말입니더. 일본군이 이겼다고 하는 것은 지엽적인 소전투에서 이긴 것을 과장해서 발표할 뿐입니더. 인제 곧 전쟁도 끝이 납니더."

삼준은 조카의 말에 맞장구를 쳤다.

"맞다. 일본이 미국을 덥석 물고 집어삼키려고 했지만, 그기이 아니다. 두고 봐라, 인제 곧 게워내게 된 판국이다. 그러니까 일본은 불개다. 해를 삼켰다가 뜨겁어서 도로 뱉아낸 불개 말이다."

그러나 세준은 뜨악하여 걱정스런 말투로 자식을 걱정한다.

"허허어! 야아가 간 큰 짓을 하고 있네. 경성방송국 단파밀청短波密聽 사건 이야기도 못 들었나? 직원들이 해외 독립방송을 듣다가 헌병들한테 끌려가서 개 패듯이 얻어맞았다 안 하던가."

"이불을 뒤집어쓰고 들어도 단파방송은 다 잽힙니더. 한 1년만 버티면 확실히 전쟁은 끝납니더. 저는 그동안 피해 버릴 작정입니더."

"무슨 재주로? 어디 가서 숨어 있을라꼬?"

세준이 물었다.

"만주로 올라갈랍니더."

세준은 끄윽, 트림을 길게 하고 묵묵히 담뱃대만 빨고 있다.

"네가 그 먼데까지 올라간다고? 산 설고 물 설고 낯선 데 가서 어떻게 견뎌내겠다고?"

세준은 한숨 섞인 탄식조로 중얼거렸다.

"힘깨나 쓸 만한 사나자석은 병정이다 징용이다 도피다 해서 모조리 떠나가고, 늙어빠진 쭉쟁이 노인들만 남게 되었구나. 고향 산소나 지키고 앉았을 뿐 달리 무슨 쓸모가 남은 인생이겠는가. … '굽은 소나무가 선산을 지킨다'고 … . 그러나 저러나 니 공부 재주가 아깝다. 중도에 포기하기에는."

삼준이 청수의 학업을 걱정해 주었다.

"괜찮습니더. 잠시 피해 있다가 공부는 다음에 다시 시작해도 됩니더. 우선은 몸부터 피해 놓고예."

"그렇다. 공부는 다음에 또 새로 할 수가 있다."

해가 졌다. 부엌에는 호야 등불이 켜졌다. 아궁이의 장작불은 벌겋게 날름거린다.

　제수 차림이 더욱 부산해졌다. 밤은 깊어 갔다.

　"제상에 올리는 음석은 가짓수가 정해져 있니라. 짐생하고 물괴기로 채린 접시는 홀수로 올리고, 떡하고 나물은 짝수로 채린다. 이것은 다 이치가 정해져 있으니, 산 짐승은 하늘이 내린 목숨인께 하늘은 양陽이라 홀수로 채리고, 땅에 뿌리를 박고 나는 곡식은 흙이 싹을 주었으니 땅은 본시 음수陰數라 짝수로 채리니라. 천산天産은 양수고, 지산地産은 음수다. 이것이 음양오행의 조화에 맞추는 것이니라."

　동래댁은 숙채나물과 청채나물을 각각 제기에 가지런히 담으면서 며느리에게 일러 상차림을 가르친다.

　새댁은 속으로 기가 찼다.

　'와이고오, 무슨 상차림이 이리도 분잡한고…. 어떻게 낱낱이 다 외우라고?' 그러면서도 한편으로 '시어머닌들 날 때부터 다 안 것은 아닐 테고 … 하다 보면 차차 알게 되겠지.' 하고 스스로 위로했다.

　"그라고 제상에는 더운 음석을 올리야 될 기 있다. 제주祭酒를 올리디리모 술안주가 있어야 될 거 아이가? 그기이 적炙이다. 헌작을 디리는 순서에 따라 육적肉炙하고 어적魚炙하고 계적鷄炙을 차례차례로 데펴서 올리는 기라. 쇠괴기하고 물괴기하고 닭괴기하고 셋 다 천산이니 삼적三炙이 되는 것이다."

　"아이고 색깔도 곱제. 돌가지(도라지)는 흰색, 고사리는 갈색, 시금치하고 미나리는 파란색으로 나물이 원청(한결) 정갈해 보이네."

　신산댁은, 동래댁 형님이 손가락으로 주물럭거리며 다듬는 나물을 건너다보며 탄성을 지르면서 생선적에 쓸 도미 비늘을 긁는다.

멧밥을 안칠 때가 되었다.

"야야아! 고방에 가서 위토位土 쌀을 퍼 오이라. 멧밥을 안치야제."

동래댁은 왼쪽 무르팍을 세우고 턱을 괴고 앉아 콩나물을 다듬고 있는 며느리에게 이르고, 쇳대 꾸러미를 넘겨주었다.

선산 옆 위토位土에서 거둔 나락은 절구방아로 열두 번을 찧어서 괴목 뒤주에 채워 두고 제사 때만 내다 썼다.

위토 논은 저수지 아래 갓골에 있는 상답上畓논이었다. 선영을 둘러싼 금양임야 숲에는 논둑에까지 물꼬를 댄 웅덩이도 파 놓았다.

시어머니는 새 며느리가 오늘 제사에 참사해서 시조부님 내외분께 절을 드려야 하는 순서를 머리에 떠올렸다. 곧 옷을 갈아입혀서 치장을 시키도록 해야겠다고 생각했다.

그러면서도 자칫 멧밥을 태우거나 질게 할까 보아서 염려스럽기도 하다.

"먼저 쌀을 잘 씻거 갖고 소쿠리에 담가서 물에 불렀다가, 한참 만에 건지내서 물기를 빼고 솥에 안치야 한다이. 장작을 쌓아 센불로 지펴서 후꾼 데펴(데워)라이. 바글바글 버끔(거품)이 잦아들모, 뚜껑을 열어 김을 뺐다가 다부 닫아서 자작자작해진 쌀을 뜸 들이거로 해라이, 불을 중하로 낮차서 말이다. 밥이 졸아들어 이내 고들고들 익거든 내한테 맽기고, 니는 퍼뜩 들어가서 갱의更衣 준비를 서두러거라."

장차 종부가 될 맏며느리가 시집오면, 제사에 참사해서 아헌亞獻잔을 올려 조상에게 인사를 드리도록 하는 것을 세준은 예서禮書에서 읽었다. 동래댁도 시집와서 아헌잔의 예를 치렀었다.

제사를 며칠 앞두고 동래댁이 세준에게 차종부의 옷차림에 대하여

의견을 물었다.

"자아가 장차 세손世孫을 이을 몸이니 아버님께 절을 올리는 것이 아니겠소. 어른께서 보시고 얼매나 기엽고 흡족해하시겠소. 손자메누리를 맞는 질거운 자리이니 화복華服으로 치장시켜서 아헌잔을 올리도록 해야 할 것 아니겠소?"

동래댁은 30여 년 전 이 집에 시집와서 첫제사에 연지곤지 찍고 조상에게 아헌잔을 바치던 일을 아련히 머리에 떠올리며 영감에게 말했다.

"그리 못할 일도 없제. 재최齋衰 3년이라 탈복을 한 지 오래됐고, 어른도 지하 묘토에서 벌써 육탈肉脫도 끝이 나셨을 터니, 인자 제삿날은 슬픈 날이 아니라 오히려 어른을 친견하는 즐겁고 반가운 날이 아니겠소. 첫아기 인사 올리는 복장은 그리하도록 합시다."

세준은 어른께 어서 손자며느리를 보이고 싶어서 아침부터 새댁을 불러다가 미리 일러 놓았다.

"조부 제사에 헌관獻官으로 참사해서 아헌잔을 올려야 하느니 그리 알고 있거라. 옷차림은 폐백 때맨키로 시부모 앞에서 입었던 대로 하고 절도 그리하면 된다."

"예."

"그런데 한 가지 물어보자. 큰절 할라고 공수拱手할 때 양쪽 손바닥을 어찌 두는고?"

며느리가 답했다.

"아낙네는 왼쪽 손등 위에 오른쪽 손바닥을 포갠다고 들었십니다."

"맞다. 3년 대상大喪을 마친 제사는 길사이니 그렇다. 그런데 그것이 초상 같은 흉사에는 왼손 오른손의 포개는 방법이 정반대로 된다.

명심하거라이. 그걸 모르고 거꾸로 했다가는 큰 실례가 된다이."

시아버지는 잠시 말을 쉬었다가 다시 묻는다.

"내가 염려가 돼서 한 가지만 더 묻겠다마는, 공수는 두 손을 얼마 만큼이나 들어 올리모 되겠는고?"

"수한 손을 어깨높이에서 수평이 되게 들어 올리고⋯."

시아버지가 끼어들었다.

"너무 치켜들모 게드랑이가 드러난다. 조심하거라이!"

시아버지의 말은 명확하고 준엄했다. 새댁은 민망해서 고개를 잠시 외로 꼰다.

조선은 성리학의 나라였다. 성리학은 엄격한 규범과 까다로운 절차를 정해 놓고, 사람의 삶이 이 테두리 안에서 밖으로 벗어나는 일이 없도록 칭칭 얽어매어 놓았다. 양반은 이를 지켜야 했고, 상놈은 이를 따르지 못하게 하였다.

세준은 물려받은 전통을 지켜 나가려고 안간힘을 썼으나, 세상은 하루가 다르게 개화되어 가고 있었다.

2. 제사 모시기

밤은 자시子時에 들어선 지 한참 되었다.

"대문은 활짝 열어 놓았느냐?"

기둥시계가 열두 점을 울리자 세준은 청수더러 확인하였다.

봉사주인인 세준은 제청에 마련된 놋대야물에 손을 씻고 목면수건으로 손을 훔쳤다.

"축관과 집사도 손을 씻거라."

축문을 읽을 삼준과 제사진행에 집사 일을 맡을 청수에게 이른다.

'조상의 혼령이 천상에서 내려오시니 속세의 부정 탄 것을 말끔히 씻고 접신接神을 해야지 … .'

그는 상차림을 주욱 들러보고 제수가 놓일 자리에 다 놓인 것을 확인하고는 집사에게 일렀다.

"육적을 들이도록 하거라."

모두들 나이와 촌수로 항렬行列에 맞추어 제청祭廳에 시립했다.

제주祭主는 황색 안동포로 지은 도포를 둘러 입었고, 우준은 광목 두루마기를 걸치고, 삼준은 와이셔츠에 양복 차림이고, 청수는 학생복을 입고 있었다. 준오는 무명 저고리에 중의 차림으로 서 있다.

'복장이 제각각이로구나. 참례복장은 워낙이 관복이거나 아니면 한복 정장에 도포를 걸쳐야 할 일이로되, 그동안 많이 바뀌었구나.'

세준은 생각했다.

세준의 선친이 봉사주인이었던 24년 전만 해도 참사자들은 모두 도포나 두루마기를 입고 머리에는 유건儒巾을 둘렀다. 고종이 개혁정치를 표방하고 김홍집 내각이 단발령을 내렸다 하나, 아직도 유가의 어른들은 머리를 자르지 않고 상투를 튼 채 망건과 갓을 쓰고 다니던 시절이었다.

세상이 변했다.

'제삿날에 무슨 기쁜 일이 있다고 희희낙락 웃음소리를 내겠으며, 민망하게 현란한 색상을 차려입겠는가. 그저 조용히 고인을 기리는 자리이니, 선현들이 제복祭服도 격식을 차려 정해 놓았거늘, 오늘에 와서 그저 편하게들 입고 나오니 이것은 세상이 바뀐 것이라. 허나 어쩌랴, 시속을 따르라 했으니.'

조모상을 당했을 때 장오는 심상소학교尋常小學校 학생이었다. 학생 신분 아들에게 삼베로 지은 상복을 입혀 학교에 보낼 수가 없어서, 세준은 상중임을 알리는 표지로 교복 상의 호주머니 깃에 삼베조각의 상장喪章을 달아 주었다.

"달고 다니거라. 니 자신도 의당 상중에 근신하여야겠지만, 주위에서도 알아서 그리 대해 주도록 하는 포대다."

원래 장손은 기친朞親에 들기 때문에 조모상을 당하여 옛날 같으면 상복을 1년간은 입어야 했다. 그러나 며칠 뒤 아들이 어느 틈에 상장을 떼어 버린 것을 발견했다.

"어떻게 된 것이냐, 좀 더 달고 안 댕기고?"

"아무도 다는 학생이 없는데 혼자서 달고 있어서 … 인자 떼도 되겠다 싶어서예."

세준은 자의적으로 해석하고 처신한 자식만을 나무랄 수는 없었다. 상장에 대해서 명확하게 그 패용의 뜻과 기간을 일러 주지 않은 자신에게도 책임은 있다고 생각했다.

'서당교육도 아니고, 신식교육에서 초상 치르는 것을 가르쳐 줄 리가 만무하지. 소학교에 보내 놓고 옛날식으로만 고집할 수가 없는 일이 아닌가. 세상이 바뀌었다.'

세준은 아들의 입장을 이해했다.

장오나 청수는 아직 학생이라 따로 입힐 두루마기도 없었거니와 따로 마땅히 입힐 복장이 없어서 제사에 나오는 자식들에게 일렀다.

"너거는 교복을 입도록 해라. 학생복이 너거들 제복制服이 아니냐."

그러다가 지난봄에 장오가 장가를 들자, 도포를 한 벌 지어 놓고 혼자서 중얼거렸다.

'너는 세손이니 오래잖아 제사를 물려받을 터인즉, 앞으로는 이것을 입고 봉사토록 하거라.'

그러나 장오는 동경에 가 있는 몸이니, 그간 아직 한 번도 집안 제사에 참사하지 못하여 도포를 장롱 속에 넣어 두었다.

유건儒巾 문제만 해도 그렇다.

'감히 부모 앞에 자식 된 자가 어찌 풀어헤친 산발을 보이겠는가? 옛날 나라에 죄지은 대역大逆 죄인들이나 머리끄덩이를 풀어놓던 일이 아니던가. 부모 앞에 나갈 때는 당연히 유건으로 산발을 가려야 할 일이지.'

세준이 고집해서 집안 제삿날에는 미리 준비해 둔 유건을 모두 쓰게 했다. 더벅머리 우준이나, 단정丹頂 포마드를 발라 빗어 붙인 삼준이

나, 더펄머리 청수나, 까까머리 준오나 모두 한결같이 유건을 덮어쓰고 서 있는 모습이 도통 괴이쩍기 짝이 없다.

제상은 8폭 병풍이 감싸 안듯이 상을 둘러치고 있고, 고위와 비위 양위의 메그릇과 갱그릇 자리의 한가운데에 지위판이 세워져 신위의 자리를 고즈넉이 지키고 있었다.

제주祭主는 지위판에 지방을 붙였다.

집사가 초 심지에 불을 당겼다. 밀랍향초는 명촉했다.

세준은 다시 한 번 제상을 챙겨 보았다.

굵은 황촉이 촛농을 녹여 내리며 밝은 구릿빛을 비치고, 놋쇠그릇은 반짝였다.

제주는 일찍이 선친이 지방 모시는 방위에 대하여 하시던 말씀이 또렷이 기억 속에 살아났다.

"제청에 차린 제상의 방위는 서쪽이지만, 의례에 관冠은 남면南面한다 했으니, 고위께서 좌정하신 자리를 북위로 쳐서 그 좌우의 방위를 동서로 정하여 제수를 진설하느니라. 산 왕이 남면하나, 돌아가신 망주亡主 또한 남면으로 모시느니라."

세준은 먼저 떡 괴임을 살펴보았다. 본편 시루떡이 굽 높은 편틀 위에 기왓장 포개 올리듯 다섯 겹으로 괴어져 있다. 그 맨 꼭대기에 웃기떡이 화려한 색깔을 뽐내며 얹혀 있다. 거기 비하면 사군자 떡살로 누른 절편은 차라리 담백하기조차 하였다. 또 채를 친 밤과 대추를 고명으로 얹은 백편과 부편이 괴여 있고, 편청과 조청을 곁들여 놓아 떡을 찍어 드시도록 하여 놓았다.

제주 자신이 공들여 오려 놓은 피문어가 부챗살처럼 벌어져 멋을 부린다. 본디 벌거죽죽한 색깔이었으나 칼날에 진집이 드러난 속살은 하얀 꽃잎 같다. 고즈넉이 영발이 서려 있다. 문어 다리는 차례차례 칼집을 넣어 산호 모양으로 저며 놓았다.

　삶은 문어는, 흡판이 단추처럼 달린 다리를 말아 꼬챙이로 꽂아 안정시켜 놓았다. 젓갈도 눈에 들어온다. 멸치 생젓은 속살이 반쯤 삭아 빨간색을 드러내고 있다.

　오열에는 과일과 조과가 늘어서 있다. 홍동백서紅東白西, 이시조율 색색으로 각자 촛불을 되받아 빛을 뿜내고 있다. 그중 홍시가 붉은색으로 단연 선명하게 밝다. 사과와 배는 괴기 편하게 아래와 위를 도려내어 앉혀 놓았다.

　달은 차디찬 먼 빛이고, 가마득한 별은 강변에 모래알같이 깜박일 뿐, 오밤중 캄캄한 가운데 촛불만이 주위의 어둠을 사르고 있다. 심지가 물고 있는 불꽃으로 황촉은 노란 반투명이다.

　주인은 향안 앞으로 나아가 북향해 읍揖하고 꿇어앉아 향을 사른다. 오른손으로 향합에서 향목개비를 집어 올려 세 번을 태웠다. 생솔가지 태우듯이 푸르스름한 연기는 너울거리며 위로 올라가더니 내음만 남기고 사라진다. 향내는 대청을 채워 넘쳤다. 이윽고 그 냄새는 하늘에 닿고, 혼령은 연기를 지르밟고 내려와 지방의 신위에 진좌鎭座한다.

　매운 향 내음은 졸리는 준오의 눈 속으로 파고들었다. 코로 들이마셔 본다. 잠이 달아났다. 큰집 우물가 향나무는 꼬불꼬불 용트림을 하고 올라갔다. 가을이 가기 전에 백부는 향나무 가지를 잘라다가 그늘에 말려서, 마고자에 매단 은장도로 향 개비를 저몄다.

옆에 다가앉아 들여다보고 있는 준오에게 알아듣기 어려운 말을 해 주었다.

"사람이 죽으면 혼은 몸을 빠져나와 하늘로 올라간다. 혼령이 빠진 체백은 땅 밑 유택으로 모신다. 제삿날 후손들이 이 혼백을 한자리에 모셔 놓고 제사를 올리는 것이다. 이 영육이 합쳐 좌정한 자리가 바로 신위神位다."

그는 한 개비 한 개비 정성스레 향목을 다듬었다.

"향나무에는 조상의 신령이 서려 있고 서기가 있어서 잡귀가 범접을 못하니라."

아이는 망자의 혼이 빠져나가던 날, 새를 타고 이렇게 연기처럼 너울너울 춤사위를 지으며 하늘로 올라갔나 보다 하고 생각했다. 할아버지는 필시 우물가 향나무 냄새를 기억하실 테니까 제사상으로 내려오신다고 믿었다.

모사기茅沙器에는 볏짚을 한 움큼 쥐어서 낫으로 다듬어 붉은 실로 묶어 다발을 지어 꽂아 놓았다. 주인은 모사기의 모래와 띠풀에 술을 치는 사정을 일찍이 선친이 설명해 주시던 말이 생각났다.

"모래는 땅이다. 곧 유택이다."

이어서 자세히 설명을 더해 주었다.

"명당자리는 사토질의 땅이라야 한다. 첫 삽질에 물씬 운김이 솟고, 한 삽 쉽게 떠지는 사토의 땅. 그 속에서 형해는 바싹 말라 곱게 누워 계신다. 젖어 있으면 썩어서 괴로워한다. 안녕하지 못하다. 꿈자리에 나타나 역정을 내신다."

그리고 물을 대는 관주灌注에 관하여도 설명했다.

"주정은 곡물의 정수고, 물의 기운이다. 술은 신령들이 마시는 물이다. 물은 생명의 근원이다. 겨우내 얼어붙었던 나뭇가지를 살려내어 꽃을 피우고, 물괴기를 숨 쉬게 하여 알을 슬고, 목마른 소가 물을 마셔서 목숨을 이어가게 한다. 물에 영통한 기운이 있어 체백體魄을 불러 일으키니라. 너거들도 모도 물에서 났니라. 유택은 그래서 물굽이가 돌아나가는 곳이 명당이니라."

세준의 제주祭酒를 받고 지하 유택에 계신 선친의 체백은 젖어오는 수기水氣에 감응하여 깨어나서 지방의 자리로 찾아왔다.

"들어 보거라. 초례청에서 부부의 연을 맺을 때 신랑 신부가 각각 잔에 술을 부어 인연을 맺는 근배례巹拜禮가 있지 않더냐? 이 부부 근배는 술을 마시든 못 마시든 술로써 예를 갖추었니라. 제사에서 그대로이니라."

강신降神분향으로 하늘 천지신명에게 혼령을 구하고, 강신뇌주로 지하 유택에서 잠든 체백을 구하여 신위의 자리에 혼백을 모시고 굽어보는 가운데 제사는 시작되었다.

주인은 초헌잔을 올렸다.

그리고 진찬進饌을 일렀다. 더운 제수를 올리는 차례다. 집사가 육적을 날라 와서 제상의 중앙에 괴이고, 소금 종지도 그 곁에 따로 올렸다. 집사는 고위와 비위 두 신위의 밥그릇과 국그릇의 뚜껑을 연다. 위토밥은 차지고 고들고들해서 윤기가 자르르 흐른다.

축관을 맡은 삼준이 주인의 왼쪽으로 나아가 축판을 들고 북향해 서고 나머지 제꾼들은 꿇어앉는다. 제주는 한 발 물러나 지방을 향해서 읍하고 두 번 절하고 제자리로 물러난다. 절을 할 적마다 유건이 접친 부분에서 까딱까딱 논다.

"유우세차 게미이 구워얼삭 시입오일 신묘오維歲次癸未九月朔十五日辛卯!"

축문 읽는 소리가 낭랑하게 흘러나온다.

"효자아 세주운孝子世駿!"

봉사자를 밝힌다.

"현고오 학새앵 부군顯考學生府君!"

제의 대상이 되는 망부, 망모 두 어른의 본관을 밝히고 나서 행을 바꾸어 계속 읽어 내린다.

'귀신 부르는 소리는 어려운 말로 해야 알아듣는 갑다.'

축문 읽는 소리를 들으며 준오가 생각했다.

사위가 잠든 오밤중에 축 읽는 청아한 소리가 소슬한 공기 속으로 사라진다. 단전丹田 아래에 깊숙한 뱃심을 버티고 끌어올리는 성량을 청대나무 속같이 빈 울대의 결절結節을 쬐어 가며 낮고 굵직하게 쏟아 내었다.

축문 낭독은 장단은 있되 높낮이가 없다. 잠시 숨을 들이마시다가 길게 자아내는 청아한 소리는 저승에 건너가는 울림이 아니던가. 이 승과 저승을 오가는 메아리는 떨렸다. 귀신을 달래는 소리는 청승맞 았다. 그러나 근엄했다.

제꾼들은 꿇어앉아 기침소리 하나 없다. 독축은 느릿느릿 한참이나 계속되었다.

"저너헌사앙 햐앙奠獻尙 饗 … ."

긴 여운이 꼬리를 끌고, 독축은 끝이 났다.

삼준은 문구와 태극기 등 고인의 유품이 놓인 소탁 위에 축판을 내려놓는다.

모두 일어난다. 주인은 맨 나중에 일어나서, 읍하고 두 번 절한다.

아헌례亞獻禮의 절차가 되었다.

집사는 육적을 거두고 어적을 내왔다. 주인은 물러서고 차종부로 참사한 새댁이 헌관을 맡았다. 새댁은 화사한 화복 차림으로 변복하고 향로 앞으로 나아가 가만히 두 손을 모아 공수를 짓는다. 왼손을 오른손 위에 포갰다. 읍揖의 예를 드린다.

공수한 손이 무릎을 지날 때까지 허리를 수그렸다가, 다시 몸을 펴면서 손이 눈높이에서 수평이 되게 올려서 잠시 머물다가 내려서 공수를 풀고 배석拜席에 꿇어앉는다.

연두색 원삼에 까만 공단으로 지은 족두리를 썼다.

제청이 환해졌다. 제상 위에 차린 형형색색의 제물도 저마다 빛을 자랑하고 있다. 색과 빛의 잔치다. 그날은 30년 전 동래댁이 시집오던 해 이래로 처음 있는 화려한 제사였다.

촛불 아래 다소곳이 웅크리고 앉은 새댁의 모습은 이른 아침 안방 시부모 어른에게 조신하게 문안 올리는 신부의 자태이다. 조부인들 바라보는 그 모습이 어이 즐겁지 않겠는가.

'오늘 제사는 잔칫날과 진배없다.'

이 화려한 제삿날의 제주인 세준은 흐뭇했다.

헌관은 제상 위의 상차림을 살펴본다. 대추고임이 그녀의 눈에 제일 먼저 들어왔다.

지난봄 신행 와서 구고舅姑의 예를 올리던 자리에서 시아버님이 하던 말씀이 언뜻 머리에 떠올랐기 때문일까. 따뜻한 술에 재워 불콰한 빛을 더해 더욱 짙고 보기 좋게 불어난 실한 대추를 치마폭에 한 움큼 던져 주시며, 신부에게 은근히 들려주던 당부의 덕담이었다.

"저 어쭙잖아 보이는 대추나무를 한 번 살펴보거라. 원래 암수 한 몸인지라 유독 열매를 많이 다느니라. 꽃이 나온 자리에는 반드시 열매가 주렁주렁 달리니 이 어이 기특한 일이 아니겠느냐. 필시 자손을 번식시키기 위한 조화임에 틀림없다. 제수로 올리는 과일 중에 대추가 으뜸인 것은 바로 이 다산多産을 기원하기에 좋은 뜻을 가진 열매이기 때문이라."

시아버지는 자손이 번창하기를 바라는 간절한 마음에서 처음 맞이하는 며느리에게 대추를 들먹인 것이었다.

시어머니가 덕담을 이었다.

"대추씨는 통씨여서 비미(여간) 여문 기이 아이다. 이빨로도 뿌사(부수어) 지지가 않느니라. 그와 같이 굳은 절개와 기상을 가진 혈통을 자손으로 잇아가겠다는 의미가 참으로 가상한 일이 아인가배. 자식을 낳아 키우되 능히 대추씨같이 여물게 케아야 하니라."

새댁은 퇴작한 잔에 술을 치고 잠시 제상을 훑어보았다. 밀랍향초 불빛 아래서 상차림은 찬연했다.

그녀는 노구솥에 지은 노구메 고봉 멧밥을 보며 시어머니의 근엄한 얼굴이 떠올랐다.

"놋주발을 뜨겁운 물에 담가뒀다가 멧밥을 담아야 한다이. 지사 끝날 때꺼정 젯밥이 안 식거로. 지사는 정성이라, 공을 쏟아야 하니라."

시루떡 위에 잔뜩 멋을 부리고 꾸며 놓은 웃기떡이 눈에 들어왔다. 하필이면 그때 일이 떠올라 피식 웃음을 흘릴까 걱정되어 입술을 지그시 깨물었다.

그때 일이란 … 새댁은 오전 내내 솜씨껏 웃기를 꾸며 이쁘게 멋을 내었다. 찹쌀 반죽을 빚어 번철에다 애호박 토막 낸 듯 눌러 다지고, 보라색 들국화 꽃잎과 쑥 이파리를 늘어 얹고 굵게 채를 썬 대추로 꾸며서 지져낸 화전花煎과, 찹쌀가루에 꿀로 버물려 기름을 둘러 지져낸 주악助岳을 챙겨서 부엌으로 들어와 시루떡 위에 울긋불긋 꾸며 올리자, 새색시 이마에 두른 화관처럼 단연 눈길을 홀리는 앙증맞은 모습을 두고 원계댁은 찬탄하여 마지않았다.

"와이고, 시상에 이뿐 거 바라, 기상 오라비 갈롱(겉멋) 부리듯이 끼미(꾸며) 갖고!"

그 말을 신산댁이 받았다.

"오입쟁이 떡맨키로 해 갖고!"

아낙네들은 키득거렸다. 부엌일 노고에 아낙들은 웃음으로 잠시 피로를 푼다. 새댁도 손으로 입을 가리고 웃었다.

"안방에 시아버지 들으실라! 제삿날 방정시럽게 웃을 일이 머가 있다고."

동래댁은 동서들한테 할 말을 바로 못 하고 애꿎은 며느리를 나무라고, 굽 달린 놋쇠그릇에 나물을 묵묵히 담는다.

제상에 정성스레 고여 올린 각종 제수 차림은 저마다 각각 홍, 청, 황, 갈색으로 촛불을 받아 빛을 발하고 있다.

갓 거둔 홍시가 주황빛으로 탱탱하고, 하얗게 꼭지를 도려낸 배는 그 옆에 도사리고 앉았고, 깎아 놓은 밤은 우윳빛으로 말끔한데 할머니 젖꼭지같이 말라 쪼그라든 대추는 불콰하다.

어탕 그릇에 올린 홍합꽂이가 황톳빛으로 촛불을 받아낸다. 침채沈菜 보시기에 물이 자작자작하게 담긴 나박김치는 무 조각을 하얗게 띄우고 있다. 채를 친 청고추와 홍고추가 파란 미나리와 썬 오이 토막과 함께 색깔을 돋운다.

한 접시에 담아 내놓은 숙채나물도 눈에 들어온다. 시금치는 파란 색을 짙게 띠고 도라지는 흰색, 고사리는 갈색으로 삼색 나물은 정갈하다. 물에 데운 미나리는 진초록이 여전하고, 치자로 곱게 색을 낸 전은 노랗다.

고명 장식은 화려한 빛을 더했다.

요요히 내리비치는 촛불을 받고 정갈하게 차려 놓은 제물 위에 귀기가 서린다.

차종부 새댁은 집사인 아주버니가 따라 준 술잔을 받아 향불 위에 세 번 돌리고 다시 집사에게 건네준다. 집사는 받은 잔을 제상 위의 잔반에 소리 나지 않게 조용히 내려놓는다.

이제 숙배肅拜를 드려야 할 차례가 되었다.

공수를 어깨높이로 들어 올려 이마를 숙여 손등에 갖다 댄다. 족두리에 두른 장식이 불빛에 출랑인다. 품 넓은 원삼의 소매통이 넉넉하게 쳐졌다.

세준의 눈에는 머리에 단정丹頂을 인 재두루미가 막 나래를 펴는 모습으로 비쳤다. 귀엽다 못해 고결하였다.

'이 얼마나 경하스런 일인고!'

헌관은 시집오기 전 모친한테서 절하는 법을 배워 연습을 해 두었지만, 평절과는 달라서 할 때마다 여간 조심스럽지 않았다. 혼례 때에는 혹여 신부가 주저앉는 일이 벌어질까 봐서 곁에서 수모가 부축했지만, 혼자서 해 보니 큰절은 그리 간단한 일이 아니었다.

헌관은 공수한 손등을 이마에 댄 채, 왼쪽 무릎을 먼저 꿇고 이어서 오른쪽 무릎도 가지런히 꿇는다. 연후에 오른쪽 발등을 아래로 두고 왼쪽 발등을 그 위에 포개 얹고 버티면서 깊숙이 엉덩이를 내려앉는다. 순간 균형을 잃었다. 그만 그 자리에 털썩 주저앉고 말았다. 헌관은 공수한 손을 풀고 얼른 방바닥을 짚었다.

무장한 군인의 진중陣中 군례軍禮에서 따온 이 숙배의 큰 절은, 절도와 군기에 단련되지 않은 아녀자에게는 아무래도 무리였다.

"끄응!"

세준은 앓는 소리를 내었다.

'불경인지고. 어찌 저리 경망할 수가 있단 말고. 망령께서 얼마나 놀래셨을꼬?'

부엌방에서 질부가 절하는 모습을 내다보던 신산댁이 동래댁에게 일러바쳤다.

"아이고, 무안해서 저 일을 우얄꼬? 성님요, 질부가 상 앞에서 퍼질고 주저앉아삐리고 말았심더."

"시상에 무슨 이런 일이 다 있다 카노? 도대체 이기이 조상님 앞에서 할 짓가?"

동래댁은 고개를 내밀고 며느리가 주저앉아 엉거주춤하는 자태를 지켜보고 혀를 쯧쯧 찼다.

새댁은 당황하였다. 얼른 일어서서 매무새를 추스르고 다시 처음부터 새로 하였다.

'아이고 앵통해라. 해필이면 시가 댁 어른들 앞에서 이것이 무슨 창피고.'

시아버지께서 이르던 말이 새록새록 귀에 살아났다.

"남자가 제상 앞에서 재배하는 데 비해, 아녀자는 남자들 재배의 재배, 즉 네 번을 하여야 한다이. 그기이 음양을 맞추는 일인 기라. 산 사람과는 달리 망자에게는 음陰의 도를 따라서 재배드리는 벱이라."

새댁은 조신조신 사배四拜를 올리고 절을 마쳤다.

향불은 한 번 더 타올랐다. 바람 자는 제청에는 향 내음이 넘쳤다.

강씨집 사내 손들은 아직 젖 냄새를 풍기는 어린 나이 때부터 제꾼들 사이에 세워 종헌례終獻禮에 술잔을 올리도록 하였다. 항렬과 나이 순에 따라 차례가 이르면 집사가 어린아이를 제상 앞으로 데리고 나가 잔을 따라 헌작하도록 도와주었다.

"두 손으로 잔을 받들고 … 옳지, 향을 한 번 씌우고 … ."

세준은 늘 말했다.

"효란 것은 말로 하는 것이 아니다. 어릴 때부터 몸에 배야 한다. 혼령 모시기를 산 사람 모시듯이 온 정성을 바쳐서 보살펴 디려야 하는 것이라."

장오를 위시해서 청수 그리고 준오에 이르기까지 그렇게 해서 제의 절차를 익혔다. 그래서 창홀唱笏 없이도 나이에 관계없이 제꾼들 모두가 눈을 감고도 절차를 외고 있어서 강씨집 제사의 행례行禮는 책장을 넘기듯이 순조롭게 진행되어 간다.

준오는 지루했다.

절을 하면서 마룻바닥 송판 무늬를 들여다본다. 문양을 이룬 나무의 결은 사랑방에 걸린 족자 속의 산봉우리처럼 겹겹이 목리木理가 져 있다. 송판의 속살이 삭아서 나무의 결만 물결무늬처럼 도드라져 있다. 관솔 구멍이 하나 엇비스듬히 나 있다.

손가락을 밀어 넣어 옴지락거려 보지만 그것도 이내 시들해지고, 제상 위에 고인 울긋불긋한 유과와 웃기떡을 생각하며 침을 꿀꺽 삼켰다.

강세준은 제사 내내 조상의 음덕으로 무엇보다 며느리한테 태기가 서기를 빌었다.

'오늘은 며늘아이가 강씨집 귀신이 될 것을 어른들 앞에 예로 올렸으니, 부디 튼실한 사손을 점지해 주십시오. 장오가 공부를 마치고 오면 차차 집안 대소사를 하나씩 넘길 참이고, 청수도 공부를 마치면 장가를 들일 참입니다. 시국이 수상한 때라 걱정이 많습니다. 어쨌거나 손을 보아 뒤를 잇도록 하는 도리는 해 놓아야 하지 않겠습니까.'

숭늉이 나오고 제사가 끝날 때가 되었다. 집사가 마지막으로 아낙들 차례가 되었음을 부엌에 일렀다.

동래댁이 앞으로 나아가 주인의 자리에 서서 종부로서 헌작을 올리고 나서, 일동 사배를 하였다.

그리고 주인이 다시 집전하여 제꾼들 모두가 절을 하고, 메의 뚜껑을 덮고 수저도 내리고 사신辭神하였다.

축관인 삼준이 서쪽에 서서 동쪽의 주인 세준을 향하여 고했다.

"이행利行!"

제사가 입재入齋부터 파제罷祭에 이르기까지 순조롭게 마치게 되었음을 아뢰는 것이었다.

세준은 차종부인 손부孫婦가 어른 앞에서 경망스럽게 주저앉아 버린 것은 이번 제사에 흠결이라고 생각은 했지만, 한편 이 문중에 새로 들어와서 처음으로 어른께 인사를 올리는 날이어서 너그러이 헤아려 주실 것이라 믿고, 어쨌거나 두루 무사히 끝나게 되어 흐뭇하였다.

속으로 '이행' 하고 뇌었다.

제사는 모두 끝났다.

주인은 축문을 분축焚祝하고 지방을 소지燒紙하였다. 한지는 불꽃을 날름거리며 혼령이 돌아가시는 길을 밝히고 나서 오그라들어 재가 되었다.

음복이 시작되었다.

술잔은 돌아서 준오에게 왔다.

"조상이 드시고 내리는 복주다. 니도 받아라. 긴구近口만 하고 안 마셔도 된다이. 술은 어른들 보는 데서 배워야 하는 기라."

철상撤床이 시작되자 동래댁은 도미 대가리를 떼어내고 떡과 나물을 집어서 며느리에게 일렀다.

"아나, 고시래부터 하거라이. 기다려 준 아구들이 섭섭해 하는 일이 없도록끔. 지짐하고 밥도 한 숟가락 떠서 신문지에 함께 싸서 대문간에 내놓거라. 좀 낙낙하이 낫게 내도록 해라이."

고시래는 밥을 낙낙하게 많이 담도록 이르는 것은, 밝은 날 동냥을 나설 처지가 못 되는 진동고개의 문둥병 환자가 오늘도 첫새벽에 제삿밥을 찾아올 것을 미리 알고 그가 낫게 먹을 만큼 담아내도록 하는 말이었다. 문둥병 환자는 장오와 중학교 동기생이었다는 말을 청수가 한 적이 있었다.

동래댁은 제사 음식을 봉송封送하는 데에 신경을 쓴다. 떡 말고도 사과, 곶감, 약과, 호두, 잣, 은행, 간납 등을 두루 창호지로 싸서 제꾼들 편에 들려 보내기를 잊지 않는다.

"그라고, 봉다리는 푼푼하이 잘 노나야 한다이. 음석 끝에 맴 상한다고, 내중에 뒷말이 들리는 소리가 없도록 해야 한다이."

세준은 서수필과 태극기를 벌레가 안 슬도록 갈무리를 한다. 향로가 꺼지기 전에 태극기의 광목천을 향불에 쐬워 향이 배어들도록 해서 소탁에 올려놓았다.

그리고 향을 우려낸 사발 물그릇에 서수필을 담가서 헹구고 은근한 향불에 천천히 말리면서 중얼거렸다.

"수돗물은 약품을 풀어 붓이 상하는 기라, 우물물로 헹가야지 ….."

그때였다. 자박자박 다급하게 마당을 건너오는 발걸음 소리와 함께 칼집 절그럭거리는 소리가 요란하게 울려왔다. 준오가 외쳤다.

"어엇, 겐뻬이(헌병)다!"

일본 헌병순경이 나타났다.

그를 필두로 하여 사상고등계반의 형사 오카다와 형사보조 장인달이 구둣발로 주춧돌을 건너뛰다시피 성큼 대청마루로 올라섰다. 형사보조 장인달이 손가락으로 삼준을 가리키자 헌병은 배석 돗자리를 타

넘고 건너가서 그 앞에 다가선다.

"칸 사무준(강삼준)!"

삼준의 팔을 낚아챈다. 허리에 찬 칼집이 반짝였다. 오카다 형사가 삼준의 손에 수갑을 채웠다. 제꾼들은 어마지두 놀랐다.

"이꼬우(가자)!"

"와 이라요?"

삼준은 몸을 뒤로 뻗대면서 물었다.

"서로 가서 조사할 일이 있다. 가 보면 알아!"

강세준 노인은 얼굴이 하얗게 질렸다. 유건이 흔들리는 것을 보면 그는 떨고 있는 것이 분명했다.

"네 이놈들!"

그는 버럭 고함을 질렀다. 쇳소리가 난다. 서슬은 시퍼렇게 사금파리 날이 선다. 팔자수염이 바르르 잠자리 날개처럼 떤다. 눈은 모가 진다.

"머 하는 짓들고! 남의 집 제사 판에 감히 흙발로 올라와서 무슨 난장판고?"

노인이 삼준 동생의 팔을 낚아챈다. 청수가 앞으로 나서서 헌병을 밀어젖히고 형사 오카다의 팔을 붙잡는다.

헌병은 칼을 휙 잡아 빼더니, 청수를 내리칠 듯 위협한다.

세준 노인이 앞을 가로막고 나선다.

"네 이 무도한 놈! 오디서 칼을 빼서 피를 보자는 것고! 여게가 소백장이 도살장가?"

형사는 삼준의 등을 밀치며 마당으로 내려가려고 한다. 삼준은 외려 묶인 손으로 오카다의 등을 왈칵 밀어 버렸다. 형사는 제상 위에 넘어진다. 그 바람에 마저 다 치우지 못한 상 위의 그릇들이 와르르 무너진다. 놋사발이 나뒹굴고 떡도 계적鷄炙도 나물도 마루에 쏟아지고 과일은 뒹군다. 촛불이 기울어져 촛농을 흘리면서 꺼질 듯이 팔락인다. 그을음이 솟는다.

오카다가 떨어진 도리우치 모자를 주우려고 엎드리다가, 소탁 위에 놓인 태극기가 눈에 들어왔다.

"이게 뭐야?"

눈을 크게 뜨고 잠시 놀라는 표정을 지었다.

"햐앗! 독립군 놈들의 깃발!"

이어서 외쳤다.

"노인도 경찰서로 같이 가야겠어. 오이, 이치도 데리고 가자!"

청수를 턱으로 가리켰다.

형사 오카다는 증거물로 태극기와 연상함에서 흩어진 물건들을 주워 담고, 세준과 삼준 그리고 청수를 연행해서 경찰서로 갔다.

치열한 삶의 한가운데

1. 그들만의 잔치

연행해온 사람들을 두 편으로 나누어 취조하기로 하였다.

곽상수와 직접 접선한 강삼준은 사상고등계반의 오카다가 맡고, 강세준과 청수 두 사람은 그들과는 따로 떼어 치안유지의 오쿠무라가 맡아서 혐의 사실을 캐기로 하였다.

취조의 초점은, 곽상수의 구체적인 공작활동의 내용, 배후조직의 실상, 기타 연루자들의 명단 등을 밝혀내는 데 있었다. 삼준에게는 곽과의 공모내용과 삼준의 별도의 배후세력 등에 관한 것이고, 세준 노인과 청수 학생에 대해서도 삼준과의 공산조직의 연계 사실이나 태극기를 소장하고 있는 점으로 미루어 독립단체 등 불순세력과의 연루 사실을 캐는 것이었다.

근자에 있었던 사사키 산림주사 관사의 방화사건, 미곡선 습격사건, 학생들의 백지동맹사건 등을 공산주의자 및 기타 불순세력의 소행으로 경찰에서는 짐작하고 있었다. 이 사건들과의 연관도 캐볼 참이었다.

취조는 아침부터 시작되었다.

오쿠무라가 강삼준을 책상 앞에 앉혀 놓고 심문했다.

"이것은 무엇인가?"

압수해 온 상자 속에서 나침반을 꺼내 보인다.

"지남철이다."

형사보조 장인달이 옆에서 통역했다.

"군사용이지?"

"아니다. 패철佩鐵이다."

"독립군 부대서 쓰는 것 맞지?"

"잘못 알고 있다. 지관地官들이 풍수 볼 때 쓰는 쇠다."

"둘러대지 마랏!"

"이 글자는 주역周易의 방위 표시이다."

세준은 패철을 들어 새겨진 글자를 일일이 짚어 가면서 설명한다.

"봐라. 팔괘와 천간天干과 십이지十二支가 찍혀 있지 않느냐. 어찌 군사용이라 할 수 있겠는가. 묏자리 잡는 데에 쓰이는 것이다."

"군사용이 별것 있나, 나침반이라고 쓰면 쓰는 거지."

오쿠무라는 어거지로 말을 빗겨 간다.

형사는 장인달에게 잠시 확인하고, 그 건은 넘어갔다.

"태극기는 무슨 목적으로 소장하고 있는가?"

이번에는 깃발을 들어 보이며 묻는다.

"그거는 태극기가 아니다."

"뭐얏? 똑똑히 봐랏! 이것이 태극기가 아니고 뭐얏?"

세준 노인의 눈앞에 바싹 들이댄다.

"지금부터 묻는 말에 사실대로 답해 주기 바란다. 만약에 허튼 소리를 하면 그냥 두지 않겠다. 고문으로 혼을 빼놓겠다."

형사는 말하는 투가 사뭇 거칠어졌다.

세준은 고개를 꼿꼿이 세우고 말했다.

"아니다. 태극기는 고종황제께서 제정해서 공표했다. 이것은 그것하고 규격도 모양도 다르다. 자세히 보아라."

과연 태극의 소용돌이가 길게 꼬리를 감아 돌아나가고 사괘四卦가 없었다. 오쿠무라는 통역과 함께 도형을 짚어 가며 이모저모 살펴보고 이야기를 나누더니 세준의 말을 부정한다.

"그래도 태극기를 잘못 그린 것에 지나지 않는다."

"아니다. 태극도太極圖다."

"그럼 태극도는 뭐 하는 것인가?"

"역경易經에서 말하는 태극사상을 그림으로 나타낸 것이다. 봐라. 태극기의 청색은 여기서는 흑색이 아니냐. 역경에 그렇게 나와 있다."

강세준은 강고했다.

'니놈이 날 겁준다고 내가 호락호락 굽힐 줄로 아느냐. 독립단체에 가담했냐고? 오냐, 내가 독립운동가다 … 조선 사람 치고 독립을 바라지 않는 사람이 어디 있더냐.'

"그렇다 치더라도 국기를 위장한 것이다."

"태극의 양의兩儀가 비슷하게 생겼다고 해서 태극기라고는 말할 수 없다."

"말장난하지 마랏!"

눈알을 튀어나올 듯이 부풀리며 조서를 쓰는 책장 위에 '꽝!' 하고 주먹으로 내리쳤다.

세준은 잠시 입을 다물었다가 조용히 반문조로 묻는다.

"일본의 이극二極 토모에巴繪를 본 적이 있는가?"

오쿠무라는 '이건 또 무슨 소린가' 하며 언짢은 목소리로 퉁명스럽게 말했다.

"무슨 말을 하려는 거야?"

세준은 손가락으로 콧수염 끝을 말면서 말을 이었다.

"토모에의 태극 소용돌이 문양은 태극기와 서로 비슷하게 생겼다. 내가 만약 이극 토모에 도형을 지니고 있다고 치면, 태극기를 소장한다 할 수 있겠는가? 태극도는 중국 주역의 것이고, 토모에는 일본 관동지방 무사시노의 우츠노미야 가문의 문장紋章이다."

"…… ."

'안 되겠다. 이놈을 패는 수밖에 없다.'

오쿠무라는 심사가 틀리기 시작했다.

"사실대로 불어라. 독립단체에 가담하고 있지? 이 태극기는 독립단체에서 보내온 것이 맞지?"

"택도 없는 소리! 둘러대지 마라. 선친이 직접 그리신 물건이다. 주역의 태극도다."

'건방진 놈!'

오쿠무라는 이번에는 붓을 집어 자세히 살펴본다. 붓대를 눈에 대고 대롱 속을 들여다보기도 한다. 마치 밀서라도 말아 넣어 두지나 않왔나 하고 살피듯이. 마침 그때 경찰서장 고키小木가 나타났다.

노인을 쳐다보고는 이내 책상 위에 놓인 벼루에 시선을 옮긴다. 벼루를 들어 이모저모 살펴보더니 탄복한다.

"호오! 희귀한 물건이군. 단계석이야."

서장의 눈이 번들거리기 시작한다.

"값깨나 나가겠군."

그러더니 옆에 놓인 붓을 이모저모 들여다보며 묻는다.

"이것은 어떤 붓인가?"

"서수필鼠鬚筆이다."

고키 서장의 눈이 둥그레진다.

'왕희지王羲之가 서수필로 난정서를 썼다던데 … 그야말로 진품이다.'

그는 붓을 가까이 당겨 붓대의 각인刻印을 들여다본다.

"귀하는 평시에 이 붓으로 글을 쓰는가?"

"아니다. 선대의 유품으로 보관하고 있을 뿐이다."

서장은 고개를 끄떡이고는, 오쿠무라를 보고 한마디 남기고 나갔다.

"태극기의 건은 철저히 조사할 것!"

형사는 돌아나가는 서장 뒤통수에다 대고 거수경례를 하고 돌아서더니 물건들을 거두어 상자 속에 도로 집어넣었다.

"이 물건들은 당분간 영치해 둔다. 추가 보완조사를 위해서."

오쿠무라는 강세준을 지하 고문실로 데리고 갔다.

먼저 노인의 갓을 벗겨 던져 버리고 도포를 벗겼다.

기다란 나무 걸상에 노인을 눕혀 놓고, 부러 모가지만 의자 밖으로 내밀도록 두고 몸통은 밧줄로 칭칭 의자에 묶는다.

"한 번 더 묻겠다. 강삼준은 공산당원이다. 강삼준은 누구하고 선이 닿아 있는가? 공산당원은 집안에 또 누가 있느냐? 청수냐?"

오쿠무라는 뉘여 놓은 노인을 내려다보고 물었다.

"나는 모르는 일이다."

"태극기는 비밀결사단체에서 제작하였지? 바른 대로 불어라!"

"전연 아니다."

노인의 목줄기에는 핏줄이 돋아난다.

오쿠무라는 한지를 노인의 얼굴에 씌우고 손으로 지그시 눌렀다.

'이게 뭐하는 짓인고?'

세준의 눈앞이 백차일을 친 듯 훤해졌다.

형사는 주전자를 들고 물을 따르기 시작하였다.

물 먹은 한지는 얼굴에 들러붙었다. 숨이 가빠온다. 하는 수 없이 입을 벌렸다. 공기 대신 물이 입속으로 타고 들어왔다. 물을 삼켰다.

'푸우 푸우!' 노인은 할딱였다. 코로 숨을 들이키자 물이 흘러들었다. 콧구멍을 타고 내려간 물은 기관지를 발작시켜, 가슴이 뻐개지는 듯이 아파왔다. 정신이 몽롱해 왔다.

오쿠무라는 계속 물을 따랐다. 주전자가 비었다.

드디어 노인은 고개를 축 떨어트리고 혼절해 버리고 말았다.

형사는 종이를 걷어내고 공기를 쐬게 해 주어, 다시 피어나기를 기다렸다. 한참 후에 노인은 눈을 떴다. 세상이 거꾸로 보였다. 머리맡에 형사의 구두가 보이고 물에 젖은 바지가 보였다.

"바른 대로 불어라!"

“…….”

세준은 눈을 감은 채 머리를 가로젓는다.

형사는 노인을 풀어 일으켜 두 손을 묶어 뒷짐을 지워 의자에 앉힌
다. 그리고 바께쓰에 물을 채워 가지고 와서 고춧가루를 한 움큼 풀어
서 휘젓는다.

“말해라! … 못 하겠느냐?”

오쿠무라는 세준의 머리를 바께쓰에 처박고 내리누른다. 물에서 거
품이 ‘부루룩 부룩!’ 솟아오른다.

노인은 숨이 가빠와 물을 꿀컥꿀컥 삼켰다. 가슴은 불이 붙고 코가
화끈거리며 눈앞에 어지럽게 팽이가 팽팽 원을 그렸다.

‘아이고, 어매요! 흐흐흐 ….’

노인은 부지불식간에 모친을 찾는다.

형사는 한참 만에 노인의 머리를 들어 올리고 다시 추달을 계속한
다. 세준은 재채기를 하고 눈물 콧물을 줄줄 흘리면서 헐떡거린다.

“모른다. … 이 무도막심한 놈들.”

‘흐음, 이놈이 아직도 기패는 살아가지고 … 토모에가 어떻다고?’

형사는 용심이 일었다.

그때 묘하게도, 지난날 유기鍮器 징발차 가서 가야금이 발에 밟혀 박
살을 내던 당시 노인이 퍼붓던 욕설이 귀에 쟁쟁하게 되살아났다.

“… 이 개돼지보다 못한 놈들아 ….”

비위가 뒤틀리며 역겹게 비려 왔다.

조선의 유생을 취조한 경험이 있는 선배 취조관이 하던 말도 머리에
떠올랐다.

'놈들은 조개와 같다. 한번 닫아 버린 입은 두 번 다시 열지 않는다. 이것을 그들은 절개節槪라 한다. 그러나 모욕에는 견디지 못하는 놈들이다.'

"오냐, 망신을 시켜서 기를 꺾어 주마."

오쿠무라는 가형加刑을 시작했다.

그는 노인의 목을 박승縛繩으로 묶었다. 줄을 잡아당기자 노인은 엎어져서 무릎으로 엉금엉금 기다시피 끌려갔다. 기는 것이 처지게 되면 끈을 두어 번 잡아채서 재촉했다. 개를 몰고 가는 형국이었다.

실내를 두어 바퀴 돌고 나서, 끈을 책상다리에 매어 놓고 바리캉으로 두상의 머리카락을 박박 밀어 버리고, 잘난 콧수염도 면도칼로 깡그리 밀어 버렸다.

세준은, 국망國亡하자 최익현崔益鉉이 했던 말이 떠올랐다.

'내 목은 잘라도 머리카락은 못 자른다吾頭可斷 此髮不可斷.'

머리카락과 수염이 잘린 노인은 자괴감에 빠져 채신을 잃은 자신을 한없이 모멸하면서 멍하니 정신을 놓고 있었다.

오쿠무라는 노인을 유치장에 처넣었다.

오쿠무라는 유치장에서 강청수를 끌어내어 수갑을 채운 채 책상 앞 걸상에 마주 보고 앉혔다. 의자는 젖어 있었고 바닥은 물로 흥건했다.

"태극기는 어디서 났어?"

오쿠무라가 취조를 시작했다.

"……."

"바로 대지 못하겠어?"

눈을 화경처럼 뜨고 '쾅!' 하고 책상을 내리친다.

"오래전에 할버지께서 손수 그린 것이라고 들었다."

"왜 그린 거야?"

"잘 모른다. 일찍이 돌아가셔서 듣지를 못했다."

"듣지를 못했다? … 공산당 조직에서 준 것이 맞지?"

"전혀 그렇지 않다."

"거짓말 마랏! 강삼준은 공산당에 가입했다고 자백했다. 집안에서 모의가 있었다고 했다. 경위를 밝혀라. 누구누구가 가입되어 있나?"

"공산당은 금시초문이다. 숙부께서 공산당에 연루되었다는 이야기는 당신한테서 오늘 처음 듣는 말이다."

"곽상수는 왜 만났어?"

"곽상수가 누구요?"

"누구냐고 묻지 않는가. 시치미 떼지 마라. 곽이 벌써 다 불었다. 명심해라, 거짓말하면 고문으로 입을 열게 하겠다. 그가 연해주에서 내려와서 접선한 놈들이 누구누구야? 목적이 무어야?"

"그는 전혀 본 적도 들은 적도 없는 사람이다."

"이놈의 집안은 모조리 아카(빨갱이)다. 불 때까지 고문해야겠다."

오쿠무라는 몽둥이를 가져 와서 바닥에 깔고 그 위에 청수를 꿇어앉혔다. 오쿠무라는 청수의 어깨를 짚고 허벅지 위에 올라가서 짓밟기 시작했다.

"으으어! 아아 … 아야!"

청수는 정강이뼈가 빠개지는 아픔에 비명을 질렀다. 자칫 정강이가 부러져 나가는 것 같다. 비명을 지를수록 형사는 질근질근 내리눌렀다.

"곱게 불면 이로써 끝내겠다. 대라!"

"전연 … 모르는 일들이다."

오쿠무라는 무릎 밑의 몽둥이를 끄집어내더니, 청수의 등판을 후려 패기 시작한다.

수갑 채인 손으로 몽둥이를 가려 보지만, 어깻죽지를 위시해서 가슴팍, 옆구리 등 마구잡이로 두드려 패는 태질에 감당할 수가 없다.

"아이구우우 … 으음 … 아이굿!"

갈비뼈에서 우두둑 소리가 나고 화끈거린다. 결려서 숨을 쉴 수가 없다. 형사는 매질을 중단하고 청수를 의자에 앉혔다.

"그래도 바로 대지 못하겠는가?"

그는 서랍을 열고 종이와 연필을 꺼내서 청수 앞으로 내밀었다.

"지금부터 내가 부르는 대로 받아써라!"

오른손의 수갑을 풀어 주었다.

오쿠무라는 서랍에서 구겨진 종이를 꺼내서 읽기 시작한다.

"노동자, 농민 동무 여러분."

형사는 청수의 얼굴을 들여다보고 표정을 살핀다.

"일단 여기까지 써라."

청수가 의아하게 그를 쳐다보고 나서 연필을 쥐고 부른 대로 썼다. 쓰기가 끝나자 계속 읽는다.

"쌀은 우리의 피요, 살이요, 목숨이로다."

청수는 그대로 받아썼다.

"절대로 우리로부터 한 발짝도 … 으음, 여기까지만 써라."

읽다 말고 중도에서 끊는다.

청수가 마저 다 쓰고 나서 형사를 쳐다본다.

"이리 내!"

건네받은 종이의 글씨를 촉수가 낮은 희미한 백열등 불빛 아래서 유심히 들여다보고는, 자기가 방금 읽은 종이의 글씨체와 비교한다. 오쿠무라는, 지난번 곡물수송 화물선이 습격을 받던 날 부둣가에 뿌려졌던 삐라의 필체와 청수의 필적을 대조 감정을 해서 혐의를 캐어볼 요량이었다.

"으음, 자네도 한 번 보게."

곁에 있는 형사보조 장인달에게 건넨다. 그도 자세히 들여다보더니 고개를 갸웃거린다.

"원본이 철필로 긁은 가리방(등사판) 글씨라는 점을 감안해도, 필적이 다른 것 같군요."

"그렇지?"

오쿠무라는 막연한 혐의만 가지고는 아무것도 캐낼 수가 없다고 판단하여, 견딜 수 없는 심한 고문을 통하여 자백을 받아 내야겠다고 생각했다.

수갑을 다시 채우고 청수를 긴 걸상에 눕혔다. 밧줄로 몸을 칭칭 묶어 놓고, 양팔을 머리 위로 뻗쳐서 팔목을 끈으로 걸상 막대기에 동여매었다.

오쿠무라는 청수의 중지를 쥐고 당겨서, 도장 새기는 칼처럼 서슬을 벼린 뾰족한 대칼을 손톱 밑에 갖다 대고 쿡 박았다.

"우와악!"

청수는 자지러졌다. 눈앞이 아득하고 정신이 아찔해왔다. 피가 역

류해서 두피의 모근 쪽으로 쏠렸다. 터럭이 쭈뼛 일어섰다.

"우우웃 … 우우우 우웃!"

손끝이 화끈거리고, 가슴은 오그라지고 귓속이 윙윙 운다.

찔린 손가락은 욱신욱신 아려 왔다.

"지난 추석 날 산림주사 사사키의 관사에 불을 놓은 것도 바로 네놈 짓이 맞지?"

청수는 겁에 질린 얼굴로 고개를 저었다.

"으으음, 아니오 … 나는 전혀 모르는 일이오. 으음 … ."

"이래도 잡아뗄 텐가. 좋다. 다시 후벼 놓겠다."

오쿠무라는 이번에는 약지를 쥐고 구부린 손가락 매듭을 편다. 청수는 죽을힘을 다해 몸을 바둥바둥했다. 그러나 묶인 팔은 꼼짝할 수가 없다. 온몸의 신경이 손톱으로 다 쏠렸다. 머리카락이 뻣뻣이 곤두섰다.

형사는 이빨을 악다물고 엄지와 검지로 꼬나 쥔 대칼을 한 번 더 청수의 약지를 우볐다.

"으아악! … 우우 … 우웃."

청수는 일순 숨이 멎었다. 눈알이 튀어나올 듯이 수많은 잔별이 명멸한다. 그리고는 눈앞이 캄캄해졌다. 귀에서 물레 돌리는 소리가 났다. 오줌을 지렸다.

"우우우 … ."

손가락이 파도 몰려오듯 욱신거렸다. 발가락도 저릿저릿하다.

오쿠무라는, 없는 죄를 추리해서 비단 폭 짜 나가듯 나직羅織해서 고문을 통해서 자백을 받아 내려고 했다.

"그래도 잡아뗄 텐가? 지난번 사사키를 나무에 묶어 두고 달아난 놈도 네놈이지?"

청수의 얼굴에는 버적버적 땀이 배어 나와 있었다.

그는 머리를 저었다.

"잡아떼지 마라. 어이, 장인달! 사사키 주사를 데려와라."

손가락의 피는 엉겨 붙고, 손톱은 가지 껍질같이 검푸른 색으로 변했다.

"천중건이란 놈하고 친하게 지냈지?"

"같은 반 급우였소."

"지금 어디 가 있어, 그놈? 사실대로 대라."

"행방은 전혀 아는 바가 없소."

"이번에는 엄지손가락 차례다. 얼른 대라. 불지 않으면 차례차례 후벼 나갈 것이다."

그때 산림주사 사사키가 들어왔다.

"이놈을 잘 보시오. 본 적이 있소? 산에서 묶였을 때 말이오."

오쿠무라가 물었다. 사사키는 청수의 얼굴을 요모조모 뜯어본다.

'그 녀석 골상이 잘 생겼구나.'

"아니오. 그놈은 이마가 좁고 인중이 깊게 팬 낯짝이오."

머리를 도리질했다.

"수고했소."

오쿠무라는 머리를 입구 쪽을 향해 끄덕여 산림주사에게 돌아가도 좋다고 표시했다.

"오이, 장인달! 그 노인을 끌고 와!"

강세준이 골방에서 끌려 나왔다.

오쿠무라는 청수를 풀어 주고 부자 둘을 맞세웠다.

"아버지!"

"으음 ….."

초죽음이 되어 얼굴을 찌푸리고 말없이 서 있는 강세준은 아들을 보지 않으려고 외면했다. 아니 흉한 몰골을 차마 볼 수가 없었다. 얼른 본 자식의 소맷자락에 묻은 핏자국이 노인의 가슴을 도려낸다.

쟁기질 지나간 논바닥같이 배코머리를 한 아버지의 초췌한 용색을 청수도 낯을 들고 마주 볼 수가 없었다. 그러고 보니 수염마저 잘려 버린 모습이 너무나 초라해 보였다.

"이제부터 둘 중 어느 누구라도 진실을 말해 주면 취조는 끝을 내겠다. 진실을 말해 주기 바란다. 장인달, 노인의 수갑을 풀어 주라."

오쿠무라는 혼잣말로 중얼거린다.

"다이코빈타(맞따귀질)!"

오쿠무라는 두 사람에게 지시했다.

"먼저 강청수는 강세준의 뺨을 한 대 때리도록 한다. 힘껏!"

청수는 어이가 없어서 오쿠무라를 쳐다보았다.

"뭘 봐. 빨리 못 하겠어!"

세준이 바르르 떤다.

"뭐어, 자식놈더러 애비한테 손찌검을 하라꼬? 이 천하에 짐승만도 못한 놈들! 차라리 내 목을 쳐라, 쳐!"

"태극기 연관 독립활동에 대해서 밝혀라. 그러면 더 이상 추달은 면할 수 있다."

착 처진 오쿠무라의 음성은 소름이 끼친다.

"더 댈 것이 있어야 댈 거 아닌가. 무엇을 어떻게 더 밝히라 하는 것인고?"

"정 그렇다면 애비가 자식의 뺨을 쳐라!"

세준은 억장이 무너졌다.

"아버지, 제 뺨을 치십시오. 몸 더 상하시기 전에."

청수가 제 뺨을 들이민다.

"뭐라꼬? 네 이놈, 청수야! 아비더러 잘못도 없는 자식의 뺨따구를 치라꼬? 너를 쳐서 내가 편해지라꼬? 내가 너를 그렇게 가르쳤더냐?"

청수에게 눈을 부라린다.

"그도 못 하겠다면, 강세준의 눈앞에서 자식의 손톱을 모조리 찌르겠다."

오쿠무라가 손톱에 찔러 넣을 대칼을 만지작거리며, 단호히 말했다. 청수는 반사적으로 손톱을 말아 쥐었다.

그때 사환이 와서 오쿠무라에게 서장의 호출이라고 전갈했다.

"영치해 둔 벼루하고 붓하고 가져와 봐."

오쿠무라가 서장실로 들어서자 고키가 명령했다.

"단계벼루하고 서수필이라는 것 말이야!"

오쿠무라는 물건을 서둘러 대령시켰다.

"내가 이것을 써 볼 테니까 당분간 두고 가게. 그리고 그 강 씨 영감 뭣 좀 혐의가 나왔는가?"

서장의 책상 위의 물건을 바라보며 물어본다.

"아닙니다. 별로 … ."

"노인을 다치지 않게 다루도록 하게."

"예, 알겠습니다."

오쿠무라는 경례를 부치고 돌아갔다.

세준이 풀려난 것은 저녁나절이었다.

반죽음이 되어 집으로 돌아왔다.

청수는 도로 유치장에 처넣어 강삼준의 취조가 끝날 때까지 가두어 두기로 하였다.

"무고한 사람을 모함하여 없는 죄를 뒤집어씌우려고 짐생의 탈을 쓴 놈들 … 네 이놈들, 불구대천不俱戴天의 원수놈들아."

세준은 치를 떨었다. 노인은 분노와 증오에 몸살을 앓았다.

사상고등계반 형사 오카다는 강삼준을 심문하기 시작했다. 오카다는 취조 도중 곽상수를 죽여 놓았기 때문에, 대신에 그의 공작임무를 강삼준과 끈님으로부터 자백을 받아 내서 보고를 올리지 않으면 안 되게 되었다.

'어떻게 해서라도 꼭 밝혀내야 한다.'

그는, 삼준의 양복 윗도리를 벗겨 와이셔츠 바람으로 책상 앞에 앉히고 마주 보고 앉는다.

"보성전문을 나왔다며? 공산당은 학생 때부터 시작한 거야?"

"아니오. 나는 공산당 같은 것은 하는 사람이 아니오."

형사보조 장인달이 그의 옆에 앉아 진술을 받아쓰고 있다.

"가시만 보고 말할 수야 없지, 장미든 찔레든 꽃이 피어 봐야 안다.

빨간지 하얀지 간에 조사해 봐야 말이다."

우람한 체격의 오카다는 옆으로 돌아앉아 히죽 웃으면서 어깨너머로 삼준을 건너다본다.

"그러면 왜 곽상수를 집으로 불러들였는가?"

"그자는 지나다가 집에 들른 것뿐이오."

오카다는 주먹으로 책상을 내리친다.

"왜 왔냐니까?"

"…… ."

"못 대겠어?"

눈의 흰자위를 굴리며 삼준을 노려보고 벌떡 자리에서 일어선다.

"그저 아는 처지에 인사차 들른… ."

오카다는 형구刑具 보관벽장으로 가서 채찍을 꺼낸다.

삼준 쪽으로 오더니 채찍으로 후려치기 시작한다.

"아야야!"

삼준의 비명은 천장을 찌른다.

황소의 신腎을 뽑아서 말린 채찍은 삼준의 와이셔츠를 갈기갈기 찢어 놓는다.

단백질의 채찍은 살갗에 밀착해서 착착 감긴다.

삼준의 등판은 청태콩 깍지처럼 금세 부풀어 오른다. 개중에는 피가 번져 나오기도 한다. 등판이 갈라지는 것 같다. 화끈거리고 욱신욱신 아리다.

"헉! 헉!"

삼준은 목마른 개처럼 가쁜 숨을 헐떡인다.

"다시 묻겠다. 공산명월이가 드나드는 이유를 말해라!"

"단지 돈을 요구하기에 좀 보태 준 적이 있다. "

"돈의 용처는?"

" … 생활비다. "

오카다는 벌떡 일어서더니 삼준의 바짓가랑이에 물을 적시고 이번에는 옆에 세워둔 단장목으로 후려 패기 시작한다. 삼준은 팔짝팔짝 뛰면서 학춤을 춘다.

매는 물에 젖은 바지에 철벅철벅 들러붙는다.

"으윽 으윽! 아이고 오매요!"

"돈의 용처를 바른 대로 불어!"

물고를 낼 기세로 윽박지른다.

"말 않겠다면 좋다. 네 입으로 밝힐 때까지 패겠다. "

"아아 아니오 … 나는 곽상수가 생활이 어렵다 해서 보태 준 것뿐이오. 나는 공산주의자가 아니오. "

"거짓말 마랏! 곽이 진작에 자백했다. "

오카다는 삼준의 팔다리를 오랏줄로 묶어 놓고 몽둥이를 끼워 넣어 가새주리로 비튼다.

"으으웃!"

배 속으로부터 으깨지는 신음 소리는 산멱 따는 짐승의 소리다.

잠시 쉬었다가 다시 한 번 더 힘껏 주리를 튼다.

뼈가 바스러지는 것 같다. 하늘이 노래졌다. 생똥을 흘린다.

오카다가 의자로 돌아가서 다시 묻는다.

"돈은 중경에 있는 조선독립동맹 김원봉에게 보내는 것이지?"

"나는 그 돈이 어떻게 쓰이는지 모른다. 단지 김원봉이가 사람을 시켜서 돈을 좀 달라고 하길래 보태 주었을 뿐이다. 그 심부름 온 사람이 곽상수요."

"그렇다면 김원봉이와는 어떻게 아는 사이지?"

형사는 집요하게 파고든다.

"보전 다닐 때 동문수학한 처지요."

"둘의 관계는 친한 사이였나?"

"가깝게 지낸 사이였소."

"그렇다면 그때부터 공산 활동을 해 왔군."

"아니오, 전연. 나도 김원봉이도 그 당시에는 그런 일에는 일절 가담하지 않았소. 우리는 그 당시 공산운동도 반일운동도 입에 담아본 적이 없는 공부밖에 모르는 학생들이었소."

장인달 형사보조는 열심히 조서를 적고 있다.

"중경에 있는 공산당 조직하고 어떻게 접선하고, 국내에는 세력이 어떻게 조직되어 있는지 대라."

"나는 일절 모르는 일이오, 곽상수에게 돈을 건넨 것 이외에는."

"거짓말 마라."

"곽상수와 대질을 시켜 주시오. 정말 그 이상은 아무것도 없소."

"안 되겠다. 비행기를 태워야겠다."

오카다는 강삼준의 두 팔을 등 뒤로 젖혀서 손목을 꽁꽁 묶었다. 그리고 팔과 등판 사이로 목총을 끼워 넣고, 목총의 양 끝을 밧줄로 매어 천장에 달아매었다.

삼준은 매달린 채 까치발로 바닥을 디딘 채 간신히 버티고 서 있었다. 시간이 흐를수록 어깻죽지에 힘이 빠지면서 가슴팍이 뼈개져 나갈 지경이 된다.

이마에 비지땀이 흐른다. 입에서 단내가 풀풀 난다. 얼굴이 노래지고, 혀를 빼문다. 고개가 축 처진다.

맥박과 호흡이 점점 엷어진다. 가사假死 상태다.

대기하고 있던 공의公醫가 강삼준에게 주사를 놓아 깨어나게 한다.

"왜 김원봉을 돕게 되었지?"

오카다가 깨어난 삼준에게 새로 심문을 시작한다.

"학창 시절에 신세를 진 일이 있어서."

"자세히 말해 봐라."

"보전 때 교내에서 패싸움이 벌어졌는데, 도중에 내가 몽둥이로 머리를 맞아서 의식을 잃고 쓰러졌소. 나중에 깨어 보니 병원에 누워 있었소. 알고 보니 김원봉이가 나를 병원까지 엎고 와서 입원시켜 준 것이었소. 그 생각이 나서 친구의 부탁이니까 거절할 수가 없어서 도왔을 뿐이오."

"그까짓 우정 때문에 공산당에 자금을 댄다는 것은 말이 안 된다. 공산당에 돈을 댄다는 것은 인생을 걸고 해야 하는 문제다. 발각되면 자칫 종신 감방생활을 각오하고 한 짓이 아닌가. 바로 대라."

"정말이다. 나는 김이 공산당에 가담했는지 어땠는지 모르고 생활비 정도로 생각했다. 단지 친구의 어려운 부탁을 생각해서 … ."

"말이 안 된다. 공산당이든 독립운동이든 자금을 댄 것은 사실이 아니냔 말이다. 충분히 공소할 범죄는 성립되는 거다. 이제 공산당 가담 사실을 대라."

"정말이다. 그 이상은 없다."

"안 되겠다. 독방에 처넣어야겠어. 뉘우치면, 새로 신문하자."

강삼준은 중금병방重禁屛房이라고 불리는 방에 갇혔다. 유리창도 없는 독방 속에 갇혀, 빛이 완전 차단된 가운데 감았던 눈을 떠도 깜깜하기는 마찬가지였다. 세상은 온통 암흑천지 먹통이었다.

갈수록 늘어나는 갖은 망상妄想과 증폭되는 공포 속에서 시간을 보내야 했다. 해가 떴는지 밤이 되었는지 시간이 어떻게 지나는지 요량이 서지 않았다. 모든 것이 정지되어 있다.

강삼준은 매에 못 이겨 오카다가 꾸민 진술서에 자서自書하고 말았다. 나직羅織의 조서였다.

북면댁 끈님을 취조실 바닥에 눕히고 장인달 형사보조는 그녀의 머리카락을 움켜쥐고 꼼짝 못 하게 해 놓았다. 오카다가 그녀의 가슴을 타고 앉아 주전자의 물을 코에다 대고 쏟아붓는다.

"푸우 푸우 푸우잇!"

그녀는 숨을 참고 쏟아지는 물을 흘려보내고 있지만, 이내 숨이 가빠서 입을 벌려 숨을 들이마시자 물이 꿀컥 목을 타고 넘었다. 입을 다물고 코로 숨을 쉬면 코로도 물이 넘어 왔다.

물은 금세 한 주전자가 비었다.

"곽상수는 뭣 때문에 만났나?"

"…….'

곽상수 당사자가 자결했기 때문에 이제 이 여자를 족쳐서 어떻게 해서라도 곽의 공작내용을 캐내야겠다고 작심했다. 그러자면 강온 양면

작전을 병용해서 고문할 심산이다. 육체적 고통을 가하면서도 아울러 여자의 수치심을 자극할 요량이다.

"바로 못 불겠어? … 오이, 장! 한 주전자 더!"

새로 주전자에 물을 채워 날라 왔다.

오카다는 그녀의 코에 주전자를 대고 물을 들어붓기 시작한다.

"어푸 어푸 … 푸후후!"

입으로, 코로 흘러드는 물을 주체할 수가 없다. 콧마루가 찡하게 저려 오고, 눈물이 쏟아져 내리고, 머리는 빠개지는 것 같다.

물은 머리칼을 타고 내리고 적삼을 적시며 바닥으로 흘러내렸다.

결국 두 주전자를 비웠다. 그녀는 배가 불러 왔다.

"푸후후훗!"

그녀는 가슴을 할딱거리고 다리를 바둥거린다.

"왜 만났어?"

"길 가다 … 우연히 만났소."

"언제부터 아는 사이야?"

"어릴 때 야학에서 공부할 때부터 알았소."

"야학교라면 당시 최규한테서도 배웠는가?"

"그렇소."

"최규는 그 후 언제 만났는가?"

"야학교 마치고는 한 번도 몬 봤소."

"장 형사보조, 쉽게 불 것 같지 않아. 매달아 놓아라! 잠시 쉬었다 하자."

장은 그녀의 하반신을 벗기기 시작하였다. 속옷까지 발가벗기자 그녀는 잔뜩 웅크리고 궁둥이를 뒤로 뺀다. 형사는 두 손 두 발을 꽁꽁 동여 묶었다.

그리고는 발을 묶은 끈을 천장의 고리에 걸어 그녀를 거꾸로 매달아 놓았다. 그녀는 몸부림을 치면서 버둥거려 보지만, 얼마 못 가서 축 처져 늘어졌다. 전등은 벌거벗은 여체의 굴곡을 희미하게 비쳤다.

오카다는 물부리 담배에 불을 붙여 연기를 깊이 들이마셨다가 후 웃, 내뿜었다.

"호오, 숲이 꽤나 우거졌군. 제대로 길이나 찾아내겠는가?"

오카다는 엽차를 호로록 마시면서 모처럼 얼굴에 웃음이 번진다.

그녀의 풀어헤친 머리카락은 이마에서 솟은 생땀에 젖어 있었다.

"붙여라!"

오카다가 장에게 지시했다.

장은 갱엿을 한 덩어리 떼어서 성냥불로 녹여 가지고 수풀이 우거진 여자의 고샅에 갖다 붙였다.

"아앗, 뜨거워!"

오카다는 개기름이 번들거리는 얼굴로 데생 그리는 화가처럼 눈을 가늘게 뜨고 그녀의 몸뚱이를 구석구석 들여다본다. 아직도 뜨거움이 가시지 않았는지 아랫도리 데인 자리가 꿈틀거린다.

취조관은 가학加虐을 즐기고 있었다.

갱엿은 수풀에 점착해서 조약돌같이 굳었다.

오카다는 눈을 게슴츠레 뜨고 바라보더니 단호하게 지시했다.

"떼라!"

장 형사는 갱엿을 손으로 집어 휙 낚아챘다.

"으앗, 아야야! 우움 … ."

여자는 질겁했다. 엷은 살갗과 터럭이 갱엿에 묻어났다. 뜯긴 자국에는 피가 번졌다.

오카다는 미소를 띠며, 입에 물고 있던 물부리를 그녀의 고샅 사이에 거꾸로 꽂았다. 담배 연기가 모락모락 피어올랐다.

"거기도 입이니까 담배를 피워라 … 으허허허!"

고개를 젖히고 우습다는 듯이 크게 키들거렸다.

엽차를 호록호록 불어 마시면서 눈을 다시 게슴츠레 뜨고 바라보았다. 침을 꿀컥 삼켰다.

그것은 그에게는 고문拷問이라는 이름을 빌린 유희遊戲였다.

"자아, 그만 쉬고 이제 다시 시작해 볼까. 풀어 내렷!"

여자는 흥건히 물이 고인 바닥에 내려졌다.

오카다는 그녀의 턱을 들어 올리고 물었다.

"곽상수와 만나서 뭐 했지?"

그녀는 다 꺼져가는 소리로 신음했다.

"아아 … 아무것도 안 했소. 정말이요 … 선상님."

"그러면 왜 남의 눈을 피해 몰래 만났어? 무슨 작당을 했어?"

오카다는 단장短杖을 집어 사정없이 그녀의 몸뚱이를 후려친다. 다리 정강이, 등판, 팔 그리고 뱃바닥까지 닥치는 대로 마구 휘둘렀다.

"아이구 아얏! 아이구구 … 아이구구 … ."

단장에 살점이 묻어난다.

"곽상수한테서 받은 공작자금은 어디에 쓸 돈이냐? 불어라!"

추궁은 준엄했다.

거짓말로 자백해서라도 당장 고문을 면해야겠지만, 몸과 마음은 지
칠 대로 지쳐서 거짓말을 꾸밀 기력조차 없어졌다.

드디어 그녀는 축 늘어져서 기절하고 말았다.

2. 분노의 세월

　목숨은 질겼다. 혹독한 매질에 견디다 못해 죽어라 하고 나자빠지면, 치사한 목숨은 곧 끊어질 듯 끊어질 듯하면서도 가느다란 실낱처럼 길게 늘어져 갔다.

　고문을 종결한 결과, 먼저 곽상수가 자결함으로써 강삼준의 자금제공 이외에는 더 밝혀진 것이 없고 끈님의 경우도 더 이상 별다른 혐의가 없었다. 강세준 부자도 공산당에 연루된 일이 없었을 뿐만 아니라 태극기도 독립운동단체와는 무관한 것으로 판단되었다.

　그러나 고문을 받은 사람들은 심한 후유증을 앓았다.

　"허헛, 이 사람! 얼매나 봉욕逢辱을 치랐겠는고? 모질고 모지게 형신刑訊을 받아낸다고 몸은 또 얼매나 뿌사지겠는가."

　경찰서에서 풀려났다고 남지 새댁이 전하는 소식을 듣고, 박학추 의원은 강세준에게 황급히 달려왔다.

　머리가 깎이고 수염이 밀린 몰골이 그야말로 피골이 상접했다.

　"짐생 같은 놈들! 노인을 붙들고 천하에 몹쓸 짓을 해 놨구나. 어디 보세 … 아이고 이것이 사람이 할 짓가. 천하에 망종들!"

　골골 해수咳嗽를 앓는 짐승처럼 드러누운 세준의 얼굴을 살펴보며 손목을 쥐고 맥박을 헤아린다. 집고 있는 엄지손가락을 통해서 집히는 노인의 염통 뛰는 박동이 마치 처마에서 듣는 낙숫물같이 낙차를 두고 끊일 듯이 끊일 듯이 희미하게 느껴졌다.

시들어가는 노인의 목숨이 가느다란 맥박 건너편에서 가느다랗게 파닥이는 생명의 가락이었다.

박학추는 끌끌 혀를 찼다.

"으음 … 음 음 …."

강세준 노인은 병석에서 신음을 했다. 바싹 말라 갈라 터진 입술, 딱지가 앉은 손등, 멍이 든 이마 …. 초췌한 모습이었다. 그 도도한 기패는 어디로 갔는지, 드러누운 삭신은 축 처졌다.

세준은 입술을 축여 가며 쉰 소리로 힘에 겨운 말을 이었다.

"근골筋骨이 으스러지도록 맞아서 운신을 못 하겠소. 고문이 얼마나 악독했으면 잇몸이 무너졌겠소. 치근이 빠져서 씹지도 못하겠소."

노인은 밭은기침을 내뱉었다.

"내 이 원수를 어찌 갚을란고 … 선친께서 총에 맞고 비명에 가셨기로 … 내 반드시 이놈들한테 흘리신 핏값의 속량贖良을 받아 내고서야 눈을 감기로 작심했거늘 … 속량은커녕 인자 내가 그전에 먼저 가게 되었네그려. 골백번을 죽어도 기어이 앙갚음을 하고 죽어야 써언할 (시원할) 일인데 … ."

박학추가 격앙하는 세준을 위로했다.

"심려深慮 놓게. 몸부터 회복하고 봐야 할 일이오. 지금 일시 몸이 기진해서 쇠약해졌을 뿐이니까, 내 돌아가서 약첩을 지어 보낼 테니 두어 제 자시고 나면 말끔히 회복될 걸세. 도이島夷놈들의 만행이 해도 해도 너무하다."

"식사 짬짬이 녹두로 만든 청포묵을 자시도록 하시이소. 어혈瘀血을 푸는 데에 크게 보탬이 될 깁니다. ”

옆에서 근심스런 얼굴로 앉아 있던 동래댁에게도 식보食補를 시키도록 일러 주었다.

“영감이 저라다가 화병이나 도지는 기이 아인지 걱정입니더. ”

“워낙 타고난 기골이 출중하신 분이라, 크게 걱정을 안 하셔도 되겠습니다. ”

청수가 서에서 풀려 나오던 날 동래댁은 아들의 속옷이 피에 말라붙은 것을 보고 기겁을 했다.

“무간지옥無間地獄에나 나가떨어질 놈들! 인두겁을 디집어쓴 짐생 같은 놈들!”

매 맞은 자리에 옷자락의 천 조각이 눌어붙고, 진물이 배어 나오고 있었다. 동래댁이 더운 물로 상처를 부풀려서 천을 뗄 적마다 아들은 앓는 소리를 낸다.

“입이 무겁기로 돌부처 같은 아아가 참는다고 울매나 아팠일꼬? 아이고 애처롭아라. ”

엉덩이가 짓물러 살결이 문드러진 자리에 된장을 듬뿍 발라 싸맸다.

“써언체(시원하제)? 장독杖毒에는 된장이 제일이다. ”

그녀는 가윗날을 넣어 상처를 돌아가며 천을 오려내고, 아들에게 새 옷을 갈아입혔다.

“언캉 살키 짚이 매가 파고들었으이, 여엉 천 쪼각이 떨어지야제 … 딱지가 지야 지질로 떼질 끼다. ”

청수의 숨소리가 뜨겁다.

동래댁은 박 의원이 보내온 약첩을 달였다. 탕관의 한약을 일차 삼베에 거르고 나서, 찌꺼기는 막대기로 삼베 보자기 네 귀를 감아 불끈 죄자 약방울이 사발에 뚝뚝 떨어진다.

"야야아, 이거는 시아부지 방에 디리고."

약사발에 새끼손가락을 담가 휘휘 저어 잠시 식혀서 며느리에게 건네고, 본인은 탕약을 들고 아들 방으로 건너간다.

"후루룩 마시고 퍼뜩 일어나야제. 제생당에서 보내온 탕약이다. 메칠만 보양하고 누었이모 금방 일어날 끼다. 니는 언체 타고난 강단이 있으께."

청수는, 제삿날 밤에 끌려가서 사흘 밤낮을 보내고 방면되어 나온 것이 지옥에나 다녀온 일같이 여겨졌다.

아직도 온몸이 신열로 뜨겁다. 끙끙 앓을 때마다 옆구리가 결려 숨이 턱턱 막힌다.

찔린 손톱 밑은 보랏빛으로 죽은 색깔이었다. 골무를 낀 듯 손가락이 부어 감각이 무뎠다. 손톱이 떠 있는데, 아무래도 떨어져 나갈 것 같다. 용을 쓰면 욱신거린다.

대칼을 손톱에 들이대는 때를 떠올리면 지금도 뒤통수가 오싹 오그라든다. 새삼스레 부르르 진저리를 친다.

'이 원수를 어떻게 갚을꼬?'

청수는 억울하고, 분했다. 삼촌 때문에 온 집안이 곁불을 뒤집어쓴 꼴이었으나, 조금도 그에게는 원망의 마음이 일지 않았다. 그러나 고문을 자행한 그놈은 생각만 해도 가슴이 쓰리고 손톱이 아려서 견딜 수가 없다. 눈을 희번덕이며 노려보던 살기등등한 오쿠무라의 모습이 눈앞에 달려든다.

'저 화경火鏡 같은 눈깔은 사람의 것이 아니다. 야차夜叉의 것이다.'

자다가도 놀라서 벌떡 일어나 헛소리하고 손사래를 내젓기 일쑤다.

"오쿠무라, 이놈! 용서할 수 없다! 아니, 일제의 야만을 용서할 수 없다."

일본 제국주의의 식민정책이 무고한 사람에게 없는 죄를 뒤집어씌워, 없는 죄를 캐내도록 오쿠무라를 시킨 것이다.

"일제를 용서할 수 없다."

일본에 대한 증오의 칼날이 청수의 가슴팍을 후비고, 분노에 달아오른 뜨거운 피가 온몸을 휘감아 돌고 있었다. 몸 구석구석 실핏줄까지 부풀어 올라 화끈거려서 끙끙 앓았다.

청수는 이를 부드득 갈았다.

"경찰서를 폭파해서 없애 버리자."

집에 온 지 사흘째 되는 날 청수는 엉덩이가 가려워서 견딜 수가 없었다. 어머니의 부축을 받고 동인병원으로 찾아갔다.

양의사 조曺 선생이 바지를 내리고 볼기짝을 들여다보더니 고개를 돌렸다.

"에이, 이 사람아! 상처에 된장을 바르다니!"

구더기가 두세 마리 끓고 있었다. 알이 체온에 부화했다.

의사는 환부에 옥도정기를 바르고 새 솜을 붙여 주었다.

강세준은 한동안 몸을 추스르고 나서 일어나는 길로 의관을 정제하고 경찰서로 향했다.

"몸도 아즉 선찮은데, 아침부터 채리입고 오데로 나서는교?"

동래댁이 염려한다.

"몸은 인자 헤꼽하이 갭직하오(가뿐하오). 잠시 댕겨오리다."

아직도 회복이 완전히 안 된 몸으로 세준은 휘적휘적 엇박으로 발걸음을 옮겼다.

'그냥 뺏겨 없앨 수는 없지. 찾아와야지. 어른께서 얼마나 아끼시던 물건인데.'

두루마기에 갓을 쓴 채 서에 들어서자, 오쿠무라가 책상에 두 발을 걸치고서 의자에 기대앉아 노인을 건너다보고 있다.

다가오는 세준에게 축 처진 갈퀴눈을 치뜨고 노려보면서 묻는다.

"왜 왔소?"

"차압해 간 물건 찾으러 왔소."

그는 어처구니없다는 듯이 발을 내려 거두고 노인을 올려다보며 부루퉁해 가지고 말했다.

"아직 조사가 끝난 게 아니야. 더 알아볼 일이 남아 있어."

"조사는 진즉에 알아볼 만큼 다 했지 않았는가?"

형사가 '꽥!' 고함을 내지른다.

"아직 멀었다니까!"

세준은 잠시 조용히 있다가 옹차게 대들었다.

"선친의 유물이니 붓하고 벼루만은 먼저 돌려주시오."

"범죄 용의자가 은닉해 둔 물증이니, 보완조사가 끝날 때까지 영치해 두어야겠어. 며칠 내로 다시 부를 테니 그리 아시오. 철저히 따져 봐야겠어."

오쿠무라는 위협하듯 자막대기로 손바닥을 딱딱 내리치고 있었다.

"그렇다면 서장에게 직접 물어봐야겠다."

"그럴 필요 없어! 추가조사는 서장님의 지시니까."

오쿠무라는 모가 난 도끼눈을 흘겼다.

세준은 쓴 입맛을 다셨다.

'서장, 네 이놈! 알고 보니 네놈이 바로 사모紗帽 쓴 도적놈이구나.'

세준은 끝내 선친의 유품을 돌려받지 못하였다.

"네놈이 유품을 가로챈 대가로 나를 속량해 준 꼴이구나."

노인은 한탄했다.

세준은 화병이 도졌다.

강삼준은 오카다가 꾸며서 자신이 서명한 진술서와 함께 지방법원으로 넘겨져서 재판을 받고 3년형을 언도받았다. 이에 불복하여 부산복심법원釜山覆審法院에 공소까지 내었으나 패소하고 끝내 형무소 복역에 들어갔다.

죄수들이 재판정에서 나와, 물고기 잡는 데 쓰는 통발같이 생긴 용수를 뒤집어쓰고 포승줄에 손이 묶인 채 줄줄이 차에 오르는 모습을 준오는 어머니와 함께 보았다.

"아부지!"

죄수들 중에 한 사람이 준오의 목소리를 알아듣고 아이를 힐끗 쳐다보더니 머리를 주억거려 주었다. 그리고는 돌아가라는 듯이 턱을 밀어내면서 꺼덕이고는 차에 올랐다.

"엄마, 아부지 오데 가제?"

준오가 물었다.

"까막소에 간다."

"까막소는 머 하는 덴데?"

"조선 사람 갇아 놓는 데다."

"와?"

"일본 사람들 저거 말 안 듣는다꼬."

"그라모 아부지는 운제 오노?"

"석삼 년은 있어야 풀리나올 끼다."

원계댁은 옥형獄刑을 받으러 떠나는 남편을 생각하며 깊은 한숨을 쉬었다.

강세준의 선비先妣의 제삿날이 다가왔다. 개나리가 지고, 연분홍 진달래가 응달을 곱게 밝히는 봄날이었다.

남지 새댁이 한뎃부엌에서 한창 전을 부치고 있는데, 끈님이 마당으로 들어선다. 치마는 어디다 벗어 팽개쳤는지 고쟁이만 걸치고 있었다. 진달래 꽃가지를 꺾어 쥐고 히죽히죽 웃으면서 불판 곁으로 다가왔다. 소쿠리에 든 지짐이를 한 조각 냉큼 주워서 입에 넣는다.

"미친년, 묵고 싶으모 곱게 얻어묵어야지 …. 상에 올릴 음석에 손을 대는 기이 아이다."

남지댁은 뜨악해 가지고 끈님의 거동을 쳐다보고만 있었으나, 동래댁이 이를 보고 손사래를 저으며 달래는 투로 점잖게 이야기하고, 쯧쯧 혀를 찬다.

"보래이, 아가아! 아침에 먹다 남은 밥, 마저 싸 주거라이. 저기이

몬 묵어서 그란다. 배 속에 든 애가 얼매나 굶었겠노. 불쌍한 것! 쯧
쯧쯧."

그러고 보니 끈님은 배가 불러 있었다.

신산댁은 못내 안타깝다.

"아이고오, 저 일로 우야겠노. 미친년 배에 아아가 웬 말고. 삼신지
왕도 무상타!"

끈님은 입속에 든 지짐이를 우물거리며, 가랑이가 타진 샅다리 새
로 드러난 벌건 속살을 진달래 꽃가지로 비벼대고 섰다.

끈님은 경찰서에서 방면되어 나온 후 실성^{失性}하고 말았다.

이미 남편도 자식도 버렸고, 살아도 살아도 곤고한 삶이 버거워 지
쳐 빠지고, 전생에 무슨 악업을 졌는지 느닷없이 찾아온 모질고도 모
진 고문 끝에 기력은 쇠진해 버리고 그나마 마지막 남았던 여성의 치
부마저 샅샅이 까발린 수치심을 이겨내지 못하고 모든 것을 진작 포기
하고 말았던 것이었다.

그녀는 혼자서 무슨 소린지 웅얼거리면서 하루 종일 갔던 길을 되돌
아왔다가 다시 갔다 하릴없이 오락가락했다. 지나치며 들은 동네사람
들은 미친년이 읊조리는 것이 노랫소리 같다고 했다.

끈님이 천성규네에 드난살이를 하던 시절, 중학교에 갓 들어간 중
건이 하모니카로 경쾌하게 불러대던 음곡을 아련한 기억 속에서 그녀
는 허밍으로 되살렸던 것이다.

하굣길의 여학생들이 그녀를 스치면서 웅얼대는 노래 가락을 듣고
신기해했다.

"옴마야, 같잖거로 미친 기이 … 〈클레멘타인〉 노래 아이가."

내 사랑아 내 사랑아 나의 사랑 클레멘타인

　　늙은 애비 홀로 두고 영영 어디 갔느냐?

　끈님은 같은 소절만 반복해서 읊는 것이었다.

　부른 배를 뒤뚱거리며 대문을 나서는 끈님의 뒤에다 대고 동래댁이
말했다.

　"배 속에 담은 씨는 뉘 낀고?"

　동네에 아는 사람은 아무도 없었다. 단지 떠도는 소문을 며느리가
들은 대로 시어머니한테 말해 주었다.

　"산림주사를 쫄쫄 따라댕기는데, 끈님이가 나타나모 산림주사는 학
을 떼고 달뺀다 캅디더."

　산림주사는 사사키 주사를 두고 말하는 것이다.

제 3 부

빛 으로

시절이 하수상하여

1. 가야금 열두 줄

가을은 여물어 가고 있었다.

들판에 널린 벼 잎 끝은 붓끝으로 찍어 놓은 듯이 노릇노릇 물이 들었다. 활짝 벌어진 들국화 잎은 햇살을 받고 노랗게 혹은 보랏빛으로 색을 더해 가고 있었다.

강세준은 가는 가을을 두고 제생당 박학추 의원을 집으로 초청하였다. 양가가 대를 이어 집안끼리 교유해온 내력은 50년도 넘었다. 세준의 증조 대에 이곳으로 옮겨와서 자리를 잡을 때부터 시작해서 집안끼리 서로 내왕하고 있었다.

세준과 학추는 어릴 때부터 서당에서 한학을 함께 배웠고, 특히 세준의 부친이 3·1 만세 시위 때 왜경의 발포로 총탄에 맞아 혼수상태로 쓰러진 사람을 학추의 가친이 부축해서 집에까지 데려다 준 인연이 있었다. 세준은 그 일을 마음속으로 두고두고 고마워했다. 그 후 어른들이 세상을 버리고 나서 세준은 박 의원을 집으로 초청해서 조촐한 술상을 차려 대접했다. 대접을 받은 학추는 다음 해에 세준을 집으로 초청하여 술상을 차렸다. 그러던 것이 서로 오며가며 해거리로 벌이는 행사가 되었다.

술상을 차려 놓고 시조도 읊고, 객담도 주고받고, 가야금을 뜯기도 하면서 두 노인은 짙어가는 가을을 완상玩賞했다.

아직 새댁 티를 못 벗은 남지댁은 아침부터 치자 열매를 바가지에 넣고 물에 담가 불린다. 주황빛 물감을 우려낸 다음 밀가루 반죽에 버물려 국자로 퍼서 불판에 부어 놓고 그 위에 국화 꽃잎을 조심스럽게 펴 놓는다. 시댁의 귀중한 손님을 처음으로 모시는 며느리로서 지는 가을을 화전花煎으로 부쳐서 잔뜩 솜씨를 부려 본다.

박 의원은 술이 거나해지면 매번 동래댁이 손수 빚은 방문주方文酒의 술맛을 극구 칭찬하였다.

"이보게 세준! 댁의 명탁明濁 국화주는 조선 제일이오. 그 비전秘傳을 좀 가르쳐 주시구려."

세준은 과히 듣기 싫지 않은 소리에 겸양의 말을 한다.

"술맛이야 물맛 아니겠소. 다 저 샘물이 감천甘泉인 덕이오. 어디 우리 집만 물이 좋겠소? 이곳 양조장 술이 멀리 일본, 만주까지 조선의 나다자케灘酒라고 소문이 나 있지 않소. 그기이 다 이 지방 물이 맑은 덕에 그런 거 아니겠소?"

일본주로서 최고의 명주인 '나다자케'에 비해서 조금도 손색이 없다는 애주가들의 평판을 두고 하는 말이다.

이 고장은 예로부터 물 맑기로 소문난 곳이었다. 일본 사람들이 와서 수질을 분석하고 나더니 일찌감치 정종 공장부터 세웠다. 그리고 1905년에는 800여 년 전 고려 때 수맥水脈 찾기에 이골이 난 몽골 군대가 내려와서 파놓은 우물 옆에다 일본의 깃코망에 못잖은 조선 제일의 간장 공장도 세웠다.

이 도시의 진산鎭山 무학산 지하수맥을 골라서 파놓은 몽고정蒙古井의 물길은 가뭄에도 줄지 않고 장마에도 늘지 않고 늘 일정하게 수위를 유지하면서 한겨울에도 어는 법이 없다. 아주 추운 날에는 우물 표면에 가느다란 김이 모락모락 피어오른다.

동래댁은 빚어 놓은 술이 익기 전에는 술독을 열지 못하게 하였다. 본인이 요량해서 술 항아리에 귀를 대고 술 끓는 소리를 들어보고서야 숙성을 짐작했다.

동래댁은 암탉 병아리 품듯 치마를 잔뜩 부풀리고 앉아서 며느리를 불러서 술독에 귀를 대 보라고 법도 있게 말한다.

"술 익는 소리를 들어 바라!"

며느리는 술독에 발효醱酵 거품이 '부걱부걱!' 이는 소리를 귀담아듣는다.

시어머니는 한 번 더 술독에 귀를 대어 확인하고, 직접 뚜껑을 열어서 막걸리에 뜬 골마지(흰 곰팡이) 더껑이를 살짝 밀어내고 쪽박으로 떠낸 맛보기로 쩝쩝 입맛을 다셔 본다. 야산에서 따 넣은 감국甘菊의 쓴 맛도 완전히 가시고 뒷맛이 삽상했다.

"크으, 잘 익었다!"

목을 움츠려 들여 진저리를 치면서 며느리 앞에서 자찬自讚해 본다. '오늘은 박 영감이 술맛을 두고 무슨 말로 찬탄을 하실라는고?' 하고 흐뭇한 기대감에 어깨를 움츠린다.

국화주는 찹쌀로 빚었다. 생지황生地黃에 구기자나무 뿌리를 넣어서 발효시켜 어우러지는 맛과 향에 약간 탕약 맛이 도는데 박 의원은 이 맛에 무릎을 치는 것이다.

동래댁은 삼베로 갓 걸러 내린 막걸리를 조그만 옹기 독에 채워서 도르래 고팻줄에 매달아 우물에 채워 놓는다.

세준은 며느리가 들으라고 말한다.

"미지근한 술은 늘 뒷골을 댕긴다."

술은 차야 도락道樂이 그 가운데 있다. 샘은 깊고 물은 찼다. 반나절도 못 가서 발효열은 식을 것이다.

동래댁은 며느리에게 햇나락을 절구에 찧어 두도록 시켜 두었다.

준오는 백부가 난초 잎을 닦는 것을 옆에 붙어 서서 보고 있다.

백부는 시조를 되풀이하여 읊조린다.

　창밖에 국화를 심어

　국화 밑에 술 빚어 두니

　술 익자 국화 피자 벗님 오자

　달 또한 돋아온다.

　아이야 거문고 내어 청쳐라.

　벗님 대접하리라.

술자리에서 박 의원에게 읊어 줄 요량이다.

준오는 백부의 마고자 섶을 여민 주황빛 호박琥珀 단추를 들여다보았다. 자두알 크기의 투명한 호박 속에는 유충幼蟲이 한 마리 들어 있었다.

"큰아부지예, 벌거쟁이가 와 자불고(졸고) 있지예?"

준오가 물었다.

"송진이 흘러내리다가 지질로 파묻힌 거지. 송진이 땅 속에서 천 년을 나면 호박이 된다. 그러니까 이 벌거지도 천 년은 된 놈이다. 벌거지가 백힌 거는 세상에 별로 드물다."

큰아버지가 설명해 주었다.

황톳빛 마알간 응고凝固 속에서 새우처럼 허리를 구부린 채 잠들어 있는 하얀 애벌레를 들여다보는 재미가 여간 아니다.

동래댁은 장독대에서 청간장을 한 조롱박 떠서 지나가다가, 우물 옆에 퍼져 앉아서 놋그릇을 닦고 있는 찬호 어미에게 한마디 했다.

"매매 닦게. 대얏물 놋숙가락에 돌미나리 거머리가 다 떨어져 나온다 칸께. 거머리가 우떤 놈이던데 … 육칠월 땡볕에 머슴 장딴지에 들러붙어 손으로 떼도 안 떨어지는 숭실받은(흉측한) 놈이 놋쇠 독에 지질로 떨어져 나간다 카모 묵은 청녹 때가 엔간히 독하기도 한 기라. 오래 처박아 둔 놋그륵에사 묵은 녹이 오죽이나 끼있실꼬."

박 의원을 모시는 날에는 찬호 어미가 와서 품앗이로 부엌일을 거들어 왔으나, 이제 새 며느리가 들어와서 일손을 덜게 되어 동래댁은 그녀에게 벽장에 넣어 둔 유기鍮器를 끄집어내어 묵은 때를 벗기는 곁꾼일을 거들도록 하였다.

동래댁은 여름철 부엌세간은 사기그릇을 쓰다가, 서릿발이 내리는 가을철에는 거두어들이고 놋그릇을 꺼내 다음 해 봄까지 썼다.

찬호 어미가 이왕 놋그릇을 닦기로 한 김에 제사상에 쓸 방짜유기도 같이 닦도록 지시했다. 찬호 어미는 젖은 짚 다발에 재를 묻혀서 쓱쓱 놋그릇에 치대어 뽀독뽀독 동청을 벗겨낸다. 말끔하게 닦인 유기는 차곡차곡 쌓였다. 내리쬐는 햇빛이 눈부시게 미끄러졌다.

제사 때 쓰고 나서는 안방 벽장 안에 수납해서 보관하는 방짜유기는 선대로부터 내려온 대물림 제기다.

동래댁은 새며느리에게 내력을 설명해 주었다.

"야야아, 이것들은 고조 할머이가 시집오실 때 장만해 오신 물건이다. 가짓수가 지 각각 오직이나 많으냐. 내도 일일이 다 외울 수가 없니라. 그래도, 이 그릇 수대로 음식을 장만해 가다 보면 빠트리는 법이 없니라이. 고조모님 친정댁에서는 딸이 한 집안의 장손한테로 시집가서 장차 종부 노릇을 할 터인데, 혹여 제상 차림에 가짓수를 빠트려서 종부의 체통을 잃을까 걱정이 되신 기라. 미리 강씨 집안에 제수 차림을 물어서 그 가짓수대로 그릇을 장만해서 혼수 보낼 때 일습一襲을 갖추어 딸려 보내온 기라."

남지댁이 죽 한 번 훑어보니 늘어놓은 그릇 수가 하도 많아서 일일이 분간하기가 어려울 정도였다. 대충 눈에 들어오는 것은, 반과 갱을 담는 밥그릇과 대접을 비롯하여 떡과 전을 괴는 각종 편틀에다 탕기그릇, 굽이 달린 향로와 향합, 촛대 그리고 모사기까지 그 종류가 이루 헤아릴 수가 없는 데다가 부부합설夫婦合設로 제상을 차리는 집안이니 내외분의 몫까지 갖추어 그 가짓수가 배가 되었다.

"방짜유기는 놋점에서 바데기를 일일이 두들겨서 맨글었으이, 수공

手功이 많이 든 기라."

유기는 독성을 고려해서 식기류는 모두 향동響銅으로 만들었다.

"생긴 모양이 벌써 옛시럽지 않느냐? 놋주발의 배는 아아 들어선 메누리같이 가운데가 볼록하고, 아가리는 오므라들어 좁으당하고. 또 두껍기는 툭사발맨키로 와 이리 두껍은지. 요새 시상에는 없는 물건이라. 앞으로 몇백 년은 두고 쓰일 낀께네 잘 간수하도록 하거라이."

동래댁은 한쪽 다리를 괴고 앉아서 며느리에게 유기 그릇 다루는 법을 가르친다.

"구리에 잡쇠를 섞은 주동鑄銅은 퉁쇠라 하여 식기로는 안 쓰이느니라. 어르신 놋재떨이가 퉁쇠로 된 것이니라. 제사 유기를 막된 퉁쇠로 쓸 수야 있겠느냐. 향동 방짜유기는 양반쇠라 그 소리부터 다르니라."

동래댁은 대접으로 대접을 툭 건드렸다.

'땅그렁!'

맑은 소리가 튕긴다. 소리는 그릇 안에서 바르르 떨며, 운두를 넘지 못하고 아스라이 잦아든다.

"귀히 다루어야 하느니. 제사 때는 묵은 때나 동청을 매매 닦아내고 써야 한다이. 다 쓰고 나서는 물기를 말끔히 닦고 신문지로 둘둘 말아서 간수하도록 잊지 말고. 제기祭器에 녹스는 일을 아낙이 부끄럽게 여겨야 하느니."

그리고 놋대접을 한 개 들어서 며느리에게 건넨다.

"아나, 한 번 들어 바라! 무겁제? 보리밥 묵고는 몬 들 끼다. 자칫 떨어뜨리는 날에는 온 집안이 덜썩거려서 감당을 몬 한다이. 징이나 꽹과리가 향동 놋쇠 아이더냐. 향동 놋주발 구르는 소리가 '땅그렁 떼

구르르!' 요란키가 민망해서 몸 둘 바가 없을 끼다. 아낙네가 정지에 쇳소리를 내면 못 쓰느니라."

남지댁은 우귀于歸로 친정 떠나던 날 솥뚜껑을 '댕그랑 댕그랑!' 울리던 일이 머리에 떠올랐다. 어머니가 일부러 정을 떼고 가라고 하던 파격破格이었다. 그러나 시어머니는 살림 사는 아낙네는 그래서는 안 된다고 이르는 것이다.

며느리는 놋대접을 고이 내려놓았다.

"그렇다고 사기그륵을 소홀히 하라 카는 말은 더더구나 아이다. 그 집에 사기그륵 간수하는 거를 보모 메느리의 정완貞婉이 읽히느라. 자칫 부딪쳐 이빨이라도 나는 날에는, 목기木器 같아서 옻칠을 둘러 입히서 쓸 수가 있을 것이며, 쇠라서 땜질로 붙이서 쓸 수가 있겠는가. 내 실수로 그리된 것이 아이라 할지라도 남의 탓만을 할 수가 없는 것이니, 한 번 버린 사기는 새 것으로 바꾸어 놓아야 한다. 새로 사들인 것은 비 오는 날 댓돌 미투리 사이에 놓인 새 고무신같이 당장 눈에 띄고 만다. 그륵을 깼고나 하고 생각한다 말이다."

사기그릇 간수는 부인들을 여간 신경 쓰이게 하는 것이 아니다.

사랑방에는 삼준과 학추가 조촐한 술상을 차려 놓고 마주 앉아서 가야금 이야기에 꽃을 피운다.

세준이 현줄을 뜯었다.

둥두 둥 둥기당 둥 … !

맑은 음이 잠시 통 안에서 공명共鳴한다.

"가야금 틀이야 자동子桐도 좋다마는, 돌팍(돌밭) 새에서 막 자란 벽

오동碧梧桐만 하겠는가. 모질게 배배 꼬이고 말라비틀어져서 나이테가 촘촘하이 목질이 여물기가 돌멩이나 같으니 … 튕겨서 뱉는 소리가 여간 맑지 않은가."

두둥 둥 두둥두둥 딱 … !

소리는 꼬리를 물고 쌀쌀한 가을 날씨에 한동안 여운을 남긴다.

세준은 호리병 모가지를 쥐고 학추의 빈 잔에 술을 친다.

"선친께서 동네 앞 냇가 반구(바위) 옆에 서 있던 오동을 베어다가 손수 판재板材를 켜고 이태에 걸쳐 그늘에서 말렸다네. 고령에서 악기장을 불러다가 대패질을 시키고 가야금을 짜 맞춘 걸세."

가야금 표면에는 나뭇결이 돋아나 있었다.

악공樂工은 화덕에 달군 인두로 지져서 거친 표면을 말쑥하게 마물렀다.

"낙동烙桐 솜씨가 여간 아닐세그려."

학추가 말했다.

악공은 다시 그 위에 짚으로 박박 문질러 나뭇결을 살려 내었다.

세준은 비쳐 드는 빛살 쪽으로 가야금을 뉘여 손가락으로 문양文樣을 짚어서 보여주었다. 콩기름으로 문대서 매끈한 표면에 무늬는 말갛게 돋아났다.

"마감질이 조금만 틀어져도 딴 소리가 난다네. 얼마나 여물게 죄어 놓았는지. 막된 물건이 아닐세."

세준은 은근히 자랑으로 말했다.

"과연 천공天工의 솜씨일세."

학추는 술김에 세준이 은근히 내비치는 자찬에 추임새를 넣으면서도 세준의 가야금 솜씨를 부러 얕잡는 투로 즐겁게 말한다.

"그런데 명마名馬가 명수名手를 알아본다고 … 오늘은 명수를 불러 놓았네."

세준이 으스댄다.

"명수라니?"

"행림옥 기생 말일세. 모처럼 기악妓樂이나 한판 즐겨보세."

세준은 학추에게 또 술잔을 쳤다.

학추는 주기酒氣가 오르자 객기를 부리게 되었다. 세준이 소매를 걷어붙이고 미리 준비해 놓은 벼루에 먹을 갈더니, 일필휘지一筆揮之 붓글씨를 써 내려간다.

　桐千年老恒藏曲(동천년로항장곡)
　오동은 천년을 두고 늙어 가며 항상 가야금 소리를 간직하고
　梅一生寒不賣香(매일생한불매향)
　매화는 추위 속에 나고 지더라도 향기를 팔아 안락을 구하지 않네.

그는 붓을 놓고 고개를 뒤로 젖힌 채 실눈으로 지그시 글씨를 내려다보면서 흥얼거렸다.

"오동나무는 속을 비운 나무가 아니던가. 그냥 빈 것이 아니라 그 속에 소리로 차곡차곡 채워 두었으니, 가야금 공명통이 그 소리를 게워 내는 것이 아닌가."

술에 취한 말을 하였다.

세준이 말을 이었다.

"나는 오음청탁五音淸濁과 육려六呂에는 귀가 어두운 사람인지라 ···.
그래도 감히 조선의 악기 삼현육각三絃六角 중에서 가야금을 으뜸으로
치오."

'삼현'은 현줄을 손가락 끝으로 다루는 발현撥絃 악기를 두고 이름이
다. '육각'은 북, 장구의 타악기와 피리, 태평소의 관악기와 해금의 찰
현擦絃악기를 아울러서 이르는 말이다.

그의 주장은, 여러 악기의 합주에는 전혀 관심이 없고 오로지 가야
금만 치세웠다.

"타악기는 음정의 높낮이가 없고 강약의 장단만 있는 데다 경망스러
운 데가 있고, 관악기는 오묘한 소리에도 불구하고 청승맞고 한 맺힌
소리가 듣기에 민망하고, 해금은 말총꼬리를 켜는 소리가 철부지 아
이가 우는 소리 같다. 그런데 가야금은 장엄하기가 군자와 같고, 유현
幽玄하기가 천년을 두고 우는 학의 소리와 같고, 그 현송絃誦의 소리를
귀담아듣고 있노라면 마음 한구석을 손가락으로 오묘하게 뜯어내어
단연 온갖 희로애락을 고루 갖춘 소리가 아니던가?"

국화주 부일배復一杯로 한담閑談을 나누는 가운데 문아文雅한 술자리
는 취기가 더해갔다.

따가운 가을 햇살이 호두나무 잎사귀를 빗기며 마루로 기어들기 시
작했다.

행림옥의 동기 소엽小葉이 긴 치마를 사뿐 치켜들고 대문 안으로 들
어선다. 어디라 할 것 없이 가볍게 머리를 한 번 숙이고 사랑채 어른들
자리를 향해 올라왔다.

마주 보는 두 어른 사이 상 모서리에서 두 팔을 짚고 절을 올리고 치마를 펴서 자리를 잡는다.

"소엽이라 부릅니더. 작을 소 자, 잎 엽 자를 씁니더."

아직 앳된 아이였다. 오뚝 솟은 코에 동그란 눈을 하고 사람을 빤히 쳐다본다. 나이에 어울리지 않게 쪽진 머리를 하고 있었다.

'흐응, 벌써 누군지 잽싸게 머리를 올려 주었구나.'

학추는 소엽을 요모조모 뜯어보고 호색가에게 돈에 팔려 매인 것을 생각하니 어린 나이가 애처롭다.

소엽은 호리병을 받쳐 들고 세준의 빈 잔에 술을 따른다. 학추가 잔을 비우자 그 쪽에도 잔을 채운다.

그날 학추 노인은 동래댁의 술맛 칭찬을 잊고 있었다.

세준이 물었다.

"니가 동래 권번에서 배웠느냐?"

"그러하옵니다."

"가야금은 얼마나 쳐보았느냐?"

"한 5년 됩니더."

"어려서 들어간 게로구나 … 오늘은 한 곡조 들어보자꾸나."

"네. 소첩이 감히 한 번 뜯어 보겠십니더."

그녀는 가야금을 안고 물러나서 좌정坐定했다.

현줄을 매어 놓은 봉미鳳尾의 죄임을 한 번 더 죄어 보고, 줄을 한 가닥씩 튕겨 보고 안족雁足을 고쳐 받쳤다. 문현과 무현을 고르는 그녀의 농현弄絃 솜씨는 능숙했다. 머리를 기울여, 왼손가락으로 줄을 짚고 여기저기 퉁겨 가면서 음을 고르고 조율을 끝낸다.

두둥 덩 두두 덩 덩!

현줄을 뜯기 시작했다. 탄금彈琴 소리는 느릿하게 진양조로 시작했다. 겹의 겹으로 꼬인 명주실이 떨면서 자아내는 소리는 청아하고도 무거웠다.

멀리 무학산이 그늘을 짓고 있다.

삼각조각이 현을 뜯으면 소리는 솟았다가 너무 멀리 간다 싶으면 손가락으로 눌러서 소리를 떨어트렸다. 공명통 속을 구석구석 돌아 나오는 소리는 길었다. 탄금은 구름 위로 올랐다가 혹은 농현弄絃으로 땅으로 툭 떨어졌다가 하늘과 땅 사이를 오갔다. 농현에 가야금은 놀아났다.

오년 독공은 현란했다.

너울지는 탄금 소리는 한복 치마저고리를 입고 넉넉한 곡선을 그려내는 여인의 춤사위를 연상시켰다. 멀리 무학산 자락에 학鶴이 너울너울 나는 모습이 감고 있는 세준의 눈에 스친다.

세준은 구음口音을 넣었다.

"구루루 구룻 굿 굿 구루루….."

곡조가 고비를 넘을 적마다 어깨를 들먹였다. 구음 소리는 악보였고 반주였다.

둥두 둥 둥기당 둥 … 두둥 둥 두둥두둥 딱 … .

소엽은 한 마당을 끝내고 손을 놓았다.

"가히 명불허전이로고! 행림옥에 명기가 왔다더니, 내가 체신을 잃고 떨어진 낙안落雁의 신세로세!"

학추 노인은 술잔을 비우고 손바닥으로 입술을 쓰윽 훔치고 무릎을 쳤다.

세준이 물었다.

"어허, 소엽아! 왕소군王昭君을 아느냐?"

창공을 날던 기러기가 넋을 잃고 떨어진 것은, 절세미인 왕소군의 가야금 퉁기는 솜씨에 놀란 것이 아니라 그 미모 때문이었다. 학추 노인의 말인즉, 깜찍한 기생한테 넋을 잃었다는 이야기다.

소엽이 받았다.

"일개 권번기생 소엽이 쪼그리고 앉았으이, 기러긴들 날갯짓을 잃을 일이 있겠십니꺼. 주사酒邪의 말씸이겠지요."

"허허허어! 죽은 절색보다 산목숨 니가 낫다는 말이다. 가야금 잘 들었다. 그런데 왕소군의 고사는 어디서 들었느냐?"

박 의원이 물었다.

"권번에서 배웠십니더."

"오냐 … ."

"어허허허 … ."

노인들은 즐거운 웃음소리로 허리를 뒤로 젖혔다.

안방에 든 동래댁은, 마당을 건너오는 학추 노인의 큰 목소리에 바느질함을 밀치고 투덜대는 소리를 했다.

"흥, 점잖은 양반도 벨 수가 없네, 여색에는 … 에린 기집아아를 두고 나이 잡솬 분들이 머슨 수작들인고? 남자들 주착이란 다 똑같다!"

그녀는 사랑방을 향해 눈을 흘겼다.

그날은 박 의원이 소엽의 미모를 탐해서 동래댁의 국화주 술맛 칭찬을 가맣게 잊었다.

　동래댁은, 머릿기름을 바르고 곱게 차려입은 며느리에게 부러 술병을 들려 술자리에 자주 들여보냈다. 노인들은 며느리 앞에서 허튼 수작을 부릴 수는 없었다.

2. 놋그릇 징발하다

　갑자기 대문을 박차다시피 하고 오쿠무라 형사가 마당으로 들어섰다. 청년대 보조원 한 명이 손수레를 끌고 뒤따랐다. 둘은 다짜고짜 정지 쪽으로 가다가 우물 옆에 유기 그릇 쌓아 놓은 것을 보고 그리로 갔다.

　"거 누군고오?"

　세준이 일어서서 마루로 나왔다.

　"놋그릇 공출 받으러 왔소. 협조해야겠소."

　오쿠무라가 쌓아 놓은 제기를 가리키며 개발코를 씰룩이며 말했다.

　마루에서 내려다보고 있던 세준 노인이 드림줄을 잡고 황급히 댓돌로 내려섰다.

　"녹그륵이라니 느닷없이 그기이 무슨 말고?"

　"총독부에서 전시물자 조달령이 내려왔소. 그래서 징발차 나온 것이오. 협조하시오."

　"도대체 조달령이라니, 뭣을 징발하겠다는 것인고?"

　"지금 우리는 대동아공영을 위한 성전聖戰을 수행하고 있소. 군수물자 생산에 쓸 쇠붙이를 징발하러 온 것이오. 대포와 탄피에 쓸 유기를 내놓으시오."

　전쟁은 깊어갔다.

　태평양전쟁은 미드웨이 해전을 정점으로 하여 전세는 역전이 되어,

일본군은 미군에게 밀리기 시작했고 전쟁자원은 바닥이 났다. 일제는 다급해졌다.

그래서 총독부는 조선반도 전체를 전시동원체제로 전환하고 전국적으로 인적 자원과 군수물자를 강제징발하기 시작하였다.

전투병력 부족으로 학도병을 끌어들이고, 무기제작은 원료 부족으로 쇠붙이를 닥치는 대로 징발해 가고, 양곡은 공출로 수탈해 갔다.

총독부는 이른바 '고철 회수운동'이란 것을 벌이고 각종 쇠붙이와 고철을 강탈해 가지고 가서 이것을 녹여서 무기 만드는 데에 사용하는 지경에까지 이르렀다.

온 조선을 뒤지기 시작하였다.

보습, 가마솥, 도끼, 망치, 연장, 고철 등 쇠로 된 것이면 닥치는 대로 걷어 갔으나, 그들이 눈독들이고 제일 탐내는 것은 유기 놋 제품이었다.

일제는 이 놋그릇의 원료에는 주석이 포함되어 있는 것에 착안하여 특별히 요긴한 물건으로 취급하였다.

식기, 수저, 요강, 세숫대야, 노구솥 등 부엌세간은 말할 것도 없고, 그중에서도 제사용 유기그릇은 일습만 해도 손수레 하나가 그득하게 차서 제일로 탐냈다.

징발이 여의치 못하자 경찰서와 군, 면 등 합작으로 수색대를 편성하여 집집마다 뒤져서 강탈해 가기에 이르렀다.

일이 이 지경에 이르자 절간에 있는 범종梵鐘에도 손대기 시작했다. 에모리 순사가 부청府廳 서기 한 명과 목도꾼 여덟 명을 거느리고 성주사 절 경내로 들어섰다. 지카다비를 신은 목도꾼들은 어깨에는 통나무 틀가락과 목돗줄을 둘러메고 목이며 이마에는 목수건을 둘렀다. 그들은 범종이 걸려 있는 종각으로 다가갔다.

표면에 비천부조飛天浮彫를 새긴 종은 사람 키보다 커서 2m는 족히 됨직했다. 부청 서기라는 작자가 옷자락을 바람에 날리며 구름을 밟고 오르는 선녀仙女의 양각陽刻을 더듬어 보면서 말했다.

"구리만 쳐도 자그마치 황소 무게는 되고도 남겠다."

에모리는 곁으로 다가오는 상좌에게 주지를 불러 오라고 했다.

방장 스님이 다가왔다.

"오보상(스님)! 이 종 징발해야겠소. 대포공장으로 보낼 것이오."

관인이 찍힌 공출명령서를 들이밀며 강다짐으로 말을 박았다.

"아니 무슨 그런 말이 있소? 이 종은 살생하는 데는 쓸 수가 없소. 종을 내놓아라 카는 거는 산문山門을 닫아라 카는 말이오."

"오보상도 황국신민 아니오? 성전 수행에 협력하시오!"

"안 되오!"

앞을 가로막고 나선다. 완강하다.

"종을 내려라!"

에모리가 목도꾼들에게 일렀다.

"안 되오!"

방장 스님이 나섰다.

"뭣이 어쩌고 어째?"

순사는 주지住持를 왈칵 밀어젖혔다. 종각 기둥에 이마를 찧었다. 화상은 이마가 터져서 피가 흘러내렸다.

인부 여덟 명이 우르르 달려들어 종을 내리기 시작했다. 중들이 나서서 막았으나 순사가 나서서 칼을 휘두르며 위협했다.

"방해하면 모조리 다 잡아가겠다!"

종은 내려졌다.

주지는 종에 매달렸다. 인부들이 그를 번쩍 들어다가 종에서 떼어 놓았다.

바닥에 산륜散輪으로 통나무를 깔아 놓고 그 위에 종을 올려서 일주문 쪽으로 굴려 나갔다.

"영차! 영차!"

비탈에 나서자 인부들은 양편으로 갈라져서 짝을 지어 종을 맞매고, 목도질해서 산을 내려갔다.

산사에서 아침저녁으로 '두웅 두웅!' 골짜기를 타고 울려 퍼지던 종소리가 사라졌다. 온갖 중생은 종소리로 고뇌를 달랠 길이 없어졌다.

그로부터 바로 며칠 뒤 세준을 마주하고 선 오쿠무라는 눈을 부라리고 위협한다.

"저기 쌓여 있는 놋그릇 당장 실어! 하나도 남기지 말고 모조리!"

손수레를 끌고 온 청년대원에게 빗겨 드는 햇살을 받아 유난히 빤짝이는 제사그릇을 가리키며 단호하게 지시한다.

"놋쇠로 된 것은 하나도 남기지 말고 모조리 실어!"

세준이 막아섰다.

"못 한다! 하나도 못 가져간다!"

오쿠무라가 세준을 밀치자 청년대원이 유기그릇 쌓아 놓은 데로 다가가서 리어카에 실으려고 한다.

동래댁은 며느리와 함께 벌벌 떨면서 바라만 보고 있다.

"네 이놈!"

세준의 목에서 쩌렁 쇳소리가 났다.

"얻다 대고 더럽은 터럭손을 댈라 카노, 감히 제사 기물에! 이 발간 상놈들! 너희 놈들은 조상도 없이 생겼나? 오데서 떨어진 돌종자들고!"

그는 몸을 부르르 떨었다.

실랑이하는 사이 청년대원이 유기제품을 닥치는 대로 손수레에 집어 던졌다. 반들반들 닦아서 쌓아 놓았던 제기는, 밥사발과 갱기의 각 두 벌씩, 수저 각 두 벌, 시접기 한 벌, 제접시 대, 중, 소 각 세 벌, 제식기의 대접 두 벌, 제잔대 두 벌, 탕기 세 벌, 면기 두 벌, 침채기 두 벌, 포기, 편기, 적기 각 두 벌, 채기 세 벌, 종지 두 벌, 술잔 두 벌, 촛대 두 벌, 향로, 향합, 주전자, 퇴주그릇 등 이루 헤아릴 수가 없었다.

오쿠무라는 열린 사랑방 문 안으로 술상에 차려진 놋그릇을 본다.

"오이, 저 놋그릇도 실어랏!"

청년대원은 구둣발로 방으로 올라가서 그릇에 든 내용물을 뒤엎고 놋그릇을 챙긴다. 소엽은 겁에 질려 방구석으로 피했다.

박 의원이 젊은이의 팔을 쥐고 말린다.

오쿠무라가 구둣발로 뛰어 올라와서 박 의원의 팔을 비틀어 뿌리치자 노인은 옆으로 쓰러지며 오쿠무라를 안았다.

오쿠무라의 몸이 기울더니 가야금 위로 넘어졌다. 우지끈 공명통이 부서졌다.

그가 몸을 추스르고 일어서는데 가야금의 현줄이 구둣발에 걸렸다.

"코레 난다(이거 뭐야)?"

그는 홧김에 발을 들어 가야금을 밟아 버렸다. 그래도 줄이 발에 감겨 있어서 다시 한 번 더 내리밟았다.

창졸간에 가야금은 박살이 나고 말았다.

"어! 어! 저 가야금! 가야금! 이 개돼지보다 못한 놈들!"

"아이고오 네 이놈들! 아이고오!"

노인은 마루기둥을 안고 거친 숨을 몰아쉬다가 황소 목 놓아 우는 소리를 낸다. 그리고 실음失音을 해서 말이 새었다.

"저놈들이, 저 불상놈들이!"

노인은 손을 저으며 그 자리에 무너져 내리더니 급기야 혼절하고 말았다.

은장도의 피

1. 기생의 방

장수명은 스무 살 되던 해 봄에 행림옥으로 들어와 경리經理 일을 위시해서 수금을 다녀오는 일이라든지 기타 잡무를 맡아 하면서 숙식을 해결하고 지내게 되었다. 물론 낮 시간에는 학교를 다녔다.

수명은 아버지 용보가 죽고 나서, 일자리를 찾아 고학을 해 가면서 어렵사리 월사금을 마련하며 중학교 공부를 꾸려 나갔다.

행림옥으로 들어오기 전 수명은 자주 끼니를 걸러 굶기도 하고 더러는 포교당에 가서 잿밥을 얻어먹기도 하였다.

천도재薦度齋가 수시로 열렸다. 49재 말고도 수시로 각종 장례의식이 열리고, 그밖에 우란분재盂蘭盆齋, 수륙재水陸齋, 영산재 등을 올려서 망자의 영가靈駕를 극락으로 인도하도록 공양드리고, 산 사람을 위해서는 예수재豫修齋가 열렸다. 모든 재는 공양에 잿밥이 따랐다.

수명은 그날도 식객으로 포교당에 갔다가 한 끼 식사를 해결하고 나오는 길에 자흔의 어머니 산인댁을 만났다. 거제도 시절부터 한마을에 살았고, 수명은 어린 시절 한때는 자흔의 아버지 신태산의 어장 배도 탔으니 서로가 잘 아는 처지였다.

"수멩이 아이가? 우째 지나고 있노? 핵교도 잘 몬 나간담시로?"

"핵교야 혼자 벌어서 나가고 있습니다. 아재도 건강하신교?"

"오냐. 그래 공부하느라 얼매나 고생이 많겠노?"

역시 천도재에 왔던 행림옥 여주인 은도가 명주 양산을 뱅글뱅글 돌리고 있다가 수명에게 말을 걸었다.

"학상! 내 좀 보세. 우리 집에 와서 묵고 자고 일 좀 거들어 주모 안 되겠나? 요정 일이야 낮에는 벨 일이 없으이, 핵교는 댕기도록 하고. 을사금은 내가 보태 줄 낀께네."

산인댁은 참 잘됐다고 생각하여 수명에게 권했다.

"보살님, 참 좋은 일 합니더. 수멩아, 그리하도록 해서 공부라도 마치야제."

수명은 그 제안이 싫지 않았다. 일단 행림옥에 들어가면 무엇보다 일자리가 안정된 데다 숙식까지 해결이 되니, 등록금을 벌기 위해 아등바등 쫓아다녀야 할 필요가 없다고 생각되었기 때문이었다.

"그라모 보살님은 펜히 살펴 가시이소. 학상은 내 따라오이라."

은도는 수명을 데리고 행림옥에 돌아와서 기거할 방을 정해 주었다. 뒤끝에 달아 낸 골방이었다.

"학상은 오올부터 여게서 묵도록 하게. 저역에 손님들 계산을 맡아 회계 일을 바 주도록 하고, 손님방에 짬짬이 군불이나 지피모 되네."

수명은 낮 시간에는 학교에서 공부하고 오후 느지막이 돌아와서 마당을 쓸고 물을 뿌려서 손님 맞을 준비를 해 놓고, 군불을 때거나 책상에서 장부를 뒤져 보는 짬짬이 책을 꺼내 읽었다. 책은 주로 이와나미岩波 문고판이었다. 중건이 먼저 읽고 돌리는 책도 있었고, 학급 친구들이 보던 책을 돌려보기도 했다.

가끔 방 안에서 기생들이 까르르 웃는 웃음소리가 흘러나왔다.

여주인은 행수기생 해연海燕을 불러다 앉혀 놓고 수명을 입주시킨 사정을 설명해 주었다.

"기방妓房에 서방은 없어도, 하다못해 바짓가랭이 걸친 머슴아는 하나 있어야 … 기생년 암내에 절어서 술집 장사 지린내가 난다. 암내에는 숫냄새가 약이라 …. 일본 아타미 온천에 갔을 때, 저녁에 여탕에 들었다가 아침에 또 그 여탕으로 들어섰더니 남자들이 바글바글해서 깜짝 놀랐다 칸께. 아랫도리를 드러내 놓고 웃고 있는데 얼매나 무안했던지 … 앞뒤 없는 전차에 받힌 거 같더라이. 알고 본께 여탕 남탕을 매일 바꾼다는 기라, 암내 숫내 찌들지 말고 섞이거로 … . 그라고 머라 캐도 술값 외상 수금은 사내가 댕기야 되는 뱁이라."

수명의 눈길은 사람의 마음을 꿰뚫어 보고 역모逆謀를 꾀하는 사람의 안광처럼 빛을 발했다. 그를 보고 있으면 은도는 젊은 날 김원봉의 눈길이 겹쳐 와서 복고적 연정戀情의 모닥불이 모락모락 피어올랐다.

수명이 행림옥에 들어오던 날부터 기생들은 그를 두고 입방아를 찧었다. 그녀들은, 고학생 수명이 묵묵히 자기 일만 하면서도 한 번씩 매서운 눈초리로 쏘아볼 때는 가슴이 뜨끔하곤 했다. 말씨도 군말이 없이 간단명료했다.

"저 학상은 핵교 졸업반이라 카제. 술은 입에도 대지 않는다 카더라. 새북에도 방에 불이 케 있는 거 보모 밤새 책을 보는 갑제."

"사내라 카는 기이 우쩨 저리 목석같이 말이 없을꼬. 하루 쬥일 책에 파묻힌 책벌거쟁이더라."

분 냄새를 풍기며 그녀들은 열을 올렸다.

"풋밤싱이같이 뻣뻣한 머리도 교모로 눌러쓰께 얼매나 단정하이 뵈는지."

"가마이 본께 니가 침을 흘리는 모영인데, 은도 마담이 벌써 점찍어놓은 긴께 일찌감치 냉수 마시고 단념해라이."

"아무라모 나이든 마담이 저 비린내 나는 총각을 챙길라꼬."

기생들은 치마를 끌고 소피보러 자주 들락날락거렸다.

소엽은 자기를 힐끗 칩떠보던 수명의 눈길이 가슴에 와 박혀서, 그들이 떠드는 동안 내내 그의 까만 학생복 입은 모습을 떠올리며 몰래 한숨을 쉬었다.

기생들의 방에서 수명을 두고 한마디씩 쪼아대는 입방아는, 안 그런 척하면서도 내심으로는 다들 동정심 반, 호기심 반 해서 깊은 관심을 드러내는 것이었다. 그리고는 기생들은 금세 하릴없이 신세타령을 한다.

부용芙蓉은 노래로 자기의 팔자를 자탄했다.

이내 손은 문고리인가 이놈도 잡고 저놈도 잡네.
이내 입술은 술잔인가 이놈도 핥고 저놈도 핥네.
이내 배는 나룻배인가 이놈도 타고 저놈도 타네.

행수기생 해연의 〈강남 달〉은 한탄조가 배이기는 했어도 점잖기라도 하다. 유성기판을 틀어 놓고 눈을 내리깔고 노래를 따라 읊는다.

강남달이 밝아서 님의 놀던 곳 / 구름 속에 그 얼골 가리워졌네.
물망초 핀 언덕에 외로이 서서 / 물에 뜬 이 한밤을 홀로 새울까!
멀고 먼 님의 나라 차마 그리워 / 적막한 가람가에 물새가 우네.
오늘 밤도 쓸쓸히 달은 지노니 / 사랑의 그늘 속에 재워나 주오.
강남에 달이 지면 외로운 신세 / 부평의 잎사귀엔 벌레가 우네.
차라리 이 몸이 잠들리로다 / 님이 절로 오시어 깨울 때까지.

유성기 바늘이 닳아서 직직 긁는 소리를 내고, 박자가 처질 때쯤 되면 태엽을 감아주는 턴테이블은 너울너울 돌아간다.

해월海月은 춘화를 들여다보고 혼자서 키들거리다가 소향素香에게도 슬쩍 보여준다.

소향은 넉살좋게 진주기생 채란의 팔베개 노래를 읊었다.

첫닭아 꼬꾸요, 목 놓지 말아라.
품속에 있던 님, 길차비 차릴라.

해월은 춘화를 소엽에게도 보여주는 척하다가 도로 감춘다. 부용은 아직 때 묻지 않은 어린 소엽에게 춘화를 보여서는 안 되는 것처럼 넋두리 겸 탄식을 하였다.

"시상에서 젤 더럽은 기이 기생년 베갠 기라 …. 술 냄새, 분 냄새에 절고 눈물에 찌든 베개 말이다. 니는 다음 시상에는 있는 집에 나서, 글공부나 많이 하고 요조숙녀가 되도록 해라이."

고쟁이 가랭이 사이로 흰 살을 드러내고 무릎을 괴고 앉은 노기老妓 해연은 해월의 넋두리를 나무란다.

"이년아, 새실(사설)도 길다. 고마 씨불이라. 오죽하모 기생이 되고 짚어 됐겠노. 다 지 타고난 팔자지."

소엽은 수명에 대한 이야기는 한 마디도 입 밖에 내는 법은 없었으나, 언니들은 그녀가 속을 태우고 있다는 것을 알아챘다. 수명이 들어오고서부터 그녀는 말수가 줄어들었다든지, 웃음이 드물어졌다든지, 수명과 마주치고 방으로 들어올 때는 안절부절못한다든지 하는 모습을 자주 보았기 때문이었다.

마당에서 장작을 패거나 마당을 쓸거나 하는 수명의 모습을 소엽이 몰래 문틈으로 훔쳐보는 것도 가끔 발견되었다. '스윽스윽!' 마당 쓰는 소리가 들리면 문구멍은 으레 소엽의 차지가 되었다. 그러다가 변소에 소피 가는 척하고 문을 열고 마당으로 나서서 수명을 못 본 척 지나친다.

수명의 모습은 소엽의 마음속에 걸려 있는 달이었다.

가시이가 품속에서 자신을 탐할 때 소엽은 가끔 수명이 시커먼 눈을 치뜨고 자기를 노려보는 모습을 떠올리곤 했다. 그럴 양이면 그녀는 장승이 되는 것이다. 몸이고 생각이고 굳어 버리고 만다.

'나는 노리개다. 나는 인제 깨어진 바가지다. 기워 놓은 실밥이 너덜너덜한…….'

가시이와 파초여관에서 지내고 온 날에는 수명을 마주 볼 수 없었다. 경대 앞에 쪼그리고 앉아 얼굴에 분칠을 할 때면, 자신의 처지가 온당치 못한 것을 느끼면서도 머리를 저으며 그냥 그런 생각을 떨구어 버렸다.

노인의 잠자리 수발이나 하고 수명의 얼굴을 마주 대할 수 없는 나는 무엇인가. 그녀의 심금에 먹물처럼 번지는 저림으로 속이 아렸다.

살구꽃이 지는 봄날 소엽은 잉크를 묻혀 펜글씨로 화선지에 또박또박 함경도 기생 홍랑의 글을 베껴 쓴다.

묏버들 가려 꺾어 보내노라 임에게

주무시는 창 밖에 심어 두고 보소서.

밤비에 새잎 나거든 나인 줄 여기소서.

후후 불어서 잉크를 말리고 곱게 접어, 마루의 책상 위에 놓인 회계 장부에 몰래 끼워 넣었다.

'오라버님은 내 마음을 알거야, 누가 보낸 글인지.'

소엽은 얼른 언니들이 있는 방으로 돌아왔다.

은도는 안방에서 경대 앞에 앉아 분첩을 두드리며 화장을 하고 있는데, 소엽이 장부에 손을 대고 돌아가는 것을 벌어진 문틈으로 보고 이상히 여겨 장부를 열어 보니 글귀 적힌 종이가 들어 있었다.

'허어, 요년이 봄을 타는구나 … 그럴 만도 한 나이가 되었지 … .'

봄이 깊어가면서 소엽은 마음의 상처가 깊어 갔다.

토요일 오후, 수명이 학교를 일찍이 파하고 돌아왔다. 옥양목으로 새로 지은 연둣빛 저고리에 꼭두서니 붉은 치마를 입고 소엽이 감주#酒를 한 대접 들고 수명의 방으로 들어왔다.

　"단술이 잘 익었어예. 드시 보시라꼬요 ….."

　소엽은 수명에게 두 손으로 바친다.

　"고맙다."

　그는 반 대접 넘게 마시고는, 소엽이 어린 나이에 딱하게 보여서 한마디 해 주었다.

　"너는 젊디젊은 나이에 하필이면 이 생활을 골라서 하고 있노? 왜 딴 짓 할 것이 그리도 없더나?"

　"오라버님, 서운소! 이 신세로 위로는 몬 해 줄 양이면 탓이나 말지, 어이 그리 나무래는 것이오? 운제 오라버니가 내 묵고살 길 가르쳐 준 적이나 있기나 했던가요? 달리 묵고살 만한 거 머 반반한 기 있기나 한답디꺼?"

　소엽은 갑자기 생각과는 딴판으로 수명에게 원망어린 하소연을 퍼붓고 말았다. 자기와 수명 사이에 깊은 신분의 골이 벌어져 있는 것을 자탄하며 오히려 그에게 억하심정을 털어놓는 것이었다.

　"니 말이 맞기는 맞다. 다 세상 탓이다. 조금만 기다리라! 좋은 세상이 올 끼다. 지주도 없고 소작인도 없는 공평한 사회, 자본가 계급도 없고 주인도 없는 공평한 세상 말이다. 그것이 우리가 만들어야 할 내일의 세상이다. 우선 당장 권번이라 하는 것이 내 마음에 안 든다. 그곳은 너희들이 피땀 흘려 봉사한 노동에 대한 대가, 즉 화대花代를 착취하는 기관이 아니더냐? 우리는 이런 것 하나 하나 생활 가까이에 있는 자본주의적 제도를 뜯어 고쳐 나가야 한다."

소엽은 수명이 하는 말이 맞기는 맞는 것 같은데, 과연 권번이라는 조직을 마음대로 없앨 수 있다는 것인지, 자본주의적 제도라는 것이 어떤 것을 두고 하는 말인지 알 듯 모를 듯했다. 단지 수명이 하는 말이니까 그러려니 하고 짐작할 뿐이었다.

"니가 기생이 되고 싶어서 되었겠나. 가난해서 먹고살려고 그렇게 된 것이지. 니가 가난한 것은 가진 사람들이 니한테 돌아올 몫을 빼앗아 갔기 때문이다. 우리가 바라는 세상은 있는 자의 것을 빼앗아 모든 사람이 공평하게 나누어 가지게 되는 세상을 말한다."

소엽은 난생처음 듣는 말을 속으로 되새겨 보았다.

'빼앗아서 공평하게 나누어 가진다 … 가진 사람도 없고 없는 사람도 없는 사회 … 그런 세상이 온다면 얼마나 좋을까 … .'

"'빼앗는다'라는 말은, 실은 생산수단을 공유한다 그 말이다. 평등한 공산사회를 위해서는 가진 자가 내놓아야 한다, 그 말이다."

소엽은 모처럼 수명과 이야기를 주고받는 사이에 감정이 부풀어 올라 자기의 속을 털어놓고 말았다.

"오라버님, 고마 우리 멀리 같이 달아나입시더. 지는 인자 이런 생활 더 몬 하겠십니더. 내는 사람이 아이고 손님들의 노리갭니더."

소엽은 잠시 제 방으로 돌아가더니 이내 화각華角상자를 들고 와서 열쇠를 따고 주루룩 패물을 쏟는다. 금가락지, 금반지, 금비녀, 옥비녀, 수 달린 금노리개 … 마룻바닥에 흩어진다.

"이거 팔모 둘이 묵고살 수는 있십니더."

"허허어, 야아 보게. 철없는 소리! 나는 아직도 공부를 마쳐야 되고, 니는 아직 나이가 있으니까 열심히 벌어야지, 도망갈 생각을 해 갖고 되겠나?"

" ...."

그녀는 무색해졌다.

"오라버님, 서운소."

저고리 고름을 입에 문 소엽은 고개를 숙이고 방을 나섰다.

문지방을 넘어서면서 소엽은, 세상은 기생과 기생이 아닌 먼 대안 對岸의 사람들과 둘로 나누어진 가운데 그 사이에는 높은 벽이 가로질러 있는 것 같은 느낌을 받았다. 수명 오빠는 나와는 멀리 떨어진 다른 세상의 사람인가.

그러나 엄마는 보고 싶지가 않았다. 나를 버리고 간 사람 … 나는 집에서 버림받은 사람이다.

2. 행림옥 안방

은도는 낮술이 올랐다. 점심 손님을 받은 방에서 귄커니 잣거니 주고받는 술잔을 곁에서 양쪽으로부터 덤으로 얻어 마신 것이 과했다.

내실로 돌아온 은도는, 기울어진 햇살에 살구나무 가지가 문종이 창지窓紙에 그림자를 드리우고 지나가는 봄바람에 간들거리는 것을 멍청히 보고 있다가 불현듯 김원봉의 모습이 눈에 아른거렸다. 시간이 흐를수록 술기가 더 올랐다.

그녀는 수명을 안방으로 불러들였다.

"수멩이 학상아, 와서 다리 좀 주물러 도고 … 무릎이 쑤시서 몬 겐디겠다 … ."

은도는 보료 위에 비스듬히 드러누워서 수명을 건너다보았다. 그는 난감했다. 그녀는 아직 나이로 봐서는 내외를 가려야 할 마흔 나이 전이고 다리샅을 주물러 받을 노파의 나이는 아니었다.

'퇴폐다! 자본주의의 더러운 퇴폐다!'

수명은 목까지 벌게졌다. 주인의 부탁이니 거절할 수도 안 할 수도 없는 처지였다.

"니는 내가 주인이라고 어렵어 하느냐? 알고 보면 한갓 물 간 퇴기에 지나지 않는 것을. 사나자석이 머를 그리 재어 쌓노, 퍼뜩 주물러 도고."

그렇다면 허벅지까지는 안 되겠고 장딴지 정도만 안마를 하면 되겠지 하는 생각에, 다리를 들고 주무르기 시작했다.

"꼬옥 꼭 눌러라. 더, 더! 아이, 써언타!"

여자의 다리를 안고 있는 수명의 몸 속 한구석에서는 이상하게도 정염이 솟구치기 시작했다.

그때 방문이 열리며 부용이 들어섰다.

수명은 여주인의 발을 내려놓고 그녀를 올려다보았다. 부용은 얼굴에 묘한 웃음을 띠고 두 사람을 번갈아 내려다보았다.

"부용아, 와 무슨 일고?"

여주인이 물었다.

그러자 부용은 못 볼 것을 본 듯이 도로 돌아나가면서 뒤로 방문을 소리 나게 닫았다.

"원, 벨일도 아임씨로 들락날락 해 쌓노? 학상, 더 주물러라."

이년의 바늘이 수명의 머릿속을 콕콕 찌른다.

'이것은 타락이다. 퇴폐. 내가 그럴 수는 없다.'

과거에 사대부들이 기녀들을 데리고 성적인 놀이대상으로 삼고 질펀하게 놀아난 패륜행각의 사실에 수명은 분노하고 있었다. 지금 여주인을 주무르고 있는 자신은 가진 자의 입장에서 여체를 농간질하는 입장은 아니라 할지라도 육체적으로 퇴폐 자본주의의 천민으로 타락해 가고 있다는 사실에 순간 번민했다.

"니는 지금 남녀 내우하는 것가. 언짢게 생각 마라. 누님이 동생더러 다리 좀 주물러 달라 카기로서니 머가 그리 대수라꼬 ⋯ ."

은도는 타고난 팔자소관을 자탄했다.

"내가 태어나기로 공방살空房煞 팔자로 나서, 남자 복이라고는 아무리 뒤비 바도 사주에 안 들었다 카더라. 살 중에 지집년 공방살만큼 냉냉한 기 또 있겠더냐. 장작불이 아무리 뜨겁어도 훈훈한 인불만 하겠느냐."

여주인은 다소 계면쩍은 느낌이 들어 너스레를 떤다.

"나는 전생에 기생이었던 기라. 기생년 구녕에서 나온 년은 기생이다. 살아서 펭생 몬 벗어난다. 팔자 치고 더럽운 팔자다."

수명은 일어서서 나와 버렸다. 제 방으로 돌아가는데, 기생들 방에서 시끄러운 소리가 새 나왔다.

방금 안방을 다녀온 부용이의 목소리가 들려 나왔다.

"해란이의 말이, 수멩이 학생이 안방으로 불려 들어갔다 캐서 나도 불쑥 문을 밀고 안 들어가 봤더냐, 머 하는고 싶어서 … ."

"그래, 머 하더노?"

"말로 다 몬 하겠다."

"니가 대표로 갔다 왔이모 퍼뜩 말로 해 바라, 말로 … ."

재촉이 심하다.

"언니가 다리를 벌리고 누워서 허옇게 살키를 드러내 놓고 총각이 허벅지로 손이 막 올라가던 참이라 … 눈을 뜨고 몬 보겠더라. 내가 부끄럽어서 고마 나와삤다 아이가."

이내 방 안은 부글부글 끓기 시작했다.

"쪼막손이 달걀 훔친다 카더이 설마 … . 퇴기 끝물에 남정네를 밝히던가배."

"아이고오 망칙해라. 늙은 기이 대명천지 환한 대낮에 자석 같은 총각을 데불고 놀던가배. 숭실받거로 … ."

"언니모 언니답게 처신해야지 … 지가 머슨 숙부인淑夫人맨키로 행세를 해 쌓더이, 이기이 머슨 꼬라지고."

소엽은 파랗게 얼굴이 질린다. 입술이 바르르 떨린다. 그녀는 가슴 속에 질투의 불길이 일었다.

"야시 같은 년!"

바르르 입술을 떨며 벌떡 일어서서 안방으로 건너갔다.

"너무합니더!"

은도한테 따지기 시작했다.

"와 이카노?"

은도는 일어나 앉으며 소엽을 쳐다보며 물었다.

"와 수멩이 학생을 불러들이냐 말입니더."

"이 에미가 다리가 쑤시고 아파서 좀 주물러 달라 캤다. 머가 나뿌다 쌓노? 니가 나뿌게 생각하니 나뿐 기지. 부용이 고년이 주딩이로 나불댔는가배. 학생하고 내하고는 주인하고 종업원 새 아이가 …. 그란데 와 수멩이 문제로 니가 소매를 걸고 나서 쌓노?"

"다리가 쑤시모 어머이가 내로 부르지, 와 공부하는 학생을 부르노 말입니더."

"니가 언제부터 수멩이로 그리 싸고 도노? 쪼깨앤(조그만한) 기이 벌써 연애질하고 자빠짓는가배. 아이고 같잖다."

은도는 고쳐 앉아 타박을 주며, 소엽을 다잡아 붙이기 시작한다.

"이년아, 기생질 배우라고 권번에 보냈더이 그래 배운다고 배운 기이 기껏 화간(편지)질 하는 짓만 배웠더나? 기생은 사람도 아이다. 사주팔자에 홍염살紅艶煞 타고난 년은 펭생에 몬 지운다. 기생년이 나이가 들모 노기老妓가 된다. 노기가 머 오륙십 묵은 할망구나 되는 줄 아느냐. 낫살이 시물다섯이모 기방서는 벌써 노기 대접이다. 손님들이 고개로 꼰다 말이다."

은도는 주기酒氣로 해서 사설이 길다.

"이년아, 동기가 소기 되고 노기가 되어 그라고 나이 서른에 퇴기로 나앉는다 말이다. 금방이다. 그기이 지금 니 나이에 보태서 불과 10년 이쪽저쪽밖에 더 되겠나 말이다. 시상이 바끼서 기적妓籍이란 것도 없어졌다마는 … 기생을 벗어날라고 짜다라(잔뜩) 속신해 쌓을 필요도 없어졌다만, 요새 세상은 돈을 벌어야 기생을 벗어난다. 기생 10년에 달랑 버선 한 켤레만 남더라꼬, 몬 들어 봤더나. 니는 보오쌀 뒷박에 팔리 온 년이다. 굶고 있는 부모헹제 생각을 해서라도, 독한 맴 오지게 묵고 한눈팔지 마라 말이다. 돈 떨어진 퇴기는 인간으로 안 친다. 대갓집 강생이보다 몬한 신세다."

은도는 목이 말라서 냉수를 벌컥벌컥 한 사발 들이킨다.

"무슨 니 복에, 버젓한 한림학사翰林學士 신랑이 기다리고 있을 줄 알았더냐? 헷물 케지 마라. 한눈팔지 말고 니 푼수로 잊으모 안 된다. 일찌감치 찬물 마시고 속 채리라 말이다."

소엽은 속으로 발끈했다.

'흐응, 내가 강아지만 못하다꼬? 그러는 어멈은 얼마나 잘났수?'

산전수전 다 겪은 요정 마담 은도는 세상물정을 알지 못하는 어린 소엽을 타이른다.

"기생년이 카시이 영감탱이한테 붙었으모 불사이군不事二君이라, 그냥 눈 질끈 감고 눌러앉았거라. 기생년한테 사랑이라 카는 거는 세상 천지에 없다. 니는 노리개고, 손님하고 니 사이에는 돈만 왔다 갔다 할 뿐이다. 요분질을 쳐서라도 돈을 울거내야제, 구랭이 알 같은 돈 말이다…. 딴 데 한눈팔지 말고 섬길 일이지. 후제 때가 되모 내가 행림옥을 니한테 물리줄 끼다. 암말 말고 쫴앵히 있거라."

은도는 장광설로 나무란 끝에 소엽을 내보냈다.

그러고 보니 행림옥에는 봄바람이 든 기생들이 한둘이 아니다. 여주인은 혼자서 투덜거렸다.

"기생년들이 머슴아한테 홀리는 병은 꼭 봄에 도진다 카이. 마당 귀탱이 저놈우 살구나무에 꽃만 피모 꼭 한 년씩 도진다, 도져. 아예 도끼로 찍어 잘라삐리야…."

작년 초여름에는 산월山月이 살구를 따 먹다가 은도에게 들켰다.

"이년아, 신 살구로 입을 적시는 년은 아아 밴 년이라 칸다. 니가 노상 신 거만 챙기 묵는 거 본께 아아가 들어서기는 섰는가배. 당장 고마 몬 두겠나!"

그러던 그녀는 끝내 조방助幇꾼을 따라 나서고 말았다. 모자에 꿩털을 꽂은 풍각쟁이가 기생방을 돌며 여자들을 홀리는데, 명색이 소리 기생이라는 산월이 그만 그놈에게 빠져서, 그를 기둥서방으로 삼아 나앉고 말았다.

소엽은, 마담 방에 따지러 불쑥 들어갔다가 오히려 벌겋게 닦아세워진 끝에 말도 한 번 제대로 붙여 보지도 못하고 물러 나오는 길로 수명의 방으로 들어갔다.

"내 좀 보소, 오라버님!"

소엽은 뒤로 문고리를 걸어 잠그고 수명 앞에 마주 보고 앉았다.

"오늘은, 오라버님께 하직 인사를 디리고 떠날랍니더."

"어디로 가겠다는 말이냐?"

"곁에 두고 거들떠보아 주지도 않는 님을 멀리 떠나는 편이 차라리 맘이 편해질 깁니더. 앞으로 더는 볼 날도 없을 깁니더. 소엽이란 년이 있어 오라버님을 마음속으로 그리다가 떠났노라고 기억만 해 주는 것으로 만족하겠십니더. 그라모 안녕히 계십시오."

그녀는 머리를 한 번 조아리고, 품속에서 밀화장도密花粧刀를 끄집어내어 칼집을 벗겼다. 시퍼런 빛을 발하는 칼날은 주인의 마음을 헤아려 앙증맞게 날을 세웠다. 소엽은 저고리 고름을 끌러 섶을 풀어헤치고 제 가슴을 향해 칼날을 세워 찌를 듯이 들이댄다.

"오라버님, 나 죽소!"

수명은 놀랬다. 얼른 다가가서 장도 쥔 손목을 잡았다.

"이게 무슨 짓고? 칼 이리 내라!"

그녀의 손목을 비틀었다.

"거들떠보지도 않을 년을 더 살려서 머 하겠소? 이 팔 놓으소! 차라리 일찌감치 세상 베리는 편이 낫지."

"살고 봐야지. 살아가면서 풀어야지. 마음먹기에 따라 세상일은 다 풀리게 되어 있다. 이라지 마라."

"오라버님은 돌벅수요. 피가 차겁기로 얼음뎅이요. 우짜면 사람이 그리도 남에 속을 몰라주고 … ."

"칼부터 이리 내라."

그는 가볍게 손목을 비틀었다. 칼은 방바닥에 떨어졌다. 수명은 얼른 칼을 주워 올렸다. 소엽의 손에 아직도 쥐어진 칼집을 빼앗아 칼을 꽂아 넣고 자기의 바지 주머니에 찔러 넣었다.

그녀는 고꾸라지듯 그의 가슴에 머리를 묻고 안겨 왔다. 수명은 흐느끼는 그녀의 어깨를 다독거려 주면서 격정激情이 가라앉기를 기다렸다.

"목숨보다 중한 것이 어디 있겠다고 이러느냐? 고만 진정해라."

부두에는 막 도착한 여객선이 '부웅 부우웅!' 고동을 울리고, 승객들을 부리기 시작했다. 여객선이 갈라놓은 높은 파도를 타느라고 고기잡이 목선들이 기우뚱거리고, 돛대는 시계추처럼 건들거렸다.

바닷바람은 사뭇 추웠다. 저녁 어스름이 더 어두워지기 전에 갈매기들이 선창을 빗겨 날며 모이를 찾고 있었다. 방파제를 알리는 하얀 부표가 파도를 타고 자맥질한다.

초계함哨戒艦 한 척이 하얗게 물살을 가르며 기세 좋게 들어오다가 부두에 가까워지자 역逆스크루를 돌리며 감속하고 있다. 물 밑에서 하얀 거품을 자아올린다. 함정은 방파제를 돌아서 이윽고 부두에 접안한다.

수병水兵이 익숙한 솜씨로 물속에 닻을 내린다. 물을 가르고 들어온 초계함이 일으킨 파도를 타고 돛단배들이 다시 너울거리고, 어부들이 군함을 올려다본다.

수병이 사다리를 내리자 오십 줄에 든 국민복 차림의 해군 제독提督 나카오中尾가 고개를 젖히고 천천히 잔교로 내려왔다. 다소 왜소한 체구이지만 눈에서 뿜어 나오는 안광은 빛이 났다.

부두에는 무장한 경찰들이 그를 호위해서, 대기하고 있던 가시이의 승용차로 안내했다. 검은 모자와 제복을 입은 가시이의 운전수가 폴크스바겐의 문을 열자 그가 차에 올랐다. 앞자리에 사복 차림의 수병한 명을 동승시키고 차는 떠났다.

차는 도심에 있는 오동동 행림옥 앞에 가서 멎었다. 수병이 얼른 내려서 뒷문을 열고 요정 안으로 그를 호위하고 들어갔다.

안방에는 두 사람이 그를 기다리고 있었다. 손님 중 한 사람인 가시이 노인은 제독을 상석 보료로 안내하고 인사를 하였다.

"원로에 수고가 많으셨습니다. 항상 신세 많이 지고 있어 감사드립니다. 오늘 저녁은 편안한 마음으로 마음껏 즐기십시오."

그의 옆에는 경찰서장 고키가 좌정했다.

머리카락이 희끗희끗한 남해안 어장의 황제 가시이는 제독에게 한번 더 감사의 말을 했다.

"특히 지난번 웅천 앞바다에서 협조해 주신 점에 대해 고맙게 생각하고 있습니다. 기동훈련 출동 덕분에 웅천만 산란장으로 몰려드는 대구 떼가 기겁을 해서 우리 어장으로 건너왔었지요. 덕분에 만선에 만선을 했습니다."

그의 목소리는 마루에까지 흘러나왔다.

나카오 제독은 고개를 빳빳이 세우고 노인을 바라보며 별일 아니라는 듯이 말했다.

"웅천만 대구 떼가 달아났다는 것은 진해만 대구가 없어진 것이 아니고 가시이 상의 어장으로 옮겨 갔다는 것뿐이니까, 크게 보면 총 어획량에는 변동 없지요. 이왕이면 가시이 상의 어장에서 더 많이 잡히는 것이 해군 당국의 입장에서도 바람직한 일입니다. 왜냐하면 귀하께서 함대 전투기 제작비용으로 국방헌금에 거금을 협찬해 주시지 않았습니까. 게다가 대구는 최고급 어묵의 재료가 되어 천황폐하의 식탁에도 진상될 뿐만 아니라 내지 국민들의 입맛을 즐겁게 해 주고 있으니, 귀하의 어장에 우리 해군이 일조했다고 자부해서 저 또한 기쁩니다. 조선 어민들이 대구를 잡아먹어 없애게 하는 것보다는, 귀하의 어장으로 넘어가도록 계속 몰아넣겠습니다. 신세졌다고 할 것 없소이다. 조금도 개의하지 마십시오. 웅천만은 어차피 우리가 지켜야 할 요충이니까 …."

수명은 마루에서 사령관의 말을 엿듣고 있었다.

'옳다! 이놈들이구나! 5년 전 아버지가 달아나는 대구를 쫓다가 수상경찰서 주재소에 끌려가서 초죽음이 되도록 얻어맞은 것이 바로 이놈들 작당 때문이었구나. 결국 네놈들 때문에 아버지가 수장水葬된 거나 다름없다. 으음.'

수명은 중학교 초년생 시절에 본 가시이를 기억했다. 장승포 부두에서 흰 양복을 차려입고 유도화油桃花 아래로 걸어가던 그의 모습이 눈에 선하게 떠올랐다. 그가 지금 손님으로 방 안에 앉아 있다.

'다 저놈 때문이다.'

수명은 솟아오르는 분노에 치를 떨었다. 호주머니 속에 든 은장도가 손아귀에 불끈 쥐어졌다.

사령관은 군함을 보내서 한겨울 내내 조선인의 대구어장에서 동계해상작전 기동훈련을 수행하였다.

소엽을 위시해서 기생 셋이 치마를 부풀리고 손님방으로 들어왔다. 부용은 나카오 사령관 옆으로 가서 앉았다. 소향은 서장 고키 옆에 앉고, 소엽은 가시이 옆에 붙어 앉았다.

동백으로 만든 이즈츠井筒 향유를 발라 모발에 스며든 향이 기생들 틈에서 은은히 풍겨난다.

기생 셋이 좌정하여 다소곳이 치마를 부풀려 앉은 모습이 구름 위에 꽃송이를 올려놓은 듯하다고 가시이는 생각했다. 해학반도海鶴蟠桃 병풍에 둘러싸인 꽃밭에 부용은 모란이고, 소향은 동백이며, 소엽은 수국이었다.

가시이가 찾아오는 날에는 노인이 좋아하는 해학반도 병풍을 쳤다. 푸른 바다에 흰 학이 날고, 삼천 년에 한 번 열린다는 천도복숭아가 신선을 기다리고 있는 그림 … . 가시이는 입맛을 다시며 불로장생의 그 선도仙桃를 들여다보며 즐거워했다.

"자아, 오늘 밤은 한 번 즐겨 보십시다. 너희들, 술을 쳐라."

가시이는 요정의 습속이 몸에 뱄다.

"이곳 지사케地酒는 술맛이 뛰어납니다. '조선의 나다자케'라 불리지요. 물이 맑은 곳이라 개항하자 술 공장부터 지었지요."

가시이는 정종 잔을 입에서 떼고 입맛을 다시면서 나카오에게 술맛을 설명했다. 나카오가 잔을 입에 대고 실눈을 지으며 입을 쩝쩝거리며 맛을 보았다.

"대만서 맛을 본 적이 있었는데, 이 술이었군요."

"이 술은 만주로도 실어 보내 그곳 관동군 장교용으로 군납軍納도 되고 있습니다."

놋쇠 굽그릇으로 된 신선로에 육수가 자글자글 끓고 있다. 파랗던 은행 알이 노랗게 익었다. 소엽이 긴 나무젓가락으로 은행 알을 집어서 가시이의 입에 넣어 준다.

"이것이 무슨 요리입니까?"

나카오가 물었다.

"조선 궁중요리 … 일본에 스키야키가 있지 않습니까. 그와 마찬가지로 어육과 채소를 육수에 담아 음식을 데워 가며 먹는 요리이지요."

은도가 소매를 걷고 손가락으로 재료를 일일이 짚어 가며 자세하게 설명을 보탠다.

"양념에 재운 쇠고기를 썰고 자른 무를 푹 고아 바닥에 넣고, 그 위에 천엽전, 간전을 미나리와 함께 얹고 거기에 해삼 전복을 담은 다음, 다시 그 위에 알반대기, 표고버섯, 석이버섯을 넣습니다. 고명으로는 볶은 고추, 호두, 은행 등 색색으로 꾸며서 육수를 부어 넣고 숯불로 졸이지요."

신선로 한복판 원통 속의 숯불은 이글거리고, 육수는 보글보글 솟는다. 은도는 국자로 육수를 떠서 나카오의 국 접시에 붓는다.

"사령관님, 드셔 보셔요. 간이 잘 우러났어요."

나카오가 잔을 반쯤 비우고 내려놓자 부용이 얼른 술을 채웠다. 그는 왼팔로 기생을 지그시 끌어당겨 안았다.

"오늘 밤은 나카오 제독께서 특별히 배석하셨으니, 조선 대대로 전승해 내려오는 민간 가무歌舞를 소개해 드리고자 준비하였습니다. 모쪼록 감상하여 주십시오."

가시이가 술잔을 한 모금 마시고 내려놓자, 소엽이 신선로 안주를 한 숟갈 떠서 입에 넣어 주다가 쏟아 버렸다. 가시이의 용색이 험악해졌다.

"정신을 어디다 쏟고 있는 거야?"

낮은 목소리로 꾸짖었다.

소엽은 얼른 소맷부리에서 손수건을 꺼내 영감의 무릎에 떨어진 안주를 훔쳤다.

'오늘 밤은 왜 이리 실수를 하지 … .'

소엽은 진정해야겠다고 다짐했다. 수명 앞에서 은장도를 휘저으며 소란을 피운 흥분이 아직 남아서일까. 그녀는 오늘 저녁은 마루에 있는 수명에게 여간 신경이 쓰이는 것이 아니었다. 밖에서 인기척이라도 들리면 온몸이 오그라들어 동그맣게 귀가 되어 그 소리에 쏠렸다.

'내가 손님들하고 웃고 떠들고 하는 소리를 수명 오빠가 다 듣고 있겠지 … .'

그녀는 말도 않고 웃음소리도 내지 않고 다소곳이 앉아만 있기로 하였다. 소엽은 얼른 삶은 가재 껍질을 벗겨서 영감에게 바쳤다.

"사령관님, 이것이 이 일대의 특산 샤코(갯가재)입니다. 알배기의 맛은 일품입니다. 얼른 하나 까서 드려라!"

부용이 날렵한 솜씨로 갯가재의 껍질을 벗겨 속을 발라내었다. 동맥처럼 보라색이 비치는 알배기였다.

"동경 제국호텔에서 초밥에 얹어서 먹어 본 적은 있소이다. 통째로 발라서 먹기는 처음이오."

제독이 답했다.

소엽은 가시이에게 주려고 한 마리를 급히 까느라 양반 정자관같이 뾰족뾰족 돋은 꼬리 가시에 손가락이 찔렸다. 핏방울이 봉긋 솟았다.

'아야! … 오늘은 왜 이리 실수가 잦지.'

손님들이 눈치채지 못하게 그녀는 얼른 수건으로 피를 닦았다.

'하기사 가재를 까다 보면 찔리기가 어디 한두 번이던가 ….'

가시이는 소엽의 손가락에 돋은 피를 보았다.

'오늘은 이 애가 왜 이리 안절부절못하는가.'

그는 얼굴을 잔뜩 찌푸렸다. 그러나 가시이는 분위기를 바꾸어 보려고 일부러 소엽의 손을 슬그머니 움켜잡았다. 그리고는 와락 껴안았다. 그녀는 마루의 수명에게 잔뜩 신경을 쓰고 있었으므로 깜짝 놀라서 가시이의 가슴을 와락 밀었다. 방심한 노인은 뒤로 넘어졌다.

"허허헛! 놀라기는 … 귀엽다고 그러는데 …."

가시이는 헛웃음으로 순간을 넘겼지만 속으로는 크게 노하였다. 잠시 곁눈질로 소엽을 노려보았다. 그러나 그는 술자리 손님들 앞에서 노회老獪하였다.

벽에 걸린 액자 속의 묵서墨書에 눈을 주고 있는 나카오에게 가시이가 말했다.

"제독님, 저 글씨는 한갓 묵저墨猪에 지나지 않습니다. 운연雲煙이라곤 찾아볼 구석이 없지 않습니까."

가시이는 가방을 열고 얼른 두루마리 족자 하나를 꺼내 방바닥에 깔아 놓았다.

"자, 이 그림을 한 번 보십시오. 제독님, 이것은 석파石坡 대로大老가 친히 그린 난蘭입니다. 아시겠리라 믿습니다만, 석파는 고종왕의 친부

이자 조선 왕조의 막후 실력자 흥선대원군이지요. 그의 호가 석파입니다. 야인 시절, 어렵게 살아가며 난을 치고 세월을 보냈지요."

"호오! 예사 필치가 아니군요."

"이것은 1930년대 경성 미츠코시백화점에서 열린 전람회에도 걸렸던 작품입니다."

고키 서장이 한마디 했다.

"지질로 보아서 청나라 화전지 같은데 어렵게 살던 대로가 일부러 돈 들여 비싼 종이를 썼다고 보기가 어렵다면, 필시 청나라에 다녀온 관리가 부탁해서 그의 종이에 그린 것 같군요. 특히 필치로 봐서는 서수필을 쓴 것 같군요."

그는 운필에 힘 간 곳을 따라 난의 잎을 짚어 나갔다.

"보십시오. 붓이 뻗쳐 나간 힘이 살아 있지 않습니까? 서수필이 아니면 낼 수 없는 필력입니다. 이 붓은 돈이 있다고 살 수 있는 것이 아닐진데, 아마 그림을 부탁한 주인의 것이 아닌가 싶습니다."

제독은 고개를 뒤로 젖혀서 눈을 가늘게 뜨고 그윽이 그림을 바라다보면서 고개를 끄덕인다.

가시이는 침을 삼키는 나카오를 곁눈으로 살펴보고는 족자를 돌돌 말아서 끈줄을 매었다. 그는 때를 놓치지 않고 족자를 나카오에게 선물했다.

"제독께 드리겠습니다. 항상 신세진 보답으로 생각해서 장만한 것입니다. 장차 일본으로 돌아가실 때 가지고 가십시오."

"호오! 이 진품을 저에게 주시다니 놀랍습니다. 감사히 받겠습니다. 길이길이 보관하겠습니다."

고키 경찰서장은, 강세준을 취조할 때 차압해서 영치했다가 자기의 관사로 옮겨 도코노마(일본식 벽장)에 보관하고 있는 서수필과 단계벼루를 머리에 떠올렸다. 이것을 일본으로 가지고 갈 것이냐 아니면 좋은 기회가 닿으면 총독부 경무부장에게 선물로 상납할 것인가를 마음속으로 저울질하고 있었다.

　"자아, 지금부터 조선 창唱을 들어 보도록 하십시다."

　가시이가 말머리를 돌렸다.

3. 목 갈라진 소리기생

은도는 소리기생 산월山月을 불러들였다.

그녀는 작년 봄에 풍각쟁이한테 바람이 나서 행림옥을 나가 버린 창기唱妓였다. 그 후 아이까지 낳고, 다시 이집 저집 요정을 떠돌아다니다가, 은도에게 부탁해 새로 행림옥에 드나들게 되었다.

산월은 먼저 인사치레로 단가短歌를 한 곡조 뽑아 넘기고, 다음에는 판소리로 들어갔다.

머리를 풀어헤친 춘향이 꿈에 젖고 한에 절어 이몽룡을 부르는 장면을 산월은 처량하고 청승맞은 목소리로 한바탕 사설을 펼쳐 나간다.

"쑥대머리 … ."

소리는 느릿하고 비장한 계면조로 흘렀다.

목젖 너머 오장육부를 쥐어짜서 한껏 뽑아 올리는 여인의 소리는 애간장이 달아올라 단내가 묻어났다. 사주에 소리가 박히고 팔자에 음색이 새겨져 타고난, 한도 많은 조선 기생의 소리였다.

나카오는 그녀의 목에 호박 넌출처럼 불거지는 심줄을 바라다보았다. 가시이는 눈을 지그시 감기도 하고 머리를 주억거리기도 하면서 산월의 창을 듣고 있었다.

소리가 우조羽調로 바뀌면서 자진모리로 바쁘게 넘어가는 대목에서 갑자기 소리기생의 목소리가 쉰 소리로 갈라졌다.

판소리는 깨졌다.

가시이는 눈을 번쩍 떴다. 버러지를 씹은 듯 낯짝이 일그러졌다. 산월은 가슴을 쓸어내리며 목소리를 가다듬고, 그 대목을 한 번 더 반복해 보지만 여전히 목은 갈라지고 소리가 새어 버렸다.

얼굴이 새파래진 은도가 재빨리 그 대목을 받아넘겼다. 산월은 비에 젖은 암캐처럼 웅크리고 방을 빠져나갔다.

은도는 진주교방에서 제대로 배운 소리로 잘도 풀어나갔다.

위기를 가까스로 꾸려 넘긴 은도는 손님들을 향해 머리를 조아리고 사과했다.

"오늘은 일진이 궂어서 파음破音이 났습니다. 부디 너그럽게 용서해 주십시오."

기방 물장수 20년의 노련한 수습이었다.

"야아들아, 얼른 술잔 안 올리고 멋들 하고 있노?"

기생들은 화들짝 놀라서 손님들의 술잔을 채웠다.

은도는 분위기가 가까스로 수습되는 것을 보고, 내실로 건너가서 파음 창기 산월을 불러들였다.

"네 이년! 소왈 소리기생이라 카는 년이 손님방에서 돼지 목 따는 소리를 질러 놓고 무사할 줄 알았더냐! 아무리 굶어 죽을 지경이라도 그렇지, 해산한 년이 몸도 지대로 안 풀고 소리라고 질러대에? 작년 봄에 살구 따 묵을 때에 진작 알아봤다. 풍각쟁이 놈팽이한테 죽고 몬 살아 따라댕기더이 덜컥 아아까지 들어서고 … 약을 묵고 죽네 사네 해 쌓더이 니년이 고때 목을 베린 기라. 그래 목이 간 거를 내만 까맣게 모르고 있었네."

은도는 아직도 분이 삭지 않아 머리를 숙이고 죽은 듯이 앉아 있는 산월을 호되게 닦아세운다.

"내가 안 그라더나, 목줄에 심 주모 소리에 탁성이 난다꼬! 그랄수록 목을 미리 탁 풀어 놓고 아랫도리로 바싹 조여 소리를 뽑아 올리야 한다꼬 … 이년아, 아랫도리 심 쓰는 거를 딴 데 썼으이 아아가 들어선 기지."

일찍이 출산 경험이 없는 은도는 기생년이 아이를 낳는다는 것은 죄악이라고 생각했다.

은도는 '기생 구녕에서 나온 계집은 기생 팔자, 머슴아는 종놈 팔자'라는 말은, 기생은 자식에게 한을 지워서는 안 된다는 말이라고 믿고 있었다.

"돈이 궁하모 돈을 밝히야지, 사나까지 밝히다이 … 꼴 조옿다. 당장 나가거라! 다시는 내 집에 얼씬도 마라! 교방에는 문 앞에도 몬 가 본 이 들병이 년아!"

은도는 아직도 노여움이 풀리지 않는다. 주먹 쥔 손이 바르르 떨린다. 산월은 이제 창唱도 인생도 파탄 났다. 소문이 돌면 기방 출입은 아예 틀려 버린 일이고, 풍각쟁이는 벌써 떠나갔다. 살아갈 앞날이 막막했다. 땅이 꺼지도록 깊은 한숨을 쉬고 기어들어 가는 목소리로 은도에게 부탁했다.

"적선하는 셈치고 창대唱代 몇 닢만 보태 주소. 아아 멕일라 카모 산모가 좀 묵어야 젖이 솟을 거 아입니꺼."

"머라꼬? 이 빌어묵을 년, 인자 니는 거러지다 거러지. 일찍하이 거적대기 깔고 질바닥에 나앉거라."

산월은 찔끔찔끔 눈물을 흘린다.

"옛날 정분을 생각해서라도 제발 한 분만 은공을 베풀어 주이소."

그녀는 은도의 손을 잡았다. 은도는 산모의 눈을 마주하고 있다가, 문득 같은 여자의 신세로서 불쌍한 생각이 들었다.

'오죽 딱했으면 몸도 못 추스르고 동냥길에 나섰겠나' 싶은 생각이 들자 일말의 동정심이 들었다.

"아이고 이 중생아, 우짜다가 니가 이 꼬라지가 됐더노?"

은도는 행랑어멈을 불러 쌀을 한 되 퍼 주도록 일렀다.

"쌀은 니한테 주는 기이 아이고, 니 자석 보고 주는 기다. 골무 쪼가리맨키로 말라비틀어진 젖꼭지에 대고 젖 내놓으라꼬 비비댈 니 자석 생각이 애처롭아서 … 아아 잘 키우거라이."

은도가 손님방에 다시 들어서자 장고춤이 끝나가고 있었다. 술자리는 흥이 넘쳤다.

4. 춤추는 학

소엽은 잠시 소피보러 나가는 척하고 마루로 나왔다.

머리를 처박고 책을 들여다보고 있는 수명의 곁으로 다가갔다.

"오라버님, 날씨도 찬데 옷을 두껍게 입지 않고 … 감기 드오."

소엽은 내일이라도 당장 모사로 뜨개질을 시작해서 스웨터를 짜 드려야겠다고 다짐했다.

수명은 잔뜩 찌푸린 얼굴로 소엽을 올려다보며 중얼거린다.

"가시이 저놈!"

소엽은 가슴이 덜컹 내려앉았다. 수명의 화난 표정은 처음이다.

'내가 가시이한테 붙어 앉았다고 화가 난 것일 거야.'

그녀는 오늘 밤 유독 가시이가 싫어졌다.

"어서 들어가!"

퉁명스럽게 뱉는 수명의 말에 소엽은 그에게서 쫓기듯이 방으로 도로 들어갔다.

가시이가 나카오 제독과 고키 서장을 향해 말했다.

"자아, 여러분. 지금부터 '동래 학춤'을 보도록 하겠습니다."

방 한가운데에 가리개로 세워 둔 해학반도 병풍을 접어 치웠다. 병풍 너머 빈 공간이 무대였다.

무대에는 키 큰 호의현상縞衣玄裳(두루미의 모습) 차림의 남자가 외다리로 서서 머리를 날갯죽지 속에 처박고 잠든 두루미의 춤사위를 짓고 있었다. 은도는 고성 한량 장상학을 춤꾼으로 불러들였다. 그는 동래 학춤꾼 신우언에게서 정통으로 사사했다.

재두루미같이 훤칠한 키에 꿩 깃을 꽂아 멋을 부린 중절모를 비스듬히 걸치고 건들거리며 나타나면, 첫눈에 영락없이 팔난봉의 바람기가 묻어나는데도 어린 기생년들은 앙가슴이 달았다.

그러나 춤판에 올라서면, 그는 근엄한 신선의 풍모를 풍겼다. 장상학의 학춤은 신선이 내려와 노닌다고 칭찬을 받았다.

“저 춤꾼은 숙계宿界에서는 새였던 기라. 업을 갚고, 속세에 춤꾼으로 환생한 기지.”

은도는, 손님들에게 학춤을 추기 위해 태어났다고 그를 소개했다.

어쩌면 은도 자신이 어린 기생들 못지않게 장상학의 눅진눅진한 몸맨두리에 자기도 모르게 끌려들고 있지는 않았는지 모를 일이었다.

춤꾼은 눌러쓴 통영갓의 갓끈을 졸라매고, 흰 바지저고리에 떨쳐입은 명주 도포의 가슴께에는 흰 술띠로 조여 매고, 버선을 신었다. 검정 갓에 흰 명주는 불빛을 선명하게 받아 내었다.

가야금을 뜯자 굿거리장단이 시작되었다. 노기老妓 해연이 신음 소리 쥐어짜듯 구음口音을 반주했다.

잠든 두루미는 두 팔을 활짝 펼쳤다. 축 늘어진 소매는 나래였다. ‘휘이휘이!’ 활개를 저으며 무대를 한 바퀴 돌아온다.

‘너울너울!’ 나는가 하면 혹은 몸을 기울여 내려앉기도 하고 혹은 쭈그린 채 헤매기도 하였다. ‘휘청 휘청!’ 내딛는 춤사위는 헛디디는 것이 헛딛는 게 아니었다. 엇박으로 건너 딛는 춤박이었다. 거기에 맞추어 앞서지도 뒤서지도 않고 구음 반주가 따라 주었다.

"뚜루루루 뚜루룻 … ."

단전에서 끌어 올려 혀를 털며 뱉어내는 노기의 구음은 목을 죄는 저음이었다.

학은 외발로 서면 팔을 접었다. 외발을 바꾸어 서면 양팔을 벌렸다 다시 오므렸다. 춤꾼이 팔로 휘젓는 동작은 붓으로 행서를 훌훌 날려 쓰는 운필運筆의 시늉이었다.

학춤은 즉흥이었다. 제 멋에 겨워 틀을 벗어나 자유분방하고 생동 발랄한 율동이었다.

두루미는 목을 아래로 움츠리고 어깨를 숙여 인사하는 춤사위를 한다. 가시이는 그의 춤동작을 읽어 내었다.

'저것은 수컷이 암컷에게 하는 절이다.'

그러고 나서 학은 앞으로 다가서는 사위를 짓더니 날개를 펄럭이며 일어서서 공중으로 풀쩍 뛰어 올랐다.

'저것은 수컷이 암컷에게 구애하는 춤사위다.'

팔을 접은 채 몸을 웅크리고 목을 길게 뽑고 먼 곳을 응시한다.

'저것은 수컷이 학소鶴巢에 들어앉아 알을 품는 형국이다.'

일부일처의 학은 암수 번갈아 가며 알을 품는다.

두루미는 몸을 지면에 수평으로 기울여 목을 쑥 내밀고 여러 걸음을 달리더니 날개를 활짝 펴고 날아오르는 시늉을 짓는다.

'저것은 비상하는 춤사위다. 월동을 마치고 멀리 떠나는 형상이다.'

춤꾼은 학이 되어 기방에 날아든 한 마리의 새였다.

가시이는 학춤에 황홀하게 빨려 들어갔다. 춤꾼이 장단을 앞지르거나 뒤따라서 내디딜 듯 머뭇거리는 엇박 동작에, 가시이는 문득 제 발이 먼저 나가려고 멈칫멈칫했다. 점점 흥이 오르자 그는 어느덧 장구 소리에 머리를 끄덕여 박자를 맞추다가 어깨를 들썩이기도 하며, 무의식중에 발을 내딛기도 하고 팔을 내젓기도 하였다.

춤꾼의 춤은, 만들어 추는 것이 아니고 흘러가는 물처럼 구비치고 있었다. 깃털처럼 가벼이 내딛는 춤사위는 어느 구석에도 힘들인 기색이 없다. 가시이는 흥에 무르익어 몸을 지레 뒤틀고 있었다.

학은 횃대에 앉지 않는다. 외발로 땅을 딛고 서서 무위자연無爲自然 가운데 고고히 살아갈 뿐이다.

"학은 천 년에 청학青鶴이 된다 합니다."

가시이가 나카오 제독에게 말했다.

"이천 년이 되면 현학玄鶴이 되어 죽지 않는다 합니다. 불사조不死鳥입니다."

가시이한테는 조선의 옛것이 좋았다.

'역시 좋은 것은 좋은 것이야.'

흥은 무르익어 갔다.

학이 한바탕 쓸고 간 춤자리에 소복 차림의 무수舞手가 들어선다. 비녀 꽂은 쪽머리에 흰색 치마저고리를 입고 손에 명주수건을 들었다.

술자리는 잠시 조용해졌다.

살풀이춤은 조용히 시작되었다.

방구석에 앉은 고수鼓手가 장구의 북편과 채편에 두 손바닥으로 '덩!' 하고 합장단을 넣자, 무수는 너울거리기 시작하였다.

짐짓 느릿느릿 내딛던 그녀의 발이 갑자기 발끝을 차올린다. 치맛단으로 가려져 있던 외씨 버선발이 코끝을 치켜든다. 또한 하얀색이다. 무수의 발은 구름 위에서 놀았다. 넓은 소맷자락은 포물선을 그리고 치맛단은 자르르 흘렀다.

웅숭깊고 궁근 장구소리에 들떠 휘휘 원을 그리는 수건은 귀기鬼氣 서린 살풀이의 삼엄한 분위기를 녹여 내었다. 허공에 흩뿌리는 하얀 수건은 못 다한 몸짓을 초서草書로 그려 내었다.

북편가죽에 궁글채로, 채편가죽에 열채로 다독거리는 고수의 장구소리는, 장단은 살풀이로 가락은 육자배기로 춤을 받쳤다.

오른손에서 왼손으로 건너가고 다시 오른쪽으로 되돌아가다가 획 뿌리친 수건이 바닥에 떨어졌다. 살煞이 내린 것이다.

나카오는 흠칫했다.

'실수인가?'

그녀는 몸을 틀며 살포시 내려앉아 두 손으로 어르다가 수건을 공손히 들어 올린다. 살이 풀렸다.

치마를 부풀리고 고수 옆 방바닥에 퍼져 앉은 노기 해연은 항문을 조이고 구음을 올렸다.

'덩덕쿵덕쿵덕쿵덕!'

굴레를 죄어 팽팽해진 장구는 어느덧 빠른 장단으로 몰아친다.

춤은 빨라졌다. 무수는 수건으로 허리를 동여매고 잘록한 세요고細腰鼓의 장단가락에 놀아난다.

여자의 아랫도리가 술판을 들뜨게 만들었다. 어깨를 들썩이던 나카오 사령관은 한 손으로 부용을 지그시 끌어안았다. 그녀의 남갑사藍甲紗 치맛단 사이로 수갑사繡甲紗로 지은 단속곳이 내비친다. 교태가 흐

드러진다.

"얼쑤우! 조오타!"

은도가 추임새를 찔러 넣었다.

"조오타!"

가시이도 손바닥으로 상을 쳤다.

"오토와야音羽屋!"

나카오가 가부키의 추임새를 넣었다.

"나리타야成田屋!"

고키도 질세라 상을 두드렸다.

춤은 흩어졌다 조여졌다 하는 장구의 장단가락에 놀아나면서 걸쭉하고 끈적끈적한 한을 맺었다가 풀었다가 하면서 한바탕 난장판 신명으로 치달았다.

제독도 서장도 노인도 넋을 놓았다.

살풀이를 거두고 춤을 끝내자, 손님들은 술잔으로 목을 축였다.

가시이가 입을 떼었다.

"제독님, 잘 보셨습니까? 지금 이 무희가 보여드린 춤은 살풀이춤입니다. 이것은 손수건을 들고 추어서, 수건춤이라고도 하지요."

나카오의 머릿속에는, 가면 뒤에 얼굴을 가린 주인공 시테가 느릿느릿 내딛고 흐느적거리는 노能의 춤박 동작을 떠올리며 자기의 소감을 이야기했다.

"그런데 내가 보기로는 … 춤이 다소 산만하지 않습니까? 일정한 법도를 갖추었다기보다는 즉흥적으로 멋을 부려 추는 인상이군요. 춤을 추는 무희에 따라서 정취가 제각각이겠군요. 그런데 아까 무희가 잠시 수건을 떨어뜨린 것은 실수입니까?"

"아닙니다. 그것은 무희가 잠시 연출한 내용인데 …."

가시이가 말끝을 흐리자, 은도가 거기에 보탰다.

"망인의 혼령이 손수건 위에서 나부끼고 있다고 믿는 것이지요. 그래서 무희가 소복을 차려입고 나오는 것이고요. 수건을 흔들어 한을 풀어 주고 액씻기를 하는데, 수건이 땅에 떨어졌다는 것은 흉살을 맞았다는 것을 의미합니다. 땅을 떠난 망령은 흙을 밟지 않습니다. 손수건이 땅에 떨어졌다는 것은 대단히 불행한 일이 생긴 것을 의미합니다. 그래서 무희가 엎드려서 달래고 수건을 들어 올리지요. 행운을 불러온 거죠. 그것은 살을 풀었다고 말합니다."

고키 서장이 말을 받았다.

"제가 몇 차례 이 춤을 본 소견으로는, 시작은 느린 장단으로 조용하게 흐르지만 갈수록 춤바람이 고조되어 난장으로 몰고 가서 신명을 마감하지요. 조선 사람들의 분방한 민족성이 들어 있다고 보입니다."

셋은 모두 남의 나라 춤을 일본 춤의 잣대를 갖다 대어 재고 있었다.

골동취미의 가시이가 끝말을 보탰다. 기방 출입에 관록이 녹록지 않은 가시이는 조선의 옛것에 밝았다.

"이 여자 아이들이 소위 '모노이우하나物言花 (해어화)'인 셈입니다. 일본 내지의 게이샤에 버금가는 조선 기생이지요. 원래 기생은 조선 사대부의 술자리에서 시녀 일을 했지요. 시서화창詩書畵唱을 배워 그들의 문예적 유희를 시중들고 육체적 향락의 꽃놀이 감이 되었지요. 그야 옛날이야기에 지나지 않지만. 조선 기생이라 하면 단연 '남진주 북

은장도의 피 145

평양이지요. 이 집 오카미(여주인) 상이 바로 색향 진주의 교방관기 출신이지요."

가시이는 은도를 쳐다보며 말했다.

"조선의 민간 춤은 교방에서 가르쳐서 기생들이 맥을 이어왔는데, 나라가 망하자 관청이 문을 닫고 관기들은 요정으로 나앉았지요. 오늘 공연을 보여준 무희는 개인적으로 전문가에게서 사사한 솜씨지요. 어이 오카미, 살풀이 무희는 어디서 배운 춤이라 했던가?"

"진주에서 이윤례, 강귀례 선생님한테서 회초리 맞아 가며 익힌 솜씨예요."

"맞아. 진주 본바닥 춤이랬지. 여기 앉은 젊은 아이들은 오카미 상을 빼고는 모두 권번의 기생학교 출신들이지요. 일본인들의 접대를 위해서 엔카演歌도 배우고 화복 입는 법도 배워서 일본식 교육을 받은 아이들입니다. 물론 일본말도 거기서 배웠지요."

요정 출입이 잦은 가시이는 귀동냥으로 주워들은 기생들의 이야기를 구석구석 나카오에게 설명해 준다.

"그러다 보니 이제 조선 기생이란 것들은 본래의 해어화의 의미는 퇴색해 버리고, 이름만 기생이지 손님들의 단순한 술자리 완상玩賞거리로 되고 말았지요. 다시 말해서 내지의 게이샤들처럼 전통과 품위를 유지할 일이 없어지고, 술시중 드는 매소부賣笑婦로 전락하고 말았지요. 육체적 쾌락을 추구하는 대상으로 말입니다. 그럴 바에야 차라리 유곽遊廓을 짓고 홍등을 밝히는 편이 더 편리하지 않겠느냐 해서, 실제로 총독부에서는 권번을 폐지하고 곧 유곽을 설치하도록 허가한다고 들었습니다. 세상은 갈수록 편리해져서 이제 유곽에 가서 간단히 해결하도록 해 준다는 것 아닙니까, 헛헛헛!"

은도는 새로 데운 정종 주전자를 상 위에 올려놓는다. 더운 술은 금세 주기가 올랐다. 다들 거나하게 취했다.

"아코디온을 들여라!"

가시이가 주문했다.

풍각쟁이가 아코디언을 메고 방으로 들어섰다.

서장이 〈중국의 밤〉을 부르고 제독은 콧노래로 따라했다. 가시이는 후지야마 이치로의 〈술은 눈물인가 한숨인가〉를 부른다. 접대부들도 따라 부른다.

아코디언 소리는 담 너머 골목에까지 울려 퍼졌다.

5. 칼로 찌르다

술자리는 밤이 깊어서 파했다.

"자, 오늘은 대단히 감사합니다. 덕분에 조선 춤도 잘 보았습니다."

나카오가 가시이에게 인사말을 하고 자리에서 일어섰다.

"별 말씀을요. 앞으로도 종종 시간 내어 주시기 바랍니다."

가시이는 고키 서장에게도 잊지 않고 인사했다.

"서장님, 감사합니다. 편히 가십시오."

셋이 마당으로 내려서자, 수명이 달려와서 대문 밖에 대기하던 가시이의 차로 사령관을 안내했다.

차에까지 배웅 나온 가시이는 나카오에게 석파의 난초 족자가 든 대통을 건네주고 목례를 했다.

고키도 이어서 경관의 호위를 받으며 차로 떠났다.

가시이는 대기시켜 놓은 인력거로 숙소로 바로 돌아갈까 하다가, 오늘 밤 술자리에서 버릇없이 군 소엽을 여주인이 보는 앞에서 혼을 내 버릇을 고쳐 주어야겠다고 생각했다.

'손님들 앞에서 채신머리없이 나에게 망신을 주었으니 용서할 수 없어. 가시이의 체면이 말이 아니다!'

그는 도로 마당으로 들어가서 여주인과 소엽을 불러 세웠다.

"그 자리가 어떤 자린데 감히 그따위 짓거리를 한 거야? 정신이 빠져도 유분수지."

"도대체 무슨 일로 그러십니까?"

은도는 영문을 몰라서 묻는다.

"아무리 철이 없어도 그렇지. 안주를 무릎에 쏟지를 않나, 피를 보이지 않나! 점잖은 손님들 앞에서 너를 기생이라고 끼고 앉은 이 가시이의 낯짝이 뭐가 되는 거야! 네 안중에는 내가 보이지도 않느냐?"

고개를 숙인 채 옷고름을 말아 쥐고 서 있는 소엽을 향해서 언성을 높였다. 노인은 분에 차서 턱이 벌벌 떨린다.

이번에는 은도에게 화살을 돌렸다.

"아이들 교육을 어떻게 시켰길래 그 모양이야? 그리고 창을 한다고 들여보낸 것은 목이 잠겨 바람 새는 소리만 내고 … 이런 창피가 어디 있는가? 오늘 귀한 손님 모신다고 단단히 일렀는데 준비했다는 것이 겨우 그 모양인가?"

"용서하십시오. 앞으로는 철저히 교육시켜서 실수가 없도록 하겠습니다. 어서 빌어라, 이년아, 잘못했다고 빌어!"

은도는 소엽의 팔을 꼬집으며 재촉했다.

그러나 소엽은 묵묵부답이다. 그녀의 머릿속에는 지금 뒤에서 자기를 보고 있을 수명의 얼굴이 떠올라 무슨 말을 해야 할지 입이 떨어지지 않았다. 다른 데하고 달리 수명이 보는 앞에서 야단을 맞자 참을 수 없었다.

가시이는 화가 불끈 치밀었다.

'감히 누구 면전이라고 나를 무시하고 있어?'

"어서!"

은도가 재촉했다.

그때 '퍽!' 하고 노인이 짚고 섰던 지팡이로 소엽의 어깨를 후려쳤다. 그러더니 발길질로 걷어찼다. 소엽이 마당에 나가 떨어졌다.

"칙쇼! 못 배운 것이!"

수명은 책상에서 회계를 마감하고 있다가 가시이가 행패부리는 것을 목도했다.

'저놈이 환장을 했나. 조선 어장을 집어 삼키더니, 눈에 보이는 것이 없나, 여식애를 패다니 … .'

노인은 호흡이 거칠어졌다. 땅바닥에서 상체를 반쯤 일으킨 채 일어설 엄도 않고 있는 소엽을 가시이는 발길질했다.

"칙쇼!"

"얽!"

소엽은 신음 소리를 냈다.

노인은 들고 있는 지팡이로 내려치기 시작한다.

그때였다. 수명이 달려왔다.

"이놈의 자식!"

그는 노인을 왈칵 밀어 버렸다.

"어이쿠!"

노인은 바닥에 쓰러졌다.

은도가 부축해 주어 가까스로 일어선 가시이는 몸을 수습하자마자 지팡이로 수명을 후려쳤다.

"나쁜 놈! 여기가 어디라고 감히 겁도 없이 … ."

수명은, 가시이의 지팡이를 빼앗아 발을 지렛대로 삼고 뚝 꺾어 버렸다.

가시이는 수명의 뺨을 후려쳤다.

수명이 가시이에게 비실비실 다가서더니 한 손을 휘젓는다 싶자, 노인은 옆구리가 뜨끔하고 결렸다. 뾰족한 쇠 날붙이가 섬뜩하게 살 속을 파고들었다.

"으윽!"

손을 뒤로 물리는 수명의 손에는 은장도銀粧刀가 쥐어져 있었다.

노인은 옆구리를 안고 주저앉았다. 은도가 기겁해서 달려들어 가시 이를 안아 일으켰다.

"크, 크일 났다! 병원으로 모시고 가자, 퍼뜩!"

수명은 쏜살같이 밖으로 뛰어나갔다.

소엽은 땅바닥에 퍼질러 앉아서, 멀어져 가는 수명의 발걸음 소리 가 사라질 때까지 듣고 있었다.

은도는 행수기생 해연에게 경찰서에 신고하도록 지시하고, 환자를 인력거에 태워서 동인병원으로 달려갔다.

경찰서는 가시이 사건으로 발칵 뒤집혔다. 고키 서장이 보고를 받 고 격앙했다. 자기와 행림옥에 동석했던 가시이가 저격을 당했다는 사실은, 보기에 따라서는 '얼마나 경찰력이 허술했으면 서장과 헤어지 자마자 보란 듯이 그런 일이 일어날 수가 있단 말인가' 하는 엄청난 사 건이다. 늦은 밤에 전 경찰력이 동원되었다.

세준네 집 대문 두드리는 소리가 요란하게 울렸다.

탕 탕 탕! 탕 탕 탕!

"누구야?"

청수는 보던 책장을 덮고 마당을 건너 대문 앞으로 갔다.

탕탕탕!

"문 열어!"

어디서 듣던 음성이다.

청수가 문빗장을 따고 대문을 열자 오쿠무라가 밀고 들어왔다. 형사보조 장인달도 그를 따라 들어왔다.

둘은 학생 방으로 가서 구둣발로 방문을 열고 들어가서 방 안을 구석구석 살핀다. 마루로 나와서 마루 밑도 들여다본다. 부엌도 살펴보고, 뒤꼍도 둘러본다.

세준 노인이 방문을 열고 내다본다. 동래댁과 남지 새댁도 세준의 등 뒤에서 그들을 쳐다본다.

"이 밤중에 웬일고?"

세준 노인은 말하면서도 불길한 예감에 낯빛이 변했다.

오쿠무라는 청수의 팔을 끈다.

"서쪽로 가자!"

"무슨 일이요?"

일단 청수가 버텼다.

"잠시면 돼. 확인할 일이 있어."

"여기서 확인하면 안 되오?"

노인이 물었다.

청수는 부친을 안심시켰다.

"별일 아닐 겁니다. 잠시 다녀오겠습니더."

"세상에 경찰서 일 치고 별일 아닌 일이 어디 있더노? 심히 염려가 되는구나."

청수는 신발을 고쳐 신고 서署로 향했다.

"아이고, 야야아! 이 밤중에 오데로 따라 나서노?"

동래댁의 떨리는 음성이 뒤에서 들려왔다.

'저 총각이 강삼준이 조카아이가 맞제, 수명이하고 친구 하는?'

서에 와 있던 행림옥의 은도는 훌쩍 큰 키에 긴 목을 가진 청수를 보고 속으로 생각했다.

오쿠무라는 청수를 의자 앞에 앉히고 나서 그의 행방을 묻는다.

"장수명이 지금 어디 있어?"

"모르오. 행림옥에 있다는 것 외에는."

"거기서 나와 숨었다. 있는 곳을 대라."

오쿠무라는 잔뜩 찌푸린 얼굴로 청수를 노려보며 물었다. 그는 서랍을 열고 도장칼 같은 대오리를 끄집어내어 보란 듯이 끝을 튕기고 있다.

청수는 흠칫했다. 손톱 빠진 손가락이 저려 온다. 소름이 쫙 끼쳤다. 등골을 타고 머리꼭지까지 찌르르 전기가 흘렀다.

오쿠무라 형사는 이죽거리며 청수를 노려본다.

"대라! 제일 절친한 친구의 행방을 모른다는 것은 말이 안 되는 소리다 … 둘이서 같이 모의한 것 맞지?"

"무슨 말을 하는지 모르겠소."

"시치미 떼지 마! 가시이 겐타로 사건 말이다. 사실대로 불지 않으면 손톱을 마저 찔러 버리겠다."

청수는 어금니를 깨물고 부르르 떨었다.

"금시초문이오."

목소리가 떨려 나왔다.

가시이 겐타로는, 전번에 곽상수와 회동하던 자리에서 수명이 말하던 일본인 어장주의 이름인 것이 기억났다.

'아마도 가시이에 연루된 모종의 사건의 용의자로 수명을 쫓고 있구나. 그런데 나를 왜 조사할까?'

형사는 집요하게 물었다.

"야스오 군한테서 너와 장수명의 관계를 방금 다 확인했다. 친구의 행방을 대라."

"모르오."

청수는 고개를 저었다.

'야스오 놈이 날 걸고넘어지는구나.'

청수는 쓴 입맛을 다셨다.

"다음에 밝혀지는 날에는 그냥 안 두겠다. 각오해라!"

청수는 풀려났다.

"짐승만도 못한 놈들! 시도 때도 없이 들쑤시니 … 피를 말리는구나."

청수는 분노에 떨었다.

행림옥 사건 역시 범인을 잡지 못하고 미제未濟사건으로 분류 처리되었다.

학도병 출정식

1. 남지댁, 동경에 가다

　화창한 초여름 날 동래댁은 새 며느리를 데리고 마당 구석에 서 있는 모과나무로 갔다.　연초록 잎사귀는 그새 물이 올라 두터워졌다.

　시어머니는 냇가에서 부러 골라온 깨끗한 돌을 나무둥치 가장귀 사이에 끼워 박았다.　그리고 손바닥을 툴툴 털면서 며느리에게 말했다.

　"가수嫁樹시켰다.　깻묵을 묻고 물이나 한 바가지 퍼 주도록 해라이.　가실에 열매가 주렁주렁 마히 달릴 기다."

　나무를 시집보내 가을에 모과木果의 풍성한 수확을 기원하는 의태주술擬態呪術을 굳이 며느리 앞에서 보이는 뜻은,　며느리의 태기를 기다리는 어른들의 바람을 은근히 깨우치게 해 주는 것이었다.

　'후손을 주렁주렁 보아서 온 집구석이 훈훈해지면 얼마나 고마운 일일꼬?' 하고 생각하면서 며느리의 동태를 힐금힐금 살펴보는 세준의 눈치를 동래댁은 잘 알고 있었다.

초례를 마친 장오가 동경으로 건너갔다가, 여름방학 동안에 한 달 간 다녀간 이후로 영감은 그런 눈치가 부쩍 더했다.

'봄에 양기 좋은 날을 골라 혼취를 시켜 주었는데, 그동안 며느리는 어찌 이리 감감 소식이 없는고?'

가을 타작도 끝나고 소매 끝으로 찬바람이 선득선득 스며드는 계절이 왔다.

'무르팍이 다 시리다. 손주라도 앉히면 따숩기나 할런가. 이 나이에 세상만사 그만한 낙 말고 뭐가 더 있겠는가.'

봄부터 학병 징집 이야기가 나돌더니 조선총독부에서도 서둘러서 금년 가을 겨울에는 영장을 낼 것이라는 소문을 듣고는 세준은 부쩍 초조해졌다. 가을이 끝나갈 무렵 동경 와세다대학에서 학도병 출정식이 열렸다는 기사를 신문에서 보았다.

'도조東條 총리대신이 연단에 올라가 출정기념식까지 했다 하니 장오도 전쟁터로 끌려갈 것이 불 보듯 뻔한데, 장차 이 일을 어찌할꼬? 무사히 돌아오면 그 이상 다행한 일이 더 있겠는가마는, 만약에 무슨 변고라도 생기면 그것도 큰일이거니와, 또 이 집 종가宗家의 후사는 어떻게 잇는고? 둘째 청수마저 군대에 바치고 나면 조상 제사를 모실 대가 끊길 판이니 … 무슨 면목으로 조상께 낯짝을 들겠는가? 하루빨리 사손嗣孫을 봐야 하는데 … .'

세준은 생각이 있어 동래댁에게 일렀다.

"가을 갈치 철이 왔으니, 저녁상에 맛이나 봅시다. 비린 놈으로 골라 보소."

동래댁은 며느리를 불러 장바구니를 들려 시장으로 내보내면서 가르친다.

"툭진 놈을 골라서 아가미를 벌시(벌려) 보고 시뻘건 놈이라야 싱싱하다이. 물이 간 놈은 벌거죽죽하고, 누깔은 희멀겋고, 손가락으로 찔러 보면 물컹물컹한 기라."

세준은 밥상머리에 며느리도 앉혀서 저녁을 같이 들도록 했다.

'새아기가 남지 농촌에서 갈치 맛이나 제대로 보았겠는가.'

시아버지는 시어머니 곁에 붙어 앉아서 갈치 토막을 뒤적거리고 있는 며느리에게 물었다.

"맛이 어떠냐?"

"싱싱해서 맛이 꼬십니더."

"안 비리나?"

"예에. 좀 비리기는 해도 …."

"구역질이 안 오르나?"

"역하지는 않십니더."

"으음 … 쩝쩝."

세준은 실망했다. 세준은 며느리가 비린내로 헛구역질이라도 하기를 바랐었다.

'허어, 아직도 기별이 없구나. 가을 갈치 비린 서방은 첩산이도 돌아눕는다 했는데, 그 냄새 맡고도 멀쩡한 것 보면 태가 안 선 게로구나. 여름방학에 장오가 다녀갔으니 하마 섰을까 하고 별렀는데 ….'

다음 날 세준과 동래댁은 며느리를 안방으로 불러 앉히고 일렀다.

"네가 동경에를 한 번 다녀와야겠다."

쪼그리고 앉은 새댁은 의아했다.

"동경에 말입니꺼?"

"오냐. 날씨는 추워 오는데, 장오가 원래 가을을 타는 편이라 제대로 먹고나 지내는지 어쩐지 걱정이 든다. 제생당에 일러서 탕약을 한 제 지어 올 테니, 너는 떠날 채비를 서두르도록 해라."

며느리는 어른의 말 속에 든 뜻이 무엇인지를 알아차렸다.

동래댁이 일어서서, 누대봉사하는 조상의 제삿날을 빼곡히 적어서 벽에 걸어둔 가기판家忌板을 들여다보며 말미날짜를 정해 주었다.

"대충 한 달쯤 잡고 댕겨오거라. 내달은 마침 제사가 빠진 달이니 월초나 해서 떠나 달을 넘기지 말고 돌아오도록 하거라."

세준은 박 의원에 부탁하여, 태가 실하도록 며느리에게 미리 육태환 알약을 지어 먹였다.

동래댁은 점집에 가서 일진을 가려서 떠나는 날과 돌아오는 날을 잡아 왔고, 새댁이 신청해 놓은 도항渡航증명도 떨어졌다.

동경 장오에게는 전보로 노문路文도 놓아 두었다.

지난 9월 현해탄의 부관연락선 항로에 미군 잠수함이 일본의 전쟁 물자 수송선을 폭파시킨 일이 있었다. 그 배에는 무기를 싣고도 마침 사람을 태울 여유가 있어서 일반여객도 태우고 있었다. 많은 민간인이 희생되었다. 전쟁은 가까이 다가와 있었다.

그래서 오가는 날짜도 택일을 하고서야 어른들은 마음이 놓였다.

"아가, 군용 배는 타면 안 된다. 명심하거라."

시아버지가 며느리에게 주의를 주었다.

남지댁은 머리를 자르고 고데를 했다. 동래댁은 며느리의 머리를 쳐다보며 가볍게 머리를 끄덕였다.

'요새 신식 며느리들은 머리를 풀고 파마를 하더라마는 … 허기사 동경까지 가는데 촌스럽게 쪽진머리를 고집만 할 수도 없지 … .'

새댁은 맨드리 곱게 차려입고 아침 일찍 서둘러 떠났다. 목탄버스로 부산까지 가서, 그날 저녁 부관연락선 곤고마루金剛丸 여객선 밤배를 탔다.

현해탄 파도에 밤새 흔들리며 대마도 옆을 지나서 시모노세키로 건너갔다. 거기서 다음 날 밤 기차에 몸을 싣고, 꼬박 두 밤이 좋이 걸려서 사흘째 새벽에야 동경역에 도착하였다. 오는 도중 열차고 선박이고 간에 헌병과 순사의 삼엄한 검문을 받아야 했다.

동경역 야에스 출구 밖으로 나와서 그녀는 가방을 들고 두리번대며 찾았으나 남편은 보이지 않았다. 편지로 받은 하숙집 약도와 주소를 지니고 있어 택시로 찾아가면 쉽게 갈 수는 있으리라고 생각했다.

아카보赤帽를 쓴 짐꾼 하나가 그녀 곁으로 와서 수작을 건다.

마침 그때 저쪽에서, 오가는 왜소한 군중들 사이로 우뚝한 키의 남편이 성큼성큼 걸어온다.

"고생했소!"

반갑게 말하고 처의 얼굴을 살핀다.

"현해탄 파도가 높아 멀미깨나 했겠소. 처음에는 한 번씩 다 겪는 거요."

"그래도 벨로 피곤한 줄 몰랐어예."

남편의 신상을 살펴본다. 좀 여위어진 것 같기도 하나, 강단剛斷이 좋은 양반이라 생기는 살아 있었다. 오늘은 사진으로 볼 때보다 더 잘생긴 반가운 얼굴로 보여 가슴이 뿌듯해왔다.

그녀는 고생인 줄 모르고 한 고생이었으나, 남편이 따뜻하게 위로해 주니까 그동안 여행에 쌓였던 피로가 눈 녹듯이 사라졌다.

하숙집으로 가서 짐을 풀었다.

방을 같이 쓰는 태수가 한 달 동안 딴 데 가서 지내다 오기로 하였는데 막상 장오의 처가 나타나자 넉살을 부린다.

"방에서 내쫓기는데 맨입으로 될 일가? 뭔가 보답이 있어야 할 거 아니요?"

새댁을 쳐다보며 여차하면 방을 나가기로 한 약속을 물시勿施하고 한방에 진득이 눌어붙을 시늉을 짓는다.

"달리 부탁할 거는 없고 … 제수씨, 처제 여동생 중신 좀 서 주소."

권윤칠의 가족사진 중에서 남지댁 처녀들이 늘어서 있었는데, 새댁의 바로 아래 동생이 눈에 띄는 미인이었다. 언니를 만나자 그때 그 사진의 미인이 떠올라 농반진반으로 속을 비쳤다.

색시는 남편을 쳐다본다.

"이 사람아! 형수 되는 사람을 제수라고 부르고 있으니 아래위도 몰라보는 위인한테 어떻게 중신을 넣겠노? 인제부터 내보고 형님이라 부르게."

태수도 시치미를 떼고 장난기로 받아넘겼다.

"자네가 동생뻘 되는 것을 세상이 다 아는데, 제수씨를 형수라 부르는 바보벅수가 어찌 감히 권씨 문중에 혼담을 넣겠는가?"

"허허 이 사람, 촌수 계산이 그렇게 어두운데 낸들 그런 벅수를 처가에 중신이라고 섰다가는 평생 몽둥이감일세."

"좋네. 정 싫다면 나도 방을 비울 생각이 없네. 셋이서 한방을 쓰기로 하세. 그래, 어디 날 한 번 밀어내 보게."

"허허허! 알았네, 알았어. 지금부터 자네 하는 짓 보고 나서 중신을 서든지 할 테니까 … 그런데 자네 집안 어른께서는 수월케 허락하실 것 같은가?"

"그 걱정은 말게. 남지 들판에 권씨 문중의 큰 집이라면 사방팔방이 다 아는 처지인데. 오죽하면 자네 어른도 골라서 정한 혼가가 아닌가. 염려할 것 없네."

태수의 부친 김재우의 윗대 어른은 원래 방물장수 집안이었다. 그러니까 태수의 할아버지가 전국 장터를 돌며 도부꾼을 해서 한 재산을 일구며 영악한 재우의 공부를 뒷바라지하여 그를 성공시켜 놓았다. 전국을 돌면서 보고 느낀 것은, 세상은 이미 사대부 양반의 세상에서 물산物産 중심의 산업사회로 변해 가고 있음을 일찌감치 알아챘다. 세상은 농토 중심의 답답하기 짝이 없는 전통사회로부터 상품 거래가 넘쳐나는 시장경제사회로 흘러가고 있었다. 일본서 건너온 신시대 신문물로 천지가 개벽하고 사회는 개명되었다. 옛것은 하나둘 자취를 감추어 갔다.

일찌감치 시대의 물결을 타고 행세깨나 하는 사람들은 실크해트를 쓰는 시대가 되었는데도, 유가儒家의 양반들은 헛기침을 하면서 말총으로 만든 갓을 고집하였다.

그래서 방물장수 어른은 자식 재우에게 일본을 배우도록 하여 공들여 신식교육을 시켰다.

태수는 달랐다. 아버지가 도청 산업국장의 자리에 앉아서 농민의 수확을 수탈하는 반역적 행위에 대하여 자괴自愧하고 있었다.

"겨울방학 때 오시면 두고 봐요."

새댁은 농담이 그 정도 오가는 것을 보고 얼버무려 두었다.

장오는 처를 데리고 말로만 듣던 휘황한 밤거리의 긴자 거리를 구경 시켜 주었다.

새댁은 짐 속에 꾸려 온 도자약탕기로 박 의원이 지어준 한약을 달여 낸다. 냄새가 집안에 그득 퍼졌다.

"보약을 달이도록 하겠습니다. 어른이 지어 주신 약이라, 냄새가 나도 이해해 주세요."

집주인 여자에게 미리 양해를 구했다.

남편은 탕약사발을 새끼손가락으로 휘휘 저어서 마셨다. 쓴 맛을 다시고 생강 조각을 입에 넣고 씹는다.

장오의 학교 수업이 끝나는 대로 둘은 여기저기 구경을 다녔다.

전시하의 궁핍시대에 숨 막히는 조선 땅을 떠나 내지로 왔으니 어딜 가든 좋지 않겠느냐마는, 그중에서도 특히 해질녘 우에노공원 물새 떼 구경이며, 밤의 신주쿠 뒷골목 쏘다니기며, 황궁을 둘러싼 니주바시의 해자垓字 구경이 머리에 남는다고 새댁은 후일 두고두고 이야기했다.

신랑은 처가 혼자서 시집살이한다고 고생했으니, 주말에 하코네로 데려가기로 했다. 신주쿠역 플랫폼에서 열차를 타고 자리를 잡았다.

앞자리에는 아이를 안은 젊은 부부가 앉았다. 장오가 가방을 선반에 올리다가 벽에 걸어 둔 펠트모자가 바닥에 떨어졌다.

"모자 떨어졌어요."

앞자리의 젊은 남자가 얼른 일어나 주어 올려서 손바닥으로 한 번 털고는 웃으면서 건네준다.

"감사합니다."

새댁이 두 손으로 받아서 옷걸이에 도로 걸었다.

남편이 우리말로 말했다.

"일본 사람이나 조선 사람이나 일반 서민들은 다 똑같소. 이웃 간에 친절하고 오고 가는 인정이 있고 … 개중에는 더러 못된 종자도 있기는 하지마는. 그거야 어느 나라에 가도 있기 마련이지만. 문제는 정치하는 놈들이오. 섬나라에 갇혀 살다 보니 저만 잘난 줄 알고 남을 못살게 구는 거요. 우물 안 개구리에 지나지 않단 말이오. 옛날부터 이웃나라 노략질에 재미를 붙이고 살아온 종자들이라, 인제는 좀 먼저 깼다고 힘으로 억누르고 강제로 수탈해 가는 짓거리가 내놓고 하는 도적질이오."

새댁은 생과자를 건너편 아이에게 건네준다.

열차는 도시를 벗어나 남쪽으로 달린다. 아타미역에서 내렸다.

후지산 산자락이 뻗어내려 뜨거운 용암에 끓는 물이 하코네 골짜기를 거쳐 바다로 흘러가는 곳에 자리 잡은 온천도시다.

버스를 타고 산복도로山腹道路를 꾸불꾸불 올라가서 온천장 천학장千鶴莊 앞에서 내렸다. 마당에는 계곡물이 바위 사이로 쫄쫄 흘러드는 연못이 있고, 잉어 떼가 유유히 헤엄치고 있었다.

청단풍 잎사귀가 일제히 손바닥을 펴고 그들을 반가이 맞으며 '나요! 나요!' 하듯 흔들고 있었다. 쏴아 스치는 바람이 그러자고 잎들을 구슬린 것이다.

손님을 안내하는 노파가 나와서 공손히 절을 하며 맞이한다.

"저것 보소!"

남편이 잉어 한 마리를 가리켰다. 유독 그놈만 흰색 몸통에다 이마에 빨간 일장기의 동그란 문양이 선명하게 그려져 있었는데, 무리 한 가운데서 유유히 헤엄을 치고 있었다.

"단정홍백丹頂紅白 종이에요. 하코네 아니 전 시가현에 한 마리밖에 없는 유일한 놈이지요. 값으로 칠 수 없어요."

기모노의 노파가 잉어에 대한 설명을 마친 후 새댁의 가방을 받아 들고 까치걸음으로 종종 걸으며 커다란 소나무 분재 화분 앞을 지나 2층 방으로 안내했다.

방은 새로 깔아 놓은 다다미방이었다. 아직도 가시지 않은 풀 냄새가 진하게 풍기고 있다. 열어 놓은 창밖으로 나뭇가지가 드리워 바람에 흔들리고 있고, 그 뒤 언덕 너머로 눈 덮인 후지산 꼭대기가 저녁 햇살에 빛나고 있었다.

"로텐부로露天風呂는 바로 저 모퉁이 뒤에 있습니다. 실내 탕하고 온도가 똑같이 40℃입니다. 다소 뜨겁지만 견딜 만합니다."

자랑스레 소개한다.

"로텐부로가 멉니까?"

남편에게 묻는다.

"노천온천탕 말이오."

"아이구 망칙해라. 훤한 대낮에 벌거벗고 남이 보는 데서 목욕을 다 하다이?"

저녁을 끝내고 어둠이 깔리자, 그녀는 노천온천을 하러 갔다. 평지보다 조금 높게 바위로 둘러싸인 가운데 온천수가 솟아나오고, 사람은 아무도 없었다. 물속에 몸을 잠그고 목만 내밀고 있자니 이내 몸은 더워지고 얼굴은 바람이 불어와 시원하였다. 몸은 따뜻한 보온을 바라고, 얼굴은 시원한 청량을 바라고 그것을 동시에 만족시켜 주는 것이 노천온천이었다.

하늘을 올려다보았다. 맑은 별들이 나뭇가지 사이로 초롱초롱 깜빡이고 있었다.

유카다를 걸치고 방으로 돌아오자 남편은 가루치약을 묻히면서 "안 추웠소?" 하고 묻고는 거품을 물고 칫솔질을 했다.

창가 탁자 위에 놓인 다관茶罐에 물이 끓고 있다. 주둥이와 뚜껑의 구멍을 통하여 하얀 김이 세차게 뿜어 나오며 달그락거린다.

두 사람은 마주 앉아 녹차를 따라 마신다.

'후룩후룩 소리를 내지 말라 하였지.'

입술에다 대고 한 모금씩 찍어 마신다.

"고요한 산골이군."

남편이 말했다.

흘러내리는 물소리와 바람이 지나는 소리밖에 들리지 않는다. 별이 졸린 듯 깜박인다. 밤하늘에는 공기가 흐르는가 보다.

유성流星이 시퍼런 날을 그으며 흘러내린다. '지익!' 소리가 들리는 듯했다.

"꼭 빗금으로 지더라, 별은."

섬뜩한 날빛을 세우며 스러지는 별을 보고 남편이 말했다.

그는 아내를 껴안았다.

산골의 아침나절은 쌀쌀하였다.

아내가 낙타지 외투를 꺼내어 남편에게 걸쳐 주고, 둘은 산정호수인 아시노코로 가서 배를 탔다. 물 위에 어린 후지산의 눈 쌓인 하얀 그림자와 수면에 드리운 빨갛고 노란 단풍을 구경하면서 호수를 건너 아타미로 내려가서 다시 동경으로 돌아왔다.

떠나는 날이 왔다.

남지댁은 한 달여 가까이 남편과 더불어 모처럼 곡진한 정분 끝에 남흔여열男欣女悅의 부부 화락으로 꿈같은 세월을 보내고, 왔던 길을 거꾸로 하여 현해탄을 건너서 목탄버스를 타고 시댁으로 돌아왔다.

새댁은 새색시 티를 벗으면서 동네 아낙들이 '남지 때기宅'라는 택호를 붙여 허물없이 불러 주었다. 남지댁도 영락없이 마을 아낙네가 되어 갔다.

2. 떠나가는 젊은이들

동래댁은 며느리를 데리고 절간을 드나들었다.

절 치성을 가는 날은 며느리에게 목욕재계를 시키고 새 옷을 차려입혀서, 대웅전 뒤쪽 칠성각七星閣으로 들어갔다. 밥그릇과 정화수를 올려놓고 향을 태우고 촛불을 밝힌다.

"지왕님, 비나이다. 강씨 문중 차종부 권 씨 빌고 또 비나이다. 너그럽게 거둬 주시고 계계승승 세 이을 장손 하나 점지해 주시이소. 부디 부디 천세의 경사를 열게 해 주시이소. 두 손 모아 비나이다. 삼신지왕님!"

둘은 연신 굽실거리며 손을 비빈다.

시주로 쌀을 바치고, 동전 스물한 닢을 얹어 놓고 나선다. 동전의 숫자는 동래댁이 며느리의 나이에 맞추어 나전을 셈하였던 것이다. 나오는 길에 큰스님 계신 곳을 들러, 지어 온 옷 한 벌을 공양하였다.

강세준 노인은 따로 성신星辰에게 초제를 드려서 아이 얻게 해 달라고 빌었다. 쌀, 옷, 종이, 초, 솜, 기름, 향 등을 큰 보자기에 싸서 새 아기 절에 가는 날 큰스님에게 올려 보내서 발원했다.

얼마 안 있어 새댁은 태기胎氣가 발동하였다.

세준 노인은 동래댁으로부터 며느리한테 아기가 서린다는 보고를 받고서 뛸 듯이 기뻐하였다.

"가열嘉悅한 일이로다! 신불이 도와서 후사를 잇게 되었으니."

시아버지는 며느리를 불렀다.

"아가아, 태상胎上에는 항상 몸가짐을 조심해야 한다. 경거망동을 삼가고 … 마음은 항상 정숙하게 먹고, 그리고 잘 판단해서 태살이 설치는 곳은 피하도록 해야 한다."

시어머니도 태중에 있는 아기를 생각해서 한 말 거들었다.

"벌레 먹은 과일은 입에 대지도 말고, 이 빠진 사발은 아예 쓰지도 말고, 상 위에 수저도 가지란히 놓고 … 닭괴기도 묵는 기이 아니다. 아아 몸에 닭살 씌일라. 불구경을 하면 액살이 끼고, 상여가 지나면 못 본 척해라, 아아 명이 짧아진다이. 자리에 앉되 경사진 곳에는 앉지 말고, 똑바른 자리가 아니면 앉지를 말고. 남하고 말다툼도 하지 말고, 남이 싫어하는 말도 말고 … 잠자리는 옆으로 눕지 말고 반듯하게 누워야 한다이 … 배 속에서 아아가 다 배우니라."

며느리는 자다가 누런 누룩뱀 한 마리가 대청마루 기둥을 감고 올라가는 꿈을 꾸었다고 태몽胎夢을 이야기해 준다.

세준이 듣고서 기쁜 나머지 희색을 감추지 못하면서도 며느리에게 주의를 주었다.

"꿈에 색은 없느니라 … 누룩뱀은 사내아아가 맞다. 귀한 꿈이다. 인자부터 꿈 이야기는 거두어들이고 더 이상 입 밖에 내지 말거라. 태몽을 싸게 입 밖에 흘리면 남이 꿈을 사 가지고 간다."

세준 자신도 태몽을 꾸었다.

기와지붕에 서기瑞氣가 서린 꿈이었다. 대밭에는 교교한 달빛이 내리고 안개가 피어올랐다.

'조상님이 현몽해서 귀한 사손을 알려 주신 것이다.'

그러나 그는 아무에게도 그의 꿈을 입 밖에 내지 않았다.

세준은 기대에 부풀어 '흠! 흠!' 헛기침을 해가면서 여간 흐뭇해하지 않았다.

세준은 며느리가 우물가에 가서 물을 길어 오는 것도 저러면 안 되는데 하고 신경 쓰이고, 무거운 짐을 드는 것이 안쓰러워 내색은 감추었지만, 사람들 안 볼 때를 봐서 손수 물을 길어 독에다 날라 놓기도 하였다.

'내가 주착이지. 사손을 볼 나이에 망령이 들었나.'

노인은 며느리가 무거워 오는 몸에도 힘든 일을 마다하지 않는 것을 보고, 장에 가더니 팔뚝만 한 가물치를 한 마리 사 왔다.

"당장에 푹 고와라. 임산부한테는 이보다 더 보補한 것이 없느니라."

물을 그득 채운 빨래 대야 안에서 가물치는 밖으로 치고 나올 듯이 힘차게 파닥거린다. 꼬리를 퍼덕여 물방울이 사방에 튄다.

새댁은 힘차게 꿈틀대는 가물치에 칼질을 할 엄두가 나지 않는다.

"아버님! 나중에 대름(도련님) 오면 부탁할게요."

'잘 생각했다. 태아에게 살생을 보여서 좋을 게 뭐 있겠는가.'

세준은 속으로 중얼거렸다.

"오냐. 내가 잡으마."

유가儒家의 점잖은 노인은 손주를 생각해서 며느리 대신에 팔을 걷고 칼을 잡았다.

그녀는 매사에 조신하게 처신하였다.

석 달이 지났다.

남지댁은 장에 다녀오는 길에 포목전에 들러 새로 나온 천을 구경하고 있었다. 점포에는 모본단, 뉴똥, 물항라에 갑사 등 진양낳이(진주에서 난 비단) 새 옷감을 때깔 곱게 늘어놓고 있었다.

"아이고, 곱기도 해라."

장보러 나온 아낙이 뉴똥을 들고 손바닥으로 만져본다. 매끄럽기 한량없다. 이번에는 모본단을 집어본다. 거친 손에 인 가시랭이가 비단 올 뜯는 소리가 난다. 손에 든 천을 쉬이 놓지 못한다.

"우짜면 이리도 정성시레 문양을 넣었일꼬?"

남지댁도 넋을 놓고 같이 들여다본다.

'다그락 다그락!'

말발굽 편자 소리가 들려 왔다. 구둣솔로 잘 빗겨 구릿빛 윤이 나는 말안장에 올라타고 일본 기마헌병은 위세를 부리며 호기 있게 지나가고 있었다.

정미소 집 막내아들 창수가 키득거리며 준오의 귀에다 대고 소곤거린다.

"조놈이 바로 고놈이다, 지난분에 내 새총알 맛본 놈!"

준오는 말의 이마빼기에 박힌 마름모꼴 흰 점을 살펴보며 바로 그 말이 맞다고 머리를 끄덕였다. 그리고 어깨를 들먹이며 키들키들 같이 웃었다.

여름날 오후 원정파출소 앞 국기게양대 말뚝에다 묶어 둔 기마헌병의 수말이 양물^{陽物}을 치켜들었다. 양물은 주름을 걷고 탱탱 불어나서 분기탱천을 하고 있었다.

"히야, 저것 좀 바라!"

아이들이 모여들었다.

"허허! 저놈아아가 훠언한 대낮에 머슨 짓고···."

그들 사이에 백정네 천성규 집 머슴일 보는 난쟁이도 끼어들어 어른스레 말한다.

창수도 준오를 데리고 말 앞으로 다가갔다. 준오는 순사가 두려웠지만, 그래도 신기한 것을 보고 호기심에 견딜 수가 없다.

일찍이 예서禮書를 접해 본 적이 없는 수말은 길 건너편에 짐을 부리느라 세워둔 암탕나귀를 보고 환한 대낮에 당당하게 수컷의 위용을 과시했다. 번들거리는 양물은 벌떡벌떡 배때기를 쳤다.

"허허 고놈 참 쌍판대기에 철판을 디집어썼나아··· 부끄럽운 줄로 알아야지··· 찬물로 한 바가지 갖다 부어삘라!"

난쟁이가 혼잣말을 했다.

어깨동무를 하고 있는 창수가 침을 삼키는 소리를 냈다. 그리고 한숨을 내쉬었다.

"되게 크다, 그쟈?"

창수는 그 나이에 올됐다. 그는 슬그머니 고무총을 끄집어내어 돌멩이를 채우고 말의 양물을 향해 겨냥했다.

돌은 적중했다. 말은 깜짝 놀라 길길이 뛰었다.

히힝! 히힝! 히히히잉!

앞발을 치켜들고 솟아오르며 '푸푸!' 콧방귀를 불어댔다.

드르륵!

유리창문이 열리고 에모리 순사가 내다보았다. 아이들은 놀라서 줄

행랑을 쳤다. 못된 말을 골탕 먹인 것이 얼마나 고소했는지 그들은 잊을 수가 없다.

"겐뻬이(헌병)는 고것도 모름시로 뻐기고 있네. 우사시럽은(우세스러운) 줄로 알아야지, 꺼떡거리기는….."

지나가던 난쟁이는 말안장 위를 올려다보며 곤댓짓을 부리는 헌병이 같잖다는 듯이 중얼거렸다. 그러다 그는 양재기에 두릅, 취나물, 파단 등을 담아 벌여 놓은 좌판을 밟았다. 양재기 우그러지는 소리와 함께 그는 엎어지면서 기마의 다리를 안았다. 말은 놀라서 반대편 포목가게 쪽으로 펄쩍 뛰었다. 헌병이 낙마落馬하면서 등자에서 발이 빠져 남지댁을 와락 덮쳤다.

"아이고 옴마야!"

그녀는 혼비백산해서 그 자리에 주저앉고 말았다.

한참 넋을 놓고 있는데, 아랫도리가 뜨뜻해 온다. 피가 흘러 고쟁이를 적신다. 배 속의 태가 흘러내린 것이다.

세준은 억장이 무너졌다. 사색이 되어 돌아온 며느리 앞에서 입을 벌리고 할 말을 잃었다.

한참 만에 정신을 가다듬고 며느리를 위로했다.

"아가아, 진정하거라. 다 하늘의 뜻인데 어쩌겠노. 어서 몸부터 다독거리도록 하거라."

노인은 아까운 생명이 지워진 것에 대해 통탄했다.

"왜놈들이 와서 조선 사람 씨종자 다 떨군다. 이놈의 종내기들! 단종을 시켜 버려야 할 망종들!"

남지댁은 한참 뒤에 가서야, 지난날 하코네 산장의 밤하늘에 빗금을 그으며 후지산 너머로 흘러내리던 시퍼런 유성이 새삼 머리에 떠올랐다.

'아아, 그게 심상찮은 조짐이었구나. 목숨이 지면 별도 하나 진다 하더니.' 억측을 했다.

가을비가 추적추적 내리고 있었다.

장오는 야마시다山下와 함께 명치신궁 육상경기장 쪽을 향해서 걷고 있다.

유난히 샛노란 가로수의 단풍이 비바람에 흔들리고 있다. 여름이 지나고부터 맑은 날씨가 계속되어 단풍은 짙게 발색發色이 되었다. 비가 지나가고 나면 잎새들은 나무 밑에 떨어져 수북이 쌓일 것이다. 낙엽이 질 때가 되었다.

그날은 오연 육상경기장에서 전시 학도병 출정식이 거행되는 날이었다.

1943년 가을, 도조 히데키 내각은 대학생의 징집유예를 철폐하는 내용을 골자로 한 '재학생 징집연기 특례'에 관한 칙령을 발표하고 학생들을 전쟁터로 몰아내기 시작하였다.

입대를 자원한 학생들이 굳은 표정으로 여기저기서 모여들고 있었다. 야마시다도 출정을 결정했다. 그는 장오가 다니는 학교의 같은 과 학생이었다.

"나는 졸업하면 조선으로 가서 부산에서 신의주까지 반도여행을 하고 싶다."

장오에게 말하고, 둘이서 같이 가기로 서로 약속했다.

그는 어릴 때 부친을 따라 조선에 왔다가, 소년 시절을 보내고 일본으로 돌아왔기에 급우들 중에서도 지한파知韓派에 속했고, 그로 해서 장오와는 가깝게 지나는 사이였다.

그의 집에도 놀러 간 적이 있었는데 부친이 반갑게 맞아 주었고 저녁식사 자리를 같이해 주었다. 모친도 옛날 부산 시절을 회상하면서 난로에 걸친 다리쇠 위에 정종 주전자를 따끈하게 데워 자식의 친구에게 직접 따라 주기도 하였다. 도기로 만든 주전자의 손잡이는 대나무 뿌리를 불에 태워서 휜 것이었다.

야마시다는 갑자기 학도병으로 전선에 출정하기로 결정했다. 운동장에는 오伍와 열列을 맞추어 학생들이 줄을 짓고 서 있었다. 모자 없이 민머리로 서 있는 학생들이 있는가 하면 더러는 모자를 쓴 학생도 있고, 대부분이 구호를 쓴 어깨띠를 걸치고 있었다.

장오는 관중석에 앉아서 대열 속에 서 있는 야마시다를 내려다보고 있다.

'격멸하자 미영 적군!', '천황의 보은에 승전으로 보답하자!'라고 쓴 깃발들이 비바람에 나부긴다.

식은 시작되었다.

단상에 올라선 도조의 연설 요지는 '천황을 위해 성전에 참여하여 대의를 위해 싸우자!'라는 것이었고, 학생 대표는 이에 '몸을 바쳐 적들을 격멸하자!'라는 요지로 화답했다.

그리고 만세삼창으로 식은 끝이 났다.

장오는 야마시다를 데리고 자주 다니던 오차노미즈의 선술집으로 갔다.

이른 시간이었지만 밖에는 비가 내려 실내는 벌써 어둑어둑했다.

술을 시켰다.

"나는 간다. 어차피 가야 할 길이라면 ….."

야마시다가 비장한 심정으로 말을 끄집어냈다.

장오는 그 말을 받았다.

"조국의 부름을 받고? 아니지. 전쟁 귀신 도조의 부름을 받고서지. 전쟁은 자기들이 저질러 놓고, 패색이 짙어지니까 만만한 학생들까지 쓸어가 전쟁터에 쏟아붓는 거야."

야마시다는 자조 섞인 말을 했다.

"세상은, 일본은 저네들 세상이야. 내가 일본에 태어난 것이 죄라면 죄일 따름이야. 나는 미군한테 잘못을 저지른 게 없고 그쪽에서도 나한테 잘못한 일도 없어. 그네들과 싸워야 할 이유가 없어."

"그런데 왜 자원해서 뛰어드는 거야?"

오뎅이 익어 가면서 김이 모락모락 피어오른다. 야마시다는 고개를 젖혀 정종 잔을 홀짝 한 입에 털어 넣고 말한다.

"왜냐하면 안 가고는 못 배기잖아. 물자고 사람이고 모조리 쓸어가는 판에 남아나는 게 없잖아. 나라고 피할 수가 없는 거야. 도조 히데키, 지금 미쳤어. 그럴 바에는 그가 끌고 가기 전에 내가 먼저 뛰어드는 거야."

자포자기 상태다.

"그렇지만 위험하잖아. 잠시 피해 있으면 어때?"

"장오, 자네는 내가 왜 나서는지 모르지? 실은 오야지〔부친〕가 육군성 대좌야."

"그럼 아버지를 위해서?"

장오는 잔에 정종을 따라 채워 주었다.

"아니야. 내가 오야지하고 매일 아침 얼굴을 마주치면서, 이 판에 애비가 자식더러 지원하라고 하겠어? 피하라고 하겠어? 그 소리도 못하겠지만, 또 그 소리 듣고는 내가 따를 수 없어! 내가 먼저 해. … 엄마는 울고불고 야단이지만. 이것은 오야지를 위해서, 오야지의 권속인 나를 위해서, 내 가문을 위해서야. 조국을 위해서 입영 결정을 했노라고 했더니 오야지가 '오냐, 잘 생각했다. 무운을 빈다.'라고 말해 주었어 ….."

그는 취했다.

"크게 보면 내 조국을 위해서 가는 거야. 일본이 있고 내 가문이 있는 거야."

장오는 입영통지서가 나오면 자기는 어떻게 할 것인가 하고 잠시 생각했다.

조선을 위한 전쟁이 아니고, 일본을 위해서 그들 대신에 싸워 목숨을 잃을지도 모르는 전쟁인데, 싸워야 할 명분은 눈곱만치도 없는 일이 아닌가. 나는 전쟁터에 끌려가서 무엇을 할 것인가.

야마시다는 취중진담을 털어놓는다.

"조선은 해방이 다가온다. 너희는 이상 더 일본의 속국이 아니야. 오히려 일본이 미국의 식민지가 될 차례야. 우리의 황실은 허구야. 전세계적으로 왕조가 사라지고 있는데, 왜 우리만 황실을 지켜 나가자는 거야? 천황은 꼭두각시에 불과해. 뒤에서 군부가 천황을 방패막이로 앞세우고 좌지우지 마음대로 쥐어흔들고 있어. 모조리 허구야. 전쟁은 곧 끝나. 너희는 왕조로부터 신생민주주의 국가로 탄생하는 거야. 진정 축하해. 조센징 학생도 곧 나오라 하겠지. 입대할 필요 없어. 왜 끌려가야 해?"

옆에서도 학생들이 취해서 떠들다가 혀 꼬부라진 소리로 합창을 시작했다.

"갓테 구루조토 이사마시쿠(이겨서 돌아오마, 용맹스럽게) ···."

그들은 어느새 일어서서 어깨동무를 하고 비칠대고 있었다. 군가는 용맹스럽기는커녕 오히려 비 맞은 강아지 꼬락서니처럼 청승맞고 구차스레 들린다.

'살아서 돌아온다? 아니다. 나가면 죽어서 돌아온다. 노래 부르는 학생들은 다 알고 있다.'

야마시다는 억병으로 취했다. 장오는 술값을 계배計杯로 쳐서 치르고, 어깨동무해서 그를 집에까지 바래다주었다.

그 후 야마시다는 태평양 남방전선으로 배속받아서, 과달카날섬 밀림 속에서 미군과의 사투 끝에 전사하고 말았다.

나중에 그 사실을 늦게나마 듣고서 위문차 찾아간 장오를 보고 그의 부친은 힘없이 말했다.

"장오 군, 자네는 자원하지 말게. 일본인 사이에 조선인 학생들이 진정한 황군皇軍이 되리라고 믿는 사람은 한 사람도 없으니까. 학도병은 총알받이일 뿐이야."

장오에게도 드디어 징집통지서가 나왔다. 마산에서 전보로 통지가 날아왔다.

'내가 왜 가야 하는가? 가지 않으면 안 되는가?'

장오는 깊은 회의에 빠졌다.

"안 가고 배겨날 거 같애?"

한방에 동숙하는 태수가 말했다. 실은 태수도 같은 날 입대통지서를 받아 놓은 상태였다.

"그렇잖으면 멀리 튀던지. 절로 가서 숨는 학생도 있고, 아예 만주로, 상해로 달아나는 학생도 있다고 들었다. 오죽하면 제 몸을 자해까지 해서라도 피해 보려고 하는 사람들까지 나오겠는가."

장오는 일단 입대를 포기하고 피해 버리는 방법도 궁리해 보았으나, 뒤가 켕긴다.

고향에 계신 나이 든 아버님이 병역기피자의 자식을 둔 요시찰인으로 낙인 찍혀서 왜경과 헌병들한테서 수시로 시달릴 상황을 상상하니, 자식 된 도리가 아닌 것 같다. 그렇지 않아도 지난가을에 경찰서에 끌려가서 고문을 받은 후유증이 남아 몸도 성치 않는데, 내 문제로 또 불려 다녀서 부친을 욕되게 할 수는 없다고 생각했다.

그리고 또 장오 자신은 아무리 궁리해 보아도 달리 어디라고 딱히 피해 갈 만한 데도 없었다.

장오와 태수 둘은 술집으로 자리를 옮겨 구석진 곳에 마주 앉았다.

"전쟁은 저네들 전쟁인데 싸움판에 왜 우리를 몰아넣는 거야?"

장오가 불평했다.

"그것은 조선이 왜 일본한테 잡아먹혔는가 하는 이야기부터 먼저 해야 할 일이 아니겠어? 어디 학병문제뿐이던가. 그들의 횡포를 일일이 따져 봐야 말이나 되던가."

태수가 답한다.

"아니다. 처음에는 전쟁은 내지인만 갖고 치른다고 했어. 왜 들었지? '납세와 혈세를 내지인과 똑같이 짊어지지 않기 때문에 조선인은 차등을 둔다'고 하면서, 조선인은 전쟁에 나올 필요가 없다고 말했잖아. 그 말은 반도인을 전쟁에 내보내 봤자 이것들이 일본을 위해 목숨을 바쳐가며 싸울 리가 없다는 것을 잘 알고 하는 말이었잖아. 조센징은 대일본제국의 제대로 된 군인이 될 리가 없다, 이거였지. 인제는 다급해진 거야. 총알받이가 필요해졌어. 우리는 99식 장총을 쥐고 방패막이 노릇하러 끌려가는 거야."

화로구이 장어 위에 얹은 가쓰오부시가 대팻밥같이 도르르 밀리는 것을 내려다보며 장오는 정종 잔을 단숨에 죽 비웠다.

"크으! 오뎅 안주 좀 더 시키자, 다꾸앙, 락교도 더. 횟감도….."

태수가 장오의 빈 잔에 술을 채워 준다.

"겁도 없이 덜컥 전쟁을 일으켜 놓고 결국에 전쟁에 밀리자, 이제 와서 조선인들에게도 일본인과 동등하게 병역을 지워 전쟁터로 끌고 간다고? 나는 못 가겠다 이 말이야."

술기운으로 혀가 꼬부라진 장오는 잔주를 늘어놓았다.

건너편에 앉은 노인 주객이 됫박 나무잔의 정종을 한 모금 마시고, 네모진 테두리에 빙 둘러 발라 놓은 소금을 핥고 또 한 모금 마시고는 소금을 핥으며 궁색하게 술을 마셨다. 장오는 이를 물끄러미 바라보다가 집사람 얼굴이 떠올랐다.

'아이가 들어섰다지. 아버지가 얼마나 기뻐하실까. 강씨 집안에 대를 이을 새 목숨이 자라고 있다니 다행한 일이야. 집사람은 밥이나 제대로 먹고 있는지?'

그는 처가 낙태한 사실을 전혀 모르고 있었다.

"그런데 우리는 결국 고삐에 꿰인 암소 신세가 아닌가. 고삐를 당기고 끌고 가면 안 가고 배길 수 있겠는가? 뻗대 봤자 별 수 있겠는가? 손오공도 뛰어 봐야 부처님 손바닥 안이라고…."

태수는 아직 멀쩡한 정신으로 이야기했다. 새로 나온 도쿠리의 따끈한 정종을 장오의 잔에 따라 주고, 장오가 도쿠리를 받아 태수의 잔을 채웠다.

태수가 말을 계속했다.

"조선 사람 학병은 가급적이면 태평양 전선으로는 안 보내는 모양일세. 남방으로 보냈다가는 도망가서 미군하고 붙어서 황군에게 무슨 짓을 해 올지 모르기 때문이라는 거야. 억지로 끌고 가면, 종내 탈영하리라고 알기는 아는 모양이지. 얼마 전 내 집안 재종형도 학도병으로 출병했는데, 지금 중국 서주徐州로 가 있다고 연락이 왔네. 남방 미군하고는 달라서 중국에서는 전투가 소강상태니까 그나마 위험은 덜하겠지."

"중국이라고 전투가 왜 없겠어? 얼마 전 미군 폭격으로 남경에 있는 일본군 기마부대가 박살이 났다는 이야기 못 들었어?"

"그중에도 만주 쪽은 덜한 편이야. 우리 만주로 같이 가자."

태수가 권유했다.

"만주라니?"

"나는 오야지한테 신세 지는 부탁은 하기 싫지만, 이번만은 딱 한 번 부탁드릴 거야. 죽고 사는 문제가 달린 일이니까. 오야지는 도청 산업국장의 신분에 세간의 이목이 있으니까 도리 없이 자식을 출정시켜야 하겠지만, 만주로 배속해 달라면 그 정도 부탁은 들어줄 거야. 산업국장 자리는 학병 차출 업무도 소관하고 있다네. 병력도 전쟁자원이 아닌가."

도 산업국에서는 공출량 할당을 위시해서 각종 산업물자를 조달할 뿐만 아니라, 전쟁물자를 총괄하고, 징용자 숫자 할당과 학도병의 인력수급을 조정하는 일까지 관장하는 것을 태수는 잘 알고 있었다.

"만주라…."

"나하고 같이 만주로 가자. 친구하고 어울려 간다면 오야지도 좋아하실 거다. 권윤칠이도 끼워서 말이야."

장오는, 출정을 피할 수 없는 것을 사실이라고 친다면 태수의 권유대로 만주로 배속받아 가는 것이 나은 편이라 판단했다.

장오는 결심했다.

"그래, 만주로 가자!"

태수는 잘됐다는 표정으로 만면에 웃음을 띠고 잔을 쳤다.

입영하기로 결심하고 그날 밤은 둘이서 대취했다.

태수는 장오와 어깨동무를 하고 술집을 나오자 장오의 귀를 잡아당기고 얼굴을 들여다보며 정색을 짓고 말했다.

"사실은 이번 우리 징집은 만주 관동군으로 보낼 병력들이야. 오야지가 거기에 자네나 나나 이미 배속해 넣고 징집통지서를 보내온 거야. 오야지 입장을 생각해서 이것만은 절대비밀이야.”

　장오는 다음 날로 짐을 꾸리고 귀국길에 올랐다.

　출정에 나서던 날 아침 장오는 손톱과 발톱을 깎아서 이발한 머리카락과 함께 한지에 싸서 비장한 심경으로 처에게 건넸다.

“내가 못 오거든 이거나 갖고 제사라도 지내주오.”

　청천벽력 같은 유산을 겪은 아내는 동경에서 돌아온 장오를 대할 때마다 말할 수 없는 죄책감을 느낀다.

“하필이면 말로 해도 그런 말을 하고 있습니꺼?”

　남지댁은 마뜩잖은 표정을 지으며 봉지를 열어 보고 뜨악했다.

　장오는 부모에게 작별인사를 드렸다. 안방 문을 열고 두 양주兩主를 보료에 모셔 놓고 자신은 마루에 엎드려 큰절을 올렸다.

“잘 댕겨오겠습니다.”

“으흠 으흠! 오냐, 몸 성히 잘 마치고 무사히 돌아오너라.”

　강세준은 넙죽 엎드린 큰아들 장오를 물끄러미 내다보며 씁쓰레한 입맛을 다셨다.

　‘전장에 나가는 놈이 어찌 잘 다녀온다고 보장할 수가 있겠는가. 네가 누군데? 우리 집안을 보종해야 할 장손이 아니더냐. 제대로 목숨이나 잘 부지해야 할 텐데….’

“무슨 수를 써서라도 살아서 돌아와야 한다. 우쨌든동 죽지만 말고 목숨을 부지하도록 해라. 쌈터에서 객기로 앞에 나서지 말고….”

　어머니는 옷고름으로 눈물을 찍는다.

“아나, 이것은 몸에 넣고 늘 진기(지니)도록 하거라.”

절에 가서 큰스님한테서 받아온 부적을 내놓는다. 경면주사鏡面朱沙
로 주술을 쓴 빨간 글자에서 기름이 번진 누르께한 한지 조각을 꼬깃
꼬깃 접어서 건네준다.

"단딩이(단단히), 단딩이 옷 속 짚이 진기거라."

세준 노인이 마지막으로 아들에게 일렀다.

"달리 더할 말은 없다만, 조상님 제삿날은 잊지 말거라. 멀리서나마
집이 있는 쪽을 향해서 머리 숙여 망배望拜의 예를 갖추도록 하거라.
조상님이 다 헤아려 주실 기다."

궂은 날씨에 부슬부슬 눈 섞인 그믐치가 흩뿌리는 가운데 대문을 나
섰다.

부청 직원이 아침 일찍 와서 '호마레노이에譽れの家'(명예의 집)의 팻
말을 대문에다 달아 놓고, 장오가 밖으로 나오자 그는 '무운장구'의 가
슴 띠를 둘러 주고 '入營 姜莊午 君'(입영 강장오 군)이라고 쓴 깃발을
들고 앞장섰다.

세준 노인은 앞장선 부청 직원의 인솔 깃발을 보고 상여 앞에서 펄
럭이는 만장挽章이 얼핏 떠올랐으나 머리를 흔들어 불길한 상념을 떨
쳐 버렸다.

청수는 말없이 형을 따라 걷고, 남지댁 형수는 손수건으로 연신 흐
르는 눈물을 닦으며 역에까지 따라갔다.

"여어!"

김태수가 먼저 나와 있다가 손을 들었다.

역전에는 사람들로 붐비고 있었다. 어깨띠를 두른 학도병들이 한쪽

에 몰려서 있고 배웅 나온 가족들이 그 주위를 둘러싸고 있었다. 전쟁터로 떠나는 당사자들이나 그들을 보내는 가족들이나 모두 침통한 표정으로 서성이고 있었다.

"오이! 이쪽으로 왓!"

새로 도착하는 학생들을 본 순사가 호루라기를 불고 손을 들어 먼저 온 무리 쪽에 집합시킨다.

모두들 이 도시 내지는 인근 군에서 모여든 학도병들이었다.

장오는 아내와 청수에게 이제 그만 돌아가라고 손목을 내젓는다.

기온이 뚝 떨어진 날씨에 비는 을씨년스럽게 추적추적 내렸다.

"오래간만이군."

누가 청수의 어깨를 툭 친다.

돌아다보니 오쿠무라 형사였다. 도리우치 모자를 눌러쓰고 눈을 치뜨고 키가 큰 청수를 올려다보면서 입가에는 묘한 미소를 흘리고 있었다. 청수의 몸에는 찌르르 전기가 인다.

"별일 없지? 다음번에는 너 차례야. 황국신민의 자격으로 성전에 참전하는 것이니까 기꺼이 출정해야지."

청수는 고개를 돌려 버렸다.

"공연히 엉뚱한 짓을 하고 다니면 당장 잡아넣을 테다."

협박하는 그의 말투에는 가시가 돋아 있었다.

그때 도 산업국장 김재우가 나타났다.

누런 전시 국민복 차림에 모자까지 덮어쓰고 바짓가랑이에 감발을 감고 서 있는 부청 직원에게 묻는다.

"현재 집결상항은?"

그는 학도병 첫 출정식 현장을 확인하기 위한 명분으로 나왔으나, 그 김에 다분히 자식도 전송할 심산이었던 것이다.

"지금까지 서른일곱 명이 모였습니다."

"아직 여덟 명이 미착이군."

팔목시계를 들여다본다.

"열차 출발시간이 아직 1시간은 남았군."

김재우는 중얼거렸다.

그는 경찰서장 고키에게 물었다.

"관내 각 주재소에 출정병 인솔 독찰은 해 놓았겠지요? 탈락자가 없어야 하오."

"현재 웅천군하고 고성군 주재소에서 연락이 안 들어온 상태입니다만, 그 외에는 인솔 중에 있습니다. 여기 도착한 인력하고 합쳐서 모두 마흔세 명은 확인되었습니다."

"두 명이 미확인이군."

산업국장은 순경을 둘러싼 학도병들을 둘러보았다. 그 속에 아들 태수의 모습도 보였다.

그는 애써 못 본 체하며 말했다.

"자아, 이제 기차에 태웁시다. 비도 오는데."

서장의 지시에 따라 순사가 호루라기를 불더니 출정병들을 정렬시켰다. 그리고 그의 구령에 따라 모두 만세를 불렀다.

"반자이! 반자이! 반자이!"

두 손을 치켜들고 만세삼창을 외쳤으나, 도축장에 끌려가는 황소울

음처럼 다들 목소리에 맥이 없다. 소리를 지르는 장정들 자신의 귀에도 마치 '음매에, 음매에, 음매에!' 하고 송아지 우는 소리같이 들렸다.

출정병들은 기차로 이동했다. 가족들이 우르르 따라갔다.

열차 칸 앞뒤 양쪽 문에는 각각 총을 멘 상등병과 군조軍曹가 승차하는 장정들을 감시했다.

"너무 염려 마소. 잘 갔다 오리다."

장오는 아내의 어깨를 양손으로 쥐었다가 돌아서서 안개비가 날리는 가운데 열차를 향해서 뚜벅뚜벅 걸어갔다.

"제수씨, 그동안 색시감이나 잘 간수해 주소. 돌아오자마자 장가부터 들 거요."

태수가 웃으면서 남지댁에게 인사하고, 장오 뒤를 따라갔다.

법석대는 군중들은, 학도병 당사자들이나 가족들이나 너나 할 것 없이 다들 소태 씹은 침통한 표정인데 그 가운데서 그나마 밝은 표정을 짓는 사람이라고는 태수밖에 없었다.

권윤칠도 마지막 무리에 끼어서 기차로 향하고 있었다.

"아재도 몸조심하고요. 강 서방도 잘 살펴 주이소."

남지댁은 아재비한테도 작별인사를 전했다.

승차를 시작하는 학병들에게 가족들이 마지막으로 한 마디라도 더 해 보려고 저마다 외쳐댔다.

"정식아! 몸조심하거라이."

"덕구야, 우쨌든동 맴 굳게 묵고이."

"순석아, 집 걱정은 쪼끔도 할 거 없다이."

"펜주(편지) 자주 보내라이."

여기저기 부인네들은 손수건으로 눈물을 훔치며 훌쩍거리기도 한다. 열차에 올라 자리를 잡은 치들은 차창을 열고 가족들을 향해서 어서 돌아가라고 손사래를 짓는다.

"아재요, 잘 갔다 올게요."

"어무이요, 소를 팔아서라도 아부지 병원비를 대서 치료받고 병을 낫우도록 하이소!"

사연들이 많다. 아예 열차 통로 건너편에 앉아서 고개를 꼬고 외면하고 앉아 있는 치도 있었다.

"당신, 찬 비 더 맞지 말고 어서 돌아가도록 하소."

장오가 손을 내저으며 차창 곁에 다가선 아내에게 이른다.

"몸조심하이소. 집에 생각은 다 잊으시고."

남지댁은 아침에 남편이 남겨준 손톱 발톱 머리카락이 마음에 걸려서 께끄름한 기분이다.

김재우 국장은 자식이 차에 오르는 모습을 먼발치로 보다가 돌아섰다. 각반을 찬 도청 직원이 국장에게 보고했다.

"관동군 사령부에 국장님 아들이 출정한다는 연락이 가 있습니다. 솔선해서 자식을 전쟁터에 보내면서까지 헌신적으로 학도병 동원을 독려하고 있는 점을 높이 평가한다는 인사참모의 격려의 말이 있었습니다."

그리고 목소리를 한층 낮추어 말했다.

"이번 송출병력 중에서 몇 놈 골라서 아드님과 같이 북만주 비전투지역의 국경수비대로 차출하겠다는 말도 있었습니다.”

　김재우는 입을 다물고 아들이 앉았음직한 열차 차창을 바라보고 있었다.

　“생(형)이요, 잘 가소!”

　기차가 스르르 출발하기 시작하자 청수는 두 손을 입에 모아 큰 소리로 장오에게 작별인사를 했다. 그리고 기차가 사라질 때까지 손을 흔들었다.

회천回天

1. 머리카락 담은 봉지

　무덥던 여름이 지나가고 있었다. 교정의 벚나무 잎사귀가 발갛게 물들기 시작했다. 자흔이 학교를 마치고 철길다리 밑을 지나 집으로 오는데 불쑥 야스오가 나타났다.

　저녁 무렵이었다.

　"조용한 데 가서 이야기 좀 할 수 없겠나?"

　앞을 가로막고 선 야스오는 굳은 표정이었다.

　자흔은 고개를 젓고 머리를 숙였다. 얼른 빠져나가야겠다는 일념에 비켜서려는데 그도 마주하여 보조를 맞추며 길을 막아선다.

　"나 군대 가기로 했어."

　뚫어질 듯이 자흔을 바라다본다.

　"이게 마지막인 셈이야. 당분간 더 만날 일도 없을 거야."

　자흔이 얼른 옆으로 나서서 걷자 야스오도 따라 걷는다. 학생들이

힐끗힐끗 그들을 쳐다보고 지나갔다. 자흔은 해안통 부친의 가게 쪽으로 들러 집으로 가기로 했다.

"어제 머리를 깎아 버렸어. 입대하면 어차피 잘릴 것, 내 손으로 먼저 잘랐어."

야스오는 이렇게 말하고 모자를 벗는다. 머리는 시치부七分로 박박 밀어 버렸다. 일광을 못 받은 두피의 모근이 뿌리째 파랗다.

짙은 눈썹이 움찔거린다. 전문학교 교복을 단정하게 차려입은 그의 어깨에 다밭은 목덜미는 여전히 하얀 칼라가 둘러싸고 있었다.

"내일 일본으로 떠난다. 자원했어. 곧 학병 징집통지서가 나와서 육군으로 끌려갈 판이면, 아예 내가 원하던 대로 해군으로 입대하는 것이 낫다고 생각했어."

야스오는 자흔과 나란히 걸으며 혼자서 이야기하고 있었다. 자흔은 주춤주춤 앞서거니 뒤서거니 걸으면서 듣고만 있었다.

"수병들이 입는 하얀 제복이 마음에 들어서 어린 시절엔 한때 해군을 동경했었어. 입대할까 궁리할 때 너의 세라 교복이 머릿속에 불쑥 떠올라서 '그래, 해군에 가자!' 하고 결심했어."

자흔은, 젊은 학생들이 남방으로, 만주로 전쟁터로 끌려가 죽어서 유골로 돌아올지도 모른다고 생각하니 야스오가 참 안됐다는 마음이 들었다. 천주교 미션학교에 다니며 세일러 교복을 입었으니 야스오의 무사 귀환을 하느님께 빌고 싶었다.

"몸조심하세요. … 미리 알았더라면 센닌바리千人針라도 준비를 했을 텐데 … ."

자흔이 말했다.

야스오는 자기를 생각해 주는 자혼의 마음을 읽고 용기가 솟았다.

"이거 받아줘. 값으로 칠 물건은 아니지만, 남기고 싶은 영원한 내 흔적이야."

하얀 사각봉투를 호주머니에서 꺼내어 건네준다.

"열어 봐!"

그녀는 버선코같이 오뚝한 콧날을 세우고 야스오를 쳐다본다.

'아, 저 앙앙한 콧날….'

자혼은 봉투를 열자 소스라치게 놀랐다.

"옴마야!"

엉겁결에 봉투를 떨어트리고 말았다. 새카만 머리카락이 봉지 속에 소복이 들어 있었다. 한 발짝 뒤로 물러섰다.

야스오가 주워 올리고는 간절한 표정으로 말했다.

"어제 이발소에서 문득 이걸 자혼에게 남기고 싶은 생각이 났어. 내 분신이야. 먼 곳에 가 있더라도 내가 항상 자혼 곁에 머물러 있을 수 있다고 소망하며 … 영원히 … ."

자혼은 소름이 끼쳤다.

'제 정신이 아니구나!'

부두 쪽에서 접안하는 여객선의 기적 소리가 '부웅부웅!' 울려왔다.

"제발 받아줘. 마지막 소원이야."

야스오의 얼굴이 갑자기 일그러졌다. 눈썹꼬리가 올라간다.

그는 심장박동이 멎었다. 머릿속은 멍하니 진공이 되어 버렸다.

'무슨 말을 하여야 할지.'

자혼은 뛰다시피 하여 그 자리에서 벗어나기 시작했다. "제발!" 하고 들리는 소리를 뒤로한 채.

야스오는 턱 빠진 누렁개 지리산 올려보듯 멀어져 가는 그녀의 뒷모습을 바라만 보고 있었다.

크게 낙담한 야스오는 서서히 분노가 일었다.

'나는 죽으러 가는데, 머리카락 한 올도 못 받겠다는 거지? 너한테는 나란 존재의 값어치가 머리카락 하나에도 못 미친다는 건가?'

이 분노는 바깥으로 방출할 수 있는 것이 아니었다. 서서히 자기 자신의 한계를 느끼고, 자기의 내부에서 터질듯이 부풀어 오르고 있을 뿐이었다. 자신에 대해 가졌던 꿋꿋한 믿음은 이제 자포자기의 마음으로 무너져 내렸다.

'자제력, 결단력, 추진력으로 내 젊은 인생을 누구 못지않게 열심히 살아왔는데, 이 조센징 처녀 한 사람이 번민의 늪에 빠진 나를 구원해 주지 않는구나 ….'

2. 불꽃으로 스러지다

1943년 3월 해군특별지원병제가 확대 실시되었다. 그리고 그해 가을에 야스오는 입대했다.

요코스카군항軍港에서 병영생활이 시작되었다.

신병이 배속되어 도착하면 지독한 훈련이 기다리고 있었다.

제일 먼저 받는 훈련은 수영 훈련이었다. 신병들을 배에 태워 바다 한가운데로 나가 그들을 물속으로 집어넣어 버리는 것이다.

"해군은 헤엄이 기본이다. 헤엄 없이는 해군이라 할 수 없다. 지금부터 신병신고식을 시작한다. 모두 다 물에 처넣을 테니 각자 알아서 헤엄쳐 나와 선상에 집결하도록 한다."

수병 조교가 말했다.

물에 빠진 신병들 중에는 헤엄쳐서 배로 스스로 올라오는 축이 있는가 하면, 전혀 헤엄을 배우지 못해서 물속에서 허우적거리는 부류가 있었다.

조교는 일부러 그대로 내버려 둔다. 물속에 머리가 잠겼다가 솟았다가 하는 사이에 물을 잔뜩 삼키고 '푸 푸!' 가쁜 숨을 내쉬고 있다. 필사적이다.

'입수 전에 혼자 힘으로 헤어 나와야 한다고 분명히 말했다. 죽든지 말든지 도와주지 않는다고 했겠다.'

한참 동안 첨벙대다가 지쳐서 물속으로 가라앉을 양이면 그제야 건져 주었다.

"또 들어가서, 이번에는 정말 혼자서 헤어 나와야 해! 잠수 실시!"

그들을 또 물에 밀어 넣는다. 그러기를 몇 번 더 하고 나서, 제대로 수영법을 가르친다.

야스오는 어려서 일찌감치 수영을 배운 덕분에 다행히 신병신고식에서 물은 삼키지 않았으나, 훈련은 고되었다. 오히려 훈련에 시달리다 보면 잡념을 가질 겨를도 없었다. 하루하루가 톱니바퀴에 맞물린 듯이 빠듯하게 굴러가고 있었다.

그러나 그것도 얼마간뿐이었다. 병영생활에 차차 익숙해지고 여유가 생기면서부터 새로이 자흔에 대한 환상이 살아나기 시작하였다.

야스오는, 제식훈련 시간에 보조를 맞춰 걸으면서도 자흔의 웃는 모습과 갑자기 돋아나는 보조개가 클로즈업 되어 눈앞에 아른거렸다.

"우향우!"

야스오는 멍청하게 정신을 놓고 있다가 교관의 명령에 좌향좌를 하고 말았다.

"오이, 너! 이리 나와!"

야스오는 불려 나갔다.

"너는 분명히 정신을 팔고 있었다. 정신이 번쩍 들도록 해 주마!"

교관은 야스오를 잡아먹을 듯이 다그쳤다.

"지금 당장 내무반으로 달려가서 완전군장을 차리고 나와! 철갑모에, 배낭에, 집총에, 수통에, 탄띠에, 각반에 군화로 갈아 신는 것은 말할 것도 없고! 5분 내에 이 자리에 와서 차렷할 것!"

교관은 야스오에게 발길질하며 막사로 쫓아 버렸다.

허겁지겁 챙겨 교관 앞으로 달려온 야스오에게 교관은 또 발길질을 했다.

"5분 안에 오라고 했다. 3분이 더 지났다. 거총하고 연병장을 20바퀴 돌 것, 60분 주겠다! 시간 내에 못 들어오면 다시 60분에 30바퀴!"

교관은 시계를 들여다보았다.

그날 야스오는 연병장장을 60바퀴나 돌아야 했다.

그렇다고 해서 자흔를 향한 애틋한 마음은 지워지지 않았다. 오히려 시간이 갈수록 더욱 간절하게 그녀의 모습이 눈앞을 가렸다.

그는 편지를 써서 마음을 달래 보려 했다. 일주일 내내 혹독한 훈련 속에서 자흔을 그리다가 주말에는 편지를 썼다. 머릿속의 그리움은 문자가 되어 종이 위에 비뚤비뚤 기어다녔다.

편지는 군사우편으로 배달은 갔지만, 답장은 오지 않았다.

자흔은, 문간에 걸어 둔 고비에 꽂힌 야스오의 편지를 발견할 적마다 그대로 아궁이에 집어넣어 버렸다.

넓적한 가죽가방을 멘 우체부는 부지런히 다녀갔다.

해가 바뀌고 세월이 흘러가도 그의 편지는 여전히 날아왔다.

자흔이 하루는 우체부를 세워 놓고 수신거부를 부탁하였다.

"앞으로는 야스오의 편지를 받지 않을 테니까 아예 배달하지 말아 주세요. 그의 편지는 고스란히 그대로 반송 조치를 해 주세요."

"일단 배송된 편지는 내 마음대로 할 수가 없고, 단지 본인이 정 받지 않겠다면 학생이 직접 여기에 확인 서명을 하도록 해."

우체부는 편지봉투의 귀퉁이를 들이댄다. 자흔은 소인이 찍힌 우표 밑 빈 자리 여백에다 수신거부를 쓰고 이름자를 써 넣었다.

우체부는 큰 가방 속에 야스오의 편지를 도로 챙겨 넣었다.

바닷바람이 심하게 불던 날 훈련일과를 마치고 막사로 돌아온 야스오는 편지함에서 자혼으로부터 반송되어 온 편지를 발견하였다.

편지를 집어든 야스오의 손가락은 순간 파르르 떨렸다.

"아아, 뜯어보지도 않고 돌려보냈구나!"

편지를 구겨 쥐었다. 심한 허탈감으로 몸에 기운이 빠져 주저앉고 싶었다. 멍하니 서서 하늘을 올려다보고 있는 그는 속에서 서서히 알 수 없는 분노가 이는 것을 느꼈다.

"폭파해 버리리라. 적군도 나 자신도 그리고 이 세상 모든 것을."

야스오는 그길로 카이텐回天 지원자 모집에 자원했다.

카이텐은 인간이 조종하는 자폭어뢰自爆魚雷를 말한다. 사람이 올라타서 어뢰의 조종간을 쥐고 적함 쪽으로 돌진하는 자살특공대의 폭파무기다. 카이텐은 일단 돌진하면 돌아올 수 없는 불회귀不回歸의 어뢰였다.

'폭파해 버리고 산산조각이 되어 하늘로 돌아간다.'

카이텐은 전쟁 막바지에 접어드는 1944년 11월에 첫 출격이 감행되었다.

야스오 등 카이텐 자원병을 태운 군함은 태평양상의 일본 해군기지를 향하여 요코스카를 출항했다. 여기에서 가까운 루손섬 앞바다에 미군 함대가 정박해 있다고 했다.

군함이 일본 해군기지에 도착하자, 기착을 환영하는 식순에 따라 카이텐 자원자 5명을 불러내어 세워 놓고 함장이 비장한 음성으로 훈시했다.

"우리는 성전聖戰을 수행하기 위하여 여기에 모였다. 조국의 부름을 받고 나온 우리는 카이텐을 안고 적진으로 돌진해서 미 제국주의의 전함을 폭파하고 산화散華함으로써 삼가 황은皇恩을 갚고자 한다. 폭발은 여러분의 삶과 죽음을 순간적으로 갈라놓는다. 제군은 무無가 된다. 무는 영원이다. 벚꽃은 제군들처럼 결코 시드는 법이 없다. 바람에 곱게 스러질 뿐이다. 제군들은 대일본제국의 영원한 꽃으로 다시 난다. 지금이라도 출격을 기권할 의사가 있는 사람은 앞으로 나오라."

작은 키에 가슴을 펴고 어깨를 곧게 편 함장은 버티고 서서 5명 한 사람 한 사람의 눈을 뚫어지도록 바라본다.

"아무도 없는가? 본인은 제군들 모두의 얼굴에서 야마토다마시大和魂의 정신으로 무장해서 이 성전을 죽음으로써 승리로 이끌겠다는 각오를 읽었다. 우리의 카이텐은 일격으로 천하의 전세를 뒤바꾸어 놓을 것이다. 본인은 제군들의 뜨거운 조국애에 감동하고, 그 애국심을 조국에 증언할 것이다."

그는 잠시 말을 끊고 여기서 느닷없이 감격에 겨워 혼자서 만세를 불렀다.

"대일본제국 만세!"

그리고 다시 연설이 이어졌다.

"조국에 대한 여러분의 충정을 다시 한 번 높이 평가한다. 카이텐 조종교육은 금일 13시부터 가츠라桂 중좌가 실시한다. 이어서 19시에는 식당으로 집결하도록. 이상!"

13시. 정확하게 시간에 대어 가츠라의 교육이 시작되었다.

"지금부터 카이텐의 제원과 조종에 대해 설명에 들어가기로 한다."

모형 어뢰를 갖다 놓고 각 부분을 짚어 가며 제원을 설명해 나갔다. 어뢰 교육의 내용은 요약하면 대충 다음과 같은 것이었다.

발진기계의 조작, 방향타의 조종에 대한 설명이 있었고, 폭발 원리에 이어, 폭파 효과를 높이기 위하여 정면충돌을 시도할 것, 속도는 최고 30노트이나 실전속도는 12노트까지의 저속도 고려할 것, 순상巡上거리 는 30해리海里. 발진거리는 적함 50m 지점까지 접근해서 어뢰를 발진 한다. 작전수행을 위한 출발시간은 내일 밤이다. 시간은 추후 다시 발 표한다.

각자 질문에 이어 교육은 끝이 났다.

서쪽 하늘에 노을이 깔리면서 태평양 바다는 저물어 가고 있었다. 자원자들은 장교식당으로 안내되었다.

함장이 19시 정각에 입장하고, 카이텐 출정자 전원에게 빨간 글씨 로 '大和魂'(대화혼)이라고 쓴 머리띠를 일일이 동여매어 준다.

결의에 찬 분위기가 고조되어 가고 있었다. 어금니를 악다물고 차 렷 자세로 서 있는 대원들은 한 치의 틈도 비집고 끼어들 수 없는 의연 하고 비감한 결의에 차 있었다.

가츠라 중좌가 〈우미유카바(바다로 가면)〉 제창을 제의했다.

바다로 가면 물에 잠긴 시체 / 산으로 가면 풀이 자란 시체
천황의 곁에서 죽어도 / 결코 돌아보지 않으리.

천황을 위해 죽으니까 죽음을 앞두고 나는 행복하다⋯. 군가가 끝이 나자 함장이 건배를 제의한다. 짧게 깎아 치켜 올린 머리가 퍽 도전적이다.

"여러분의 건투를 기원하며 천황폐하께서 우리에게 하사하신 은전恩典에 대하여 건배로써 답하고자 한다."

수병이 대원들에게 잔을 돌린다. 함장은 대원들 앞으로 나와서 손수 정종을 따라 준다.

"자, 나의 선창에 이어 힘차게 복창해 주기 바란다."

함장이 잔을 높이 치켜들고 짧고 굵게 외쳤다.

"천황폐하 만세"

장교식당에 모인 전원이 같이 복창했다.

"천황폐하 만세!"

야스오는 술을 한 입에 털어 넣고 머리를 뒤로 젖혔다. 뜨끈한 정종이 식도를 훑고 흘러내려 간다. 빈 속에 마신 술은 이내 배 속을 짜릿하게 후빈다.

함장은 특공대원들과 일일이 악수를 나누고 등을 두드려 주었다.

'나는 인간어뢰다. 조국의 성전을 위해서 목숨을 버린다.'

모두들 식탁으로 가서 착석하였다.

저녁 식단은 일반 수병들과는 다른 급식이었다. 전시에 구하기 어려운 육류와 고급 쌀, 가쓰오부시 등 정성을 들여 차려 놓았다. 각자 앞에는 정종도 한 도쿠리씩 세워져 있다.

"술은 오늘 저녁으로 마지막이다. 내일은 금주다."

가츠라 중좌가 대원들에게 알렸다.

야스오는 옆자리에 앉은 대원에게 잔을 채워 주고, 자기도 잔을 채워 받았다.

"이것이 이 지상에서의 마지막 술잔이다. 자, 들자!"

옆자리의 대원은 금세 술이 오르는 모양이었다.

"육군은 폭탄을 등에 지고 기리고미다이切込隊로, 우리는 카이텐을 안고 적함을 향하여! 우리는 몸을 날려 적을 부순다!"

야스오의 잔에 술을 따르는 그의 손이 격한 감정으로 흔들렸다.

식사는 조용한 가운데 진행이 되었다. 간혹 식기가 달그락거리는 소리와 '호로록!' 국 마시는 소리만 들릴 뿐 모두 말이 없었다.

식사가 끝났다 싶자 가츠라 중좌가 일어섰다.

"내일 저녁 야음을 틈타서 출격한다. 지금부터 각자는 가족에게 보낼 편지를 쓰는 시간을 갖기로 한다. 해산!"

달은 수평선 위에 떠 있었다. 저기가 적도쯤 되는 곳이겠지 ⋯. 오늘따라 보름달은 왜 저렇게 둥근지 ⋯. 바다 위로 훈훈한 바람이 불고 지나간다. 파도가 뱃전을 찰싹거리는 소리가 들려온다.

야스오는 먼저 아버지에게 편지를 쓰기로 했다. 마음을 가다듬고 차근차근 써 내려갔다.

지금 태평양 xx에 와 있다는 것(그다음에 괄호 속에 작은 글씨로 군사우편 검열 때문에 지명을 밝히지 못하니 양해하시라고 적었다), 천황폐하와 조국의 승리를 위하여 내일 밤중에 어뢰를 몰고 적함을 향해 돌진을 결행한다는 것, 그동안 낳아 주고 길러 주어서 고맙다는 말, 그리고 어머니와 형님 내외, 동생 도모코 그리고 도루, 미에 두 조카 등 모든 가족의 행운을 기원한다는 내용의 것이었다.

인간으로 태어나서 꿈을 한번 제대로 펼쳐 보지도 못하고, 젊은 나이에 목숨을 접고 부질없이 꽃으로 산화하게 되는 애절한 심정을 억눌러 가면서 착잡한 심정으로, 특히 아버지, 어머니의 건강을 다시 한번 빈다는 것도 글자 한 자 한 자에 공을 들여 써 넣었다.

야스오는 이 대목에서 와락 눈물이 쏟아졌다.

"아버지, 어머니!"

야스오는 부모님을 불러 보았다. 그리고 날짜를 적어 넣었다.

동지들과 함께 있을 때와는 달리 감정이 격해졌다.

'나는 이제 어뢰의 목을 돌고래인 양 끌어안고 스스로 적함의 철판에 몸을 던져 폭파해 버린다. 고기밥이 된다.'

편지를 끝맺고 나서 비장한 마음으로 바다를 내려다보았다. 문득 청수의 얼굴이 머리에 떠올랐다. 무언지 할 말이 남았다고 생각되었다. 종이 위에 생각나는 대로 끼적거려 써 내려갔다.

다시는 군과는 맞설 일도 없겠지만, 한 마디만 꼭 해 두고 싶네.

단검短劍으로 군을 찌른 것은 군이 미워서가 아니라, 나 자신이 미운 나머지 저지른 자학自虐이었네. 패배감으로 일어난 발작이었네.

칼로써라도 승부를 내겠다는 것은, 다시 말해서 칼 이외의 것에는 내 인생이 자네한테 패배함을 나 스스로가 인정함을 느끼는 순간, 나는 비참하게도 나 자신이 미워졌던 걸세. 스스로 절제를 잃고 광분狂奔한 것이었네. 자상刺傷이 완전히 아물어 없어지기를 바라네. 야스오

집으로 보내는 편지 말미에 추신을 써 넣고 '별첨 편지는 강청수 군에게 전해 달라'고 써 넣었다.

그리고 마지막으로, 제일 뒤로 미루어 온 자흔에게 보낼 편지를 써 내려갔다. 도중에 야스오는 흘러내리는 머리띠를 다시 동여매었다. 술기운이 얼큰하게 올라왔다.

취기에 글씨를 날려 써서 글자는 비뚤비뚤 줄을 벗어나기도 했다. 적도의 하얗고 둥근달이 내려다보고 있다.

그러나 죽음을 눈앞에 둔 젊은이가 한 줄을 쓰고는 한참 동안 감상에 젖었다가 다시 쓰고 하는 바람에 진도가 잘 나아가지는 않았지만, 한 자 한 자에 자기의 격해 오는 감정을 잘 다듬어 실었다고 생각했다.

편지는 짧고 간단했다.

다음 날 아침에 편지함에 넣었다.

야스오는 가방 속에 넣어 두었던 머리카락 봉투를 들고 뱃전에 서서 바람이 불어가는 쪽에 자흔이가 있는 방향이라 생각하며 날려 버린다.

국경수비대

1. 기합

관동군 제5방면군 국경수비본대는 라오헤이산老黑山 자락에 위치하고 있었다. 장오의 일행이 배속받은 곳은, 본대에서 떨어져 우수리강 너머 소련군과 대치하고 있는 수비대대였다.

강은 꽁꽁 얼어붙어 있었다. 찬바람은 얼음을 지치듯이 강을 휩쓸고 불어와서 옷깃을 우비고 살을 에었다. 몸뚱이는 춥다 못해 아리다.

강 건너에는 이른바 '스탈린전차'로 불리는 T34 중전차가 붉은 깃발을 날리며 캐터필러 소리도 요란하게 질주했다.

강은 국경이었다.

병영에서는 강 건너 소련군의 신호나팔 소리가 바람을 타고 들려왔다. 특히 아침에 들려오는 기상나팔 소리는 숨 가쁘게 허덕거렸고, 저녁 취침 시간에는 진혼곡의 느릿느릿한 음정이 어둠을 뚫고 조용히 울려왔다.

부대에 도착한 날은 1월 하순 일요일이었다.

자작나무로 지은 바라크 막사가 2열로 늘어서 있었다. 장오가 제 1
숙소를 배정받고 자리를 찾아가 짐을 내리자, 승마보병의 군조軍曹 이
누마타가 신병 장오를 불러냈다.

"오이! 오늘부터 이 말을 간수해. 네가 담당이다."

그는 말 등에 훌쩍 올라타더니 사진을 찍었다. 사진사는 신병들의
증명사진을 찍기 위해 불려온 중국인 마을 사람이었다.

"기념이다. 너도 한 장 찍어 집으로 보내라."

군조는 장오에게 말했다.

"말을 탈 줄 모릅니다."

"타라면 타! 지금부터 내가 하는 말은 명령이다. 내 말에 토를 달지
마라!"

장오는 말에 올라타고 기념사진을 찍었다.

원래 승마보병은 기마부대 출신들이다. 미군 비행기 공습의 표적이
된 기마는 폭격을 받아 거의 살상되었고, 살아남은 말과 부대원들을
따로 모아 보병부대에 투입하여 승마보병으로 편제를 바꾼 것이다.
그러니까 일반 보병부대 안에서 말을 타는 사병들인 셈이다.

이누마타는 신병들을 불러 모아 증명사진을 찍게 했다.

"지금부터 내무반 생활은 본관의 지휘하에 놓인다. 규율을 어기는
놈은 결코 용서하지 않는다."

그는 엄포를 놓았다.

해산하고 막사로 들어가는데 권윤칠이 통로에 침을 뱉었다. 군조가

이것을 보았다.

"오잇 너!"

권윤칠을 불렀다.

윤칠이 무슨 일인가 하여 돌아보는 찰나 군조의 주먹이 날아왔다. 윤칠은 엉겁결에 얼른 피했다. 그러자 군조는 윤칠의 멱살을 잡고 다시 주먹질을 했다. 입술이 터져 피가 흘렀다.

"엎드려뻗쳐!"

윤칠이 어마지두 꾸물거리자 발길질이 들어왔다.

군조는 그를 엎드리게 해 놓고, 50mm 박격포 약실 청소용 떡갈나무 몽둥이로 내리쳤다.

'퍽!' 하고 둔탁한 소리가 났다. 두 팔을 뻗치고 엎드린 윤칠의 자세가 내려앉았다.

"새로 뻗쳐!"

한 대 두 대 세 대 계속 내리쳤다.

신병들은 권윤칠이 왜 맞는지 영문을 몰랐다.

군조는 윤칠을 꿇어앉혔다.

"왜 패는지 이유를 알겠는가?"

"모릅니다."

초주검이 된 윤칠이 답했다.

이누마타는 윤칠이 뱉은 침을 군화 바닥으로 밟고 마루에 걸터앉았다. 그러고는 군홧발을 윤칠의 얼굴 앞에 들어 올렸다.

"잘 봐라! 네놈이 뱉은 침으로 내 군화 밑창이 더럽혀졌다. 핥아라, 깨끗하게!"

윤칠은 머뭇거렸다.

이누마타는 포신 청소용 몽둥이를 가지고 와서 들고 마루에 다시 걸터앉아 위협했다.

"핥아!"

윤칠은 얼른 군화 밑창에 입을 갖다 대고 핥기 시작한다. 자기도 모르는 사이에 '퉤퉤!' 하고 침을 뱉었다.

군조는 발끈했다.

"더러운 센징! 구두는 핥을 필요가 없다, 통로를 또 더럽혔으니. 당장 바닥의 침부터 핥아라! 네놈은 개다."

이누마타는 부릅뜬 눈으로 주위를 둘러보았다. 신병들은 그의 눈길이 닿자 움찔하고 고개를 돌린다.

내무반은 군조의 눈길 하나에 일사불란하게 기강이 선다.

그날 밤 윤칠은 바로 눕지도 못하고 엎드린 채 끙끙 앓았다.

군대생활이 이런 것이라면 버텨낼 수가 있을까 하는 회의가 들었다.

'처음부터 아예 군대에 들어오지 말 것을 … 탈영해 버릴까? 도망을 간다면 도대체 어디로 달아나야 하는고?'

막막한 심정으로 밤을 새웠다.

얼어붙었던 북만주의 겨울 추위도 한풀 꺾였다.

이른 새벽 이등병 강장오는 마구간으로 갔다.

내일 국경 순찰을 다녀올 것이니까, 말을 잘 먹여 놓으라던 군조의 명령이 생각났다.

귀리를 두 바가지 퍼서 말구유에 쏟고 물을 한 바가지 부어 넣었다.

그리고 무쇠 솥에 노리끼리한 콩깻묵과 수숫대를 함께 넣고 여물죽을 끓이는 한편, 다른 솥에는 물을 데우기 시작하였다.

말먹이가 끝나자 더운 물로 말갈기를 적셔 글겅이로 빗겨 주고 군화 닦는 솔로 온몸을 닦아내기 시작한다. 불기가 퍼지고 더운 물에 불어난 말똥 냄새가 시큼하게 퍼진다.

말 등에 안장을 올리고, 재갈을 물리고 고삐를 죄었다. 말 행구를 다 갖추어 놓고 마구간 청소를 하는데, 권윤칠이 다가왔다.

그는 이웃 마구간을 기웃기웃 살펴보더니 물었다.

"어느 놈이 잘 뛰는 것고?"

"그거는 왜?"

"훔쳐 타고 도망가려고."

"도망가다니?"

"군대생활 도저히 못 해먹겠다."

"가면 어디로 가겠다는 것고?"

"말만 한 마리 생기면 어디론들 못 가겠나."

"감시가 심해서 금세 들통이 나고 만다."

"그래서 봐서 밤중에 튈까 싶다."

"말보다는 오히려 시초다이輜重隊 당나귀 쪽이 나을 거다. 너는 말도 제대로 다룰 줄도 모르면서."

"……"

기마대의 승마 말 말고 따로 군수품을 실어 나르는 치중대에 짐말이 여러 필 있다는 사실을 알려 준다.

장오는 윤칠의 계획을 만류했다.

"탈영이야 안 하고 싶은 사람이 어디 있겠는가마는, 달아나다 잡히면 꼽다시(고스란히) 영창 신세다. 사방에 감시가 쫙 깔렸는데 … 어쨌든 조심해라."

며칠 뒤 이누마타의 신병 기강확립 의식은 다시 시작되었다.

밤중에 다들 자리에 막 들었는데 갑자기 막사 문을 걷어차고 '휙!' 호루라기 부는 소리가 났다.

"모두 통로로 내려서랏!"

이누마타 군조가 입구에 버티고 서 있었다.

대원들은 모두 팬티 바람으로 통로에 내려섰다.

"서로 마주 보고 이 열로 섯!"

발악에 가까운 소리가 울렸다.

"군인에게 총은 생명이다. 지금 총가銃架에 세워둔 무기의 정렬 상태가 엉망이다. 도저히 대일본제국 황군 무기고의 상태라 할 수가 없다. 너희들 정신 상태는 나사가 빠진 것이다. 지금부터 정신이 바짝 들도록 내가 바로잡아 주겠다."

그는 두 팔을 허리에 얹고 두 발을 벌리고 서서 좌우에 직립부동의 자세로 도열한 대원들을 죽 훑어보고 명령했다.

"다이코빈타(따귀치기)를 실시한다. 각자 마주 보고 선 상대방의 뺨을 교대로 갈긴다. 살살 약은 수작을 부리는 놈은 용서하지 않겠다. 자, 이쪽 왼쪽 줄부터 먼저 쳐라. 시작!"

팬티 바람으로 늘어선 사병들은 얼른 손이 나가지 않는다.

"못 하겠단 말이지?"

'쾅!' 구둣발로 내리밟는 소리와 함께 다시 불호령이 떨어졌다.

"실시!"

모두들 마지못해서 건성으로 상대방의 뺨을 때리는 시늉을 했다. 뺨치는 소리가 맥없이 들렸다.

군조는 얼굴이 시뻘게지며 눈을 부라리더니 장오와 마주 선 태수를 가리키며 손가락을 까딱했다.

"너희 둘, 이리 나와!"

다가선 장오에게 명령한다.

"다시 쳐 봐!"

장오는 손을 들어 태수의 뺨을 쳤다.

그러자 이누마타의 구둣발이 장오의 정강이를 걷어찼다.

"약은 꾀 부리지 마라!"

군조는 장오를 세워서 마주 보게 하고 뺨을 후려쳤다. 철썩하고 소리가 났다. 장오는 눈에 불이 번쩍했다.

"이렇게 치란 말이다!"

장오는 손바닥에 힘을 넣어 태수를 세게 쳤다.

"이번에는 너!"

군조는 태수를 가리켰다. 태수도 장오를 쳤다. 그러나 역시 군조의 발길질이 태수에게 들어왔다.

"다시! 더 세게!"

'쩍!' 장오의 뺨에서 태수의 손바닥이 들러붙는 소리를 내었다. 장오는 목이 울컥 메고 숨이 멎었다. 뺨이 얼얼해 왔다.

"턱주가리에 힘주지 마라, 이빨 흔들릴라."

장오가 떨리는 소리로 말하고 태수를 쳤다.

태수는 장오를 노려보며 응수했다. 힘껏 친 태수의 손끝이 맵다.

'어어 이것 봐라.'

장오의 뺨이 부어오르고, 입안에서 피가 터져 짭짤하다. 눈물이 주르륵 콧등을 타고 흘러내렸다. 눈물도 짭짤했다.

'아니, 짠맛은 눈물이 아니라 피가 아니던가?'

장오는 이를 악다물고 태수를 힘껏 쳤다.

"둘 다 제자리로 돌아가!"

군조가 그들 둘을 자리로 돌려보내고 명령했다.

"다들 시범을 봤지? 모두 본 대로 한다. 왼쪽부터 시작!"

내무반 안에서는 뺨치는 소리가 '철썩철썩!' 울리기 시작한다. 그 소리는 차츰 엇박자로 울리면서 커져 갔다.

장오는 눈물을 줄줄 흘리며 태수에게 응수했다. 태수의 뺨에 흘러내리는 눈물이 장오의 손바닥 안에서 '쩍쩍!' 소리를 냈다.

둘 다 벌겋게 달아오른 눈에서 악의 없는 살기殺氣가 서려 있었다.

"그만! 지금부터 총가로 가서 흐트러진 총을 바로 세우고 온다. 만약 그래도 비뚤게 두고 온 놈은 총가에 서서 밤을 새우도록 하겠다."

팬티 바람의 사병들은 우우 몰려 나갔다.

군조가 무기고로 따라가서 총기의 정돈상태를 확인하고 물러갔다.

장오가 모포를 뒤집어쓰고 자리에 누웠는데 태수가 건너왔다.

"자나?"

장오나 태수는 둘 다 눈이 감길 정도로 얼굴이 부어올라 있었다.

"많이 아프제? 이빨 괜찮나? 이거라도 입안에 발라보자. 옥도정기다. 삼키지는 말고."

"니나 발라라. 나는 괜찮다. 입안이 부어서 볼이 이빨에 씹히기는 한다만."

장오는 태수를 올려다보고 웃는다고 웃는 얼굴이 우거지상이 되고 말았다.

2. 팔로군의 공격

북만주의 여름은 더웠다.

이누마타는 장오를 대동하고 국경 순찰을 마치고 귀대하고 있었다. 저녁나절 해는 기울어 옥수수 밭 너머로 하늘이 벌겋게 타오르고 있었다. 중국인 마을을 막 지나 언덕을 돌아서 나가는데, 개천에서 웬 아낙네가 멱을 감고 있었다. 여인은 옷을 걸친 채 물에 들어가 첨벙거리는데, 몸에 휘감긴 천은 가슴과 엉덩이의 굴곡을 투박스럽게 드러내고 있었다.

이누마타가 슬그머니 말에서 내리더니 냇가로 다가갔다. 여인의 팔을 낚아채 밖으로 끌어내어 와락 껴안았다. 그녀는 놀라서 발악하며 몸을 버둥댔으나, 이누마타는 여인을 바닥에 쓰러트리고 올라타서 치마를 걷었다. 그녀는 사내의 가슴에 주먹질을 하며 고래고래 고함을 질러댔다.

그가 혁대를 끌러 바지를 내리는데 갑자기 '와! 와!' 하고 소리를 지르며 장정들 3명이 나타났다. 몽둥이와 삽을 들고 있었다.

이누마타는 일어서서 바지를 움켜쥐고 장오 쪽으로 뛰어오는데, 장정 한 명이 재빨리 따라와 몽둥이로 어깨를 내리쳤다. 이누마타는 폭삭 고꾸라졌다.

장오는 총을 들어 공중에다 대고 공포를 쏘았다. 총소리는 공기를 뒤흔들었다. 장정들이 멈칫했다. 장오는 총구를 내려 그들을 겨냥했다. 그들은 주춤주춤 물러났다.

그새 이누마타는 말로 달려와서 안장 속에 든 권총을 뽑아 들고 무리를 향해 발사했다. 그들은 달아나기 시작했다. 그는 말에 올라타고 권총을 쏘면서 추격했다. 장오도 따라갔다.

패거리들은 마을 어귀에 있는 농가로 뛰어 들어갔다. 둘은 말에서 내려 총을 든 채 집으로 들어갔다.

마루에 환자처럼 보이는 한 사람이 드러누워 들어오는 사람들을 멍하니 쳐다보고 있고, 부엌에서 고개를 내민 아낙네와 방문을 열고 내다보는 아이들이 눈이 휘둥그레져 있을 뿐 달아난 사내들은 보이지 않았다.

"쳇! 약에 취했군."

이누마타는 마루로 다가가서 환자를 살펴보다가 돌아섰다.

둘은 뒤꼍으로 돌아갔다. 담을 넘어 달아난 모양이었다. 도로 마당으로 돌아와 고방(광) 문을 열고 들여다보고, 부엌도 들여다보았다. 마루로 올라가서 방 안도 살펴보았다. 역시 아무도 보이지 않았다.

마루에 드러누운 놈은 눈동자가 흐트러져서 둘을 멀거니 올려본다. 입에서는 침이 흘렀다. 그러고 보니까 마루 귀퉁이에 주사기가 버려져 있다. 모르핀 주사를 꽂았던 모양이었다.

"끌어내렷!"

이누마타가 장오에게 명령했다.

장오가 일어나라고 총 끝을 그의 가슴에 들이밀어 흔들었더니, 허리춤에서 방망이 수류탄이 비어져 나왔다. 장오는 얼른 수류탄을 빼앗았다.

"이건 뭐야? 아하, 이놈이 빠루(팔로군)구나. 끌고 가자!"

이누마타가 기다란 수류탄을 받아 들고 살펴보았다.

"달아난 패거리도 빠루임에 틀림없다. 이 집이 놈들의 소굴이구나."

그를 경비대로 데리고 와 나무에 묶어 놓고 대대장에게 보고했다.

"취조는 이누마타 군조가 직접 하고 나한테 보고해."

이누마타는 그가 마취에서 깨어나기를 기다리며 그대로 두었다.

한밤중에 마취에서 깨어난 포로를 상대로 중국인 통역을 붙여서 취조를 시작했다.

포로는 순순히 자백했다. 포로 신분으로서 고문에 대한 공포가 전혀 보이지 않았다. 팔로군八路軍 소속으로서 마을에 잠복한 지 닷새째 되며 이쪽 수비대의 동정을 살피고 있었노라고 했다.

"약은 어디에서 구했는가?"

그런데 그는 뜻밖의 말을 했다.

"일본군 끄나풀한테서 받았다."

"일본군 끄나풀? 그가 누구냐?"

"조선인이다. 그가 일본인 공급자에게서 받아 와서 나한테 주었다."

"그는 네 신분을 알고 있었나?"

"그렇다."

"그렇다면 그가 너에게 접근한 것은 무슨 목적이었는가?"

"우리 빠루 부대에 관한 정보를 듣기 위해서였다."

"그런데 너는 마을에 잠복해서 무엇을 살폈는가?"

"일본 부대의 병력과 병기 등에 관한 것이다."

"조사한 내용을 말하라."

"일본 수비대 병력은 1개 대대, 개인화기는 99식 장총이고 구형으로 보인다. 그리고 기관총 2대, 50mm 박격포 3문, 85mm 포 1문인데 명치 시대의 것으로 보인다. 그리고 수송목탄차 3대 외에 기마용말 10마리, 당나귀 20마리가 파악한 전부이다."

"조사의 목적은 무엇인가?"

"말할 수 없다."

"그렇다면 고문을 시작해서 불도록 하는 수밖에 없다."

"잠깐만! 약을 주면 불겠다."

"약?"

"백분가루약, 모르핀. 매는 참아도 약 없이는 못 참는다. 차라리 매를 맞아 죽으면 죽었지, 약 없이는 못 산다."

취조는 잠시 중단되었다.

취조 경위를 보고하자 중대장은 마약을 제공해서 포로의 입을 열도록 회유하는 것도 괜찮은 방법이라고 생각하여 모르핀을 수배하도록 지시했다.

날을 넘기자 포로는 괴로워했다. 신음을 해 가면서 약을 찾았다.

모르핀 병을 눈앞에 들이대자 실성한 사람같이 보였다.

"주사를 놓아 주시오."

팔을 내밀고 부들부들 떨면서 애원한다. 가는 팔뚝에 파란 심줄이 불거지고 주사 맞은 딱지가 잔뜩 앉아 있다. 그는 이누마타를 쳐다보며 두 손을 싹싹 비비고 있다.

취조는 다시 시작되었다.

"잠복해서 조사한 목적이 무엇이냐?"

"이 대대를 공격하기 위해서였다."

"공격 병력은 몇 명이나 되는가?"

"약 2천 명은 될 것이다."

"공격은 언제 시작할 예정인가?"

"열흘 이내일 것이다."

"정확한 날짜를 대라."

"모른다. 상부에서 결정하기 때문에 나는 알지 못한다. 으음 … 약을 달라."

포로는 신음했다.

"묻는 말에 제대로 답하면 약을 주겠다. 열흘 이내라 하는 말은 무슨 근거인가?"

"열흘 안에 증원 부대가 와서 합동작전을 하기로 한다는 말을 들었다. 약을 달라!"

"더 불지 않으면 약을 줄 수 없다. 아는 대로 말해라."

"더는 할 말이 없다."

"더 불어라."

약병을 밖으로 내보냈다.

"으음 … 공격을 끝내고 샛강 하류에 걸쳐 놓은 부교를 건너 달아날 것이다. 일본군 본대의 증원군이 강 상류 다리로 올라가는 동안에 반대 방향으로 … ."

'그렇다면 팔로군의 부교 설치는 한밤중에 할 것이다. 공격도 밤중에 해 올 것이다. 야간 경비를 강화해야겠다.'

이누마타는 생각했다.

포로는 중언부언 말이 왔다 갔다 할 뿐 모르핀만 계속 달라고 했다. 그 이상 정보가 없었다.

대일본제약大日本製藥 라벨이 붙은 모르핀 병은 빈 병이었다.

중대장은 이누마타로부터 취조 내용을 보고받고 대대장실로 보고차 갔다.

중대장은 돌아오자, 그를 사형에 처하도록 지시했다. 살려 두어 봤자 이쪽에 더 이상 도움 될 일도 없거니와 기왕에 이쪽의 군사기밀 상황을 소상하게 파악하고 있는 이상 없애 버리는 쪽이 후환이 없겠다고 판단한 것이다. 또한 포로의 마약 중독 상태로 보아서도 모르핀 속의 염산이 뇌의 기능을 파괴시켰기에 도저히 재생치료가 불가능하므로 인간으로서는 차라리 용도폐기 되어야 한다고 중대장은 생각했다.

이누마타 군조는 포로를 끌고 뒷산으로 가서 총살형에 처하고, 사역병에게 삽으로 시체를 땅에 파묻도록 지시했다.

적은 공격해 오지 않았다.

본대에 연락해서 병력을 증원하고 무기를 늘려서 만반의 대비를 하고 있었으나, 팔로군 측에서는 이미 정보가 샌 것으로 판단하고 공격은 다음 기회로 미룬 모양이었다.

국경수비대의 본대는 우수리강으로 흘러드는 샛강 너머 산비탈에 위치하고 있었다. 건너편 강 너머에는 소련군 부대가 주둔하고 있었고, 망원경으로 들여다보면 병사들이 만돌린같이 생긴 다발총을 메고 강변을 걷는 모습이 보였다.

본대와 지대 간에 내왕하는 교통은, 이 샛강의 상류로 거슬러 올라가서 구닥다리의 낡은 교량을 이용하여 돌아다녀야 했다. 길은 비포장이어서 먼지를 날리며 차가 다녔다. 여름 장마철에는 길이 질퍽거려서 자동차의 기동성은 말이 아니었다. 갑자기 비로 생긴 뻘구덩이를 지나기라도 하면 목탄차는 빌빌거릴 뿐 빠져나오기에 힘겨워했다.

자동차용 휘발유 공급이 중단된 지 오래되었다. 그러나 강 건너 소련 군용차들이 달리면서 내뿜는 가솔린 냄새가 강바람을 타고 실려 오곤 했다.

'도대체 이런 지경으로 어떻게 전쟁을 치르자는 것인가? 목탄차보다는 차라리 짐을 지고 나르는 편이 낫겠다.'

본대와 지대 간에 병력이동과 같은 긴급한 작전 수행 시에는 기동성을 올리기 위하여 직선거리로 통행할 수 있는 다리가 필요했다.

그래서 이 샛강에 교량 건설을 착수했다. 강물이 얼어붙기 전에 서둘러서 교각을 세우고, 한창 상판작업을 진행하고 있었다.

3. 탈영하는 학도병

"둘이서 함께 달아나자! 도저히 더 이상 못 참겠다."

권윤칠이 사방을 둘러보며 낮은 목소리로 조카사위 강장오에게 권유했다.

"아직도 그 생각을 버리지 못했소? 도망쳐 나간다면 어디로 가겠단 말이오?"

"설마 사람 사는 동네에서 받아줄 데가 없겠나. 중국인 민가로 숨어드는 거지. 거기서 엎드려 있다가 때를 보아서 독립군 부대나 조선인 동네로 옮기자."

"생각대로 된다는 보장이 어디 있겠소. 공연히 서툰 짓 하다가 망치면 어쩌려고 그러오? 자중하시오."

권윤칠은 영내에서 주운 삐라를 호주머니에서 꺼내 장오에게 보여주었다. 필시 누군가가 수비대 영외에서 밤새 철조망 너머로 던져 넣은 것임에 틀림없어 보였다.

지원병 제군!

구적仇敵 일본을 위하여 총을 들지 말라. 우리 민족의 독립을 위해서 총을 들라. 일본이 침공한 지구로부터 농촌을 향해 조금만 오면 조선의 용군이 있다. 신속히 와서 굳게 악수하고 조국 독립을 위해서 싸우자!

학도병 제군이여! 여러분은 일본을 위하여 싸우지 마라! 여러분의 총

부리는 우리를 겨냥할 것이 아니라, 일본군의 뒤통수를 겨냥하라! 일본군이 가르쳐 준 군사전술을 일본군을 타도하는 데 이용하자!

학도병들에게 탈영을 권고하는 동시에 그때까지는 일본군에 동조하지 말자는 교란을 선무宣撫하는 내용이었다.

장오는 삐라를 읽고 나서 도로 윤칠에게 돌려주고 말 등에 솔질을 계속했다.

그날 오후에 장오는 이누마타를 따라서 강가로 순찰을 나갔다. 강건너 언덕에서 다발총을 멘 소련 병사 몇 명이 두 손을 입에 대고 두 사람을 향해 욕지거리를 하고 있었다.

둘은 돌아오는 길에 교량 공사현장을 둘러보았다.

군조는, 교량 양쪽을 지키고 있는 복초 중 상번上番에게로 다가가서 지시했다.

"요즘 갑자기 로스케 첩자들의 활동이 눈에 띄게 많아졌다. 또 빠루애들이 언제 나타날지도 모른다. 게다가 조선의 선비鮮匪들이 설친다는 정보가 들어와 있다. 철저히 경계근무에 임하도록!"

강 건너에서 야크기가 솟았다.

"봐라. 저것은 교량 건설에 맞서 로스케가 으름장을 놓고 위세를 부리는 짓거리다."

군조는 "가자!" 하고 말 머리를 돌렸다.

그들은 방한외투에 흰 망토자락을 펄럭이며 눈 덮인 들판을 달렸다. 들녘은 좁아지고 숲이 시작되는 지점에까지 왔는데, 달리는 말들이 갑자기 앞으로 고꾸라졌다. 이누마타 군조와 장오 일등병은 낙마해서 눈 속에 파묻혔다. 달리는 말의 발이 장애물에 걸렸던 것이다. 누군가 길 양쪽에 늘어선 나무에다 오랏줄을 당겨 매어 눈 위에 늘어트려 놓았던 것이다.

'탕!' 갑자기 숲속에서 총소리가 울렸다. 이어서 '타탕!' 하고 연거푸 울렸다. 그리고 둘을 향해서 난사亂射가 시작되었다.

그들은 기다시피해서 얼른 가까운 나무 뒤로 몸을 날려 숨었다.

이누마타는 권총을 빼들고 주위를 살폈다. 장오도 둘러메고 있던 99식 단총을 내려 거총하고 총소리가 난 쪽을 살폈다. 장오의 방한외투 주머니에 탄창이 한 개 들어 있고 잡낭에는 수류탄이 세 발 들어 있었다.

총소리는 건너편 숲속에서 났고, 잠시 멎었다.

둘은 엎드려서 적의 동정을 살필 뿐 응사하지 않았다. 적이 나타나기를 기다렸다.

잠시 후에 나무를 은폐물로 삼아 적은 조금씩 접근해 오기 시작했다. 장오는 총구를 그쪽으로 겨냥하고 있다가 희끗하고 다른 나무로 옮겨 뛰는 적을 쏘았다. 적은 피를 튀기며 고꾸라졌다. 흰색 핫바지를 입은 것을 보니 그들은 조선독립군임에 틀림없다.

'내가 저들을 쏠 수 있는가?'

장오는 잠시 총구를 내리고 머뭇거렸다.

그때 반대편 뒤쪽에서 총성이 울렸다. 적은 둘을 가운데 두고 전후에서 협공해 왔다. 총알은 공기를 찢으며 장오의 머리 위를 지나갔다. 그는 눈 속에 머리를 처박았다.

'내가 쏘지 않으면 저쪽에서 쏜다. 살기 위해서 나도 쏘아야 한다.'

장오는 이번에는 뒤쪽으로 총구를 돌리고 난사했다. 위협사격이었다. 그때 군조가 그의 총을 낚아챘다.

"이리 내! 내가 쏘겠다."

이누마타는 장오의 단총으로 뒤쪽의 적을 향하여 난사했다. 99식 단총은 앞뒤 탄창을 합해 최대 120발이나 장전하였다.

그 사이 저쪽에서는 거리를 좁혀 왔다. 장오는 수류탄 두 개를 끄집어내어 투척거리 안으로 들어오면 던지려고 안전핀을 뽑고 기다렸다.

'내가 저들을 죽이기 위해서라기보다 저들이 근접하지 못하게 하기 위한 것이다.'

장오는 앞을 향하여 시선을 고정시키고 살피고 있었다.

'내가 저들의 총에 맞아 죽을 판이면, 내가 먼저 저들을 살상하는 수밖에 없다. 내가 죽을 수는 없으니까.'

곧 총소리가 비 오듯 쏟아졌다. 그런데 그 총소리는 숲속에서 그러니까 적군의 그 뒤쪽에서 적을 향해 난사하는 소리였다.

필시 우군이 나타난 모양이다. 한동안 총성이 울리더니 잠잠해졌다. 적의 배후에서 밀고 들어오는 것은 일본 수비대 대원들이었다.

독립군들은 완전히 궤멸되었다.

일본 병사들이 독립군들이 몸을 숨기고 있던 자리에까지 진격해 와 보니, 장오의 뒤쪽 세 명은 모두 총탄에 사망했고, 전면에서 공격해 오던 한 명이 이누마타의 총에 사망했고, 나머지 한 명은 총을 버리고 순순히 손을 들고 일어섰다.

이누마타와 장오도 다가갔다. 네 구의 시체는 피를 흘리며 눈 위에 쓰러져 있었다.

"아아, 이누마타 님이었군요."

어린 병사가 하사관 계급 중 제일 상위인 군조를 향해서 말했다.

그들은 치중대의 수송대원들이었다.

겨울 눈밭에서는 마차 바퀴를 스키로 바꿔 달고 당나귀가 끄는데, 저쪽에서는 아마 이 마차를 노렸던 것이 아닌지 모르겠다. 마차에는 쌀가마니 외에도 부식이 가득 실려 있었다.

교량 공사장으로 장비와 식량을 운반해 가던 치중대 병사들이 총격전이 벌어진 것을 보고 뛰어들었던 것이었다.

"덕분에 야스쿠니의 가미사마神樣로 끌려가다가, 사바세계로 돌아온 셈이군."

군조가 수송대원들에게 고마움을 표했다.

조선독립군 포로는 30대의 나이로 보였다.

뒷짐을 지운 채 손을 결박하여 꿇어앉혔다. 면도를 못 한 얼굴은 수염으로 덮였고, 군조를 노려보는 눈에서는 파란 형광 빛을 발했다. 살기가 등등했다.

들여다보는 이누마타의 얼굴을 향해 침을 퉤 뱉었다. 입에서 나와 튄 것은 핏덩이였다. 피는 이누마타에 이르지 못하고 눈 위에 떨어졌다.

"왜 쏘았는지 장오 일등병이 물어봐!"

이누마타가 명령했다.

장오의 묻는 말에 그는 눈에 흰 창을 깔며 말했다.

"백정이 집 송아지 죽는 날 모른다고, 왜놈 믿고 짖지 마라! 등 뒤에서 일본군을 사살하고 도망쳐라. 조선 독립을 도와라!"

"나는 학도병이오. 끌려왔을 뿐이오. 독립군을 해칠 생각은 없소."

장오가 말했다. 그는 장오에게 경멸하는 눈길을 보냈다.

"왜 우리를 쏘았는가?"

이누마타가 재차 묻는 말에 그는 목에 힘줄을 돋우며 답했다.

"일본은 불구대천 원수의 나라이니 그 병졸들을 쏘았을 뿐이다."

"왜 원수인가?"

"조선을 빼앗았으니까. 백성을 짐승 취급을 하고 재산을 빼앗고 내몰지 않았느냐?"

"독립군 기지의 위치를 말해라."

"……. "

그 질문에는 말이 없다. 포로는 이를 뿌드득 갈았다.

그는 장오를 향해 표독스러운 눈초리를 보내면서 또박또박 말했다.

"왜 원수의 앞에서 주구의 노릇을 하고 있는 거냐? 등 뒤에서 그들에게 총격을 가하라. 우리 조선독립군을 겨냥하지 말고. 그리고 도주하라."

입술에는 핏자국이 말라붙어 있었다.

그들은 포로를 부대로 호송해 갔다.

선비鮮匪의 체포 사실을 본부에 보고하고, 신병 인수차 본대에서 헌병이 올 때까지 마땅한 영창이 없어서 그를 결박지운 채 위병소 옆 나무에 묶어 놓았다.

위병근무 중이던 권윤칠이 화장실에 다녀오다가 잠시 그에게로 다가갔다.

"고향이 어딘가요?"

"천안이다."

이어서 윤칠의 얼굴을 빤히 바라보며 말을 이었다.

"적을 쏘고 도주하라. 우리끼리 서로 싸워서 될 일이 아니잖은가?"

목에서 가래 끓는 소리를 뱉었다.

윤칠은 그를 그윽이 바라보다가 목소리를 낮추어 말했다.

"사방을 분간 못 하겠는데, 어떻게 탈주한단 말이오?"

"가르쳐 주마. 부대 뒷산을 넘어가라. 그쪽에는 산이 깊어 보초를 안 세운다. 길이 나오거든 길을 따라가라. 곧장 가서 조선인 마을이 나오면, 대장간을 찾아가라. '장독 3개만 주시오' 하면 대장장이가 '대장간에서 옹구 찾는 법이 세상천지에 어디 있는가?' 하고 화를 낼 것이다. 그러면 '천안 오 씨가 가르쳐 주어서 왔다'고 하면 금세 반색하고 맞아 줄 것이다. 거기서 안내를 받으면 된다."

"거기서 중경 임시정부 있는 데로 찾아갈 수 있겠소?"

"멀리까지 갈 것 없다. 소련 군대의 침공이 임박했다. 여기는 곧 해방이 될 것이다."

그는 덜덜 떨면서 턱을 마주치며 힘주어 말했다.

권윤칠은 조선인 마을이 가까이에 있다는 말에 용기를 얻었다.

'죽더라도 군대생활은 더 못 하겠다. 눈구덩이에 파묻혀 죽는 한이 있더라도 가는 데까지 가 보자.'

그날 밤 야간 점호를 마치자 권윤칠은 내무반을 몰래 빠져나와 뒷산을 오르기 시작했다. 산비탈에는 눈이 깊이 쌓여 있었다. 나뭇가지를 휘어잡고 한 걸음 한 걸음 정상을 향하여 올라갔다.

"저 꼭대기만 넘어가면 길이 나오겠지."

'휙!' 하고 산짐승 한 마리가 지나갔다. 머리카락이 주뼛 섰다. 얼른 호주머니에서 단도를 끄집어냈다. 그리고 손전등으로 사방을 비쳐 보았다. 하얀 눈 위에 짐승의 발자국이 국화무늬 떡살 찍어 놓은 듯 남아 있었다.

'늑댄가? 살쾡인가?'

주변을 두리번거리며 조금씩 나아갔다.

산꼭대기에 올라서기까지 3시간 남짓 걸린 것 같았다. 손목시계를 들여다보았다. 부연 눈빛을 받은 세이코 시계의 흰 문자판에는 까만 시침이 오전 1시를 지나고 있었다.

아래로 향하여 무턱대고 하산을 시작하였다. 미끄러지기도 하고 눈구덩이에 빠지기도 하면서 내려갔다. 개울을 타고 낮은 데로 따라 걸었다.

길은 나오지 않았다.

갑자기 조명탄이 올랐다. 산등성이가 눈 속에서 환하게 드러났다. 추격해 오는 모양이었다. 연이어 두 발이 더 올랐다.

그는 뛰기 시작했다. 차고 있던 건빵 봉지와 통조림이 든 주머니를 풀어서 집어 던져 버렸다. 온몸이 땀에 흥건히 젖었다.

추격대는 흐트러진 발자국을 찾아서 따라오고 있었다. 손전지의 불빛이 어지럽게 흔들리는 것이 보였다.

한참 달리다 보니 산 아래쪽으로 툭 터진 강이 내려다보였다. '컹

컹!' 짖으며 개 떼가 뒤에서 몰려오는 소리가 들렸다. 군견軍犬을 풀어놓은 것이었다.

그는 죽으라 하고 눈 덮인 강을 향해 달려갔다. 강은 얼어 있었다. 건너편은 소련 땅이다.

군견은 달려와 윤칠에게 덤벼들었다. 개는 바짓가랑이를 물고 늘어지기도 하고, 옷소매를 물고 늘어지기도 하여 옷이 너덜너덜 찢겨 나갔다. 윤칠이 뛰어오르는 개를 밀어젖히다가 팔목이 물려 흐르는 피를 딴 손으로 누르고 계속 뛰는 사이 총을 든 추격병이 나타났다.

"서랏!"

그는 탈영병의 가슴에 총구를 들이댔다.

뒤이어 3명이 더 숨을 헐떡이며 다가왔다.

군견은 꼬리를 저으며 주위를 맴돌고, 조장쯤 되어 보이는 사병이 나서서 윤칠을 오랏줄로 묶었다.

"역시 조센징이 맞다. 네놈이 도망가면 얼마나 가겠다고."

조장이 발길로 걷어찼다.

권윤칠은 부대로 끌려가서 취조병한테서 개 패듯이 두드려 맞고, 군법회의에 회부되어 중영창 구류 석 달의 처분을 받았다.

윤칠이 영창생활을 마치고 배속된 곳은 관동군 제17방면군 제5군 제120보병 제2XX연대였다. 사령부는 홍안령에 두고 연대는 하이라얼海拉爾시에 위치하고 있었다. 윤칠은 이등병으로 강등되었다.

내무반 반장 시부타니澁谷 병장은 윤칠을 당번병으로 지목했다.

하루 일과를 마치고 귀대하면, 시부타니는 침상에 팔을 벌리고 드러눕는다.

"아, 고단하다. 누워서 좀 쉬어야겠다."

윤칠은 얼른 그의 군화끈을 풀어 신발과 양말을 벗긴다. 고리다 못해 짠내가 나는 양말은 빨아서 밤새 말렸다가 아침에 새로 내놓아야 한다. 상의와 하의도 벗겨 준다. 병장은 코털을 뽑아서 들여다보고는 훅 분다.

"밥은 아직 멀었는가?"

윤칠은 식당으로 달려가서 배식판에 밥을 타서 내무반으로 날라 와 병장에게 바친다. 시부타니의 식사가 끝날 때까지 곁에서 지키고 있다가, 배식판을 물리면 물 컵을 바친다.

그러던 것이 하루는 잘못된 일이 발생했다.

밥에 돌이 섞여 시부타니의 입안에서 '우지직!' 소리가 났다.

"아이쿠, 이빨이야!"

밥풀을 퉤 뱉고 볼을 감싸 쥔다.

"이것을 밥이라고 타 왔어?"

식판을 들고 윤칠의 머리를 내리쳤다. 그러더니 뺨을 후려치기 시작한다. 윤칠은 국물, 건더기와 밥풀을 뒤집어쓴 채 얻어맞았다.

"너 같은 놈을 패기에 내 손이 아깝다. 손바닥만 아플 뿐이다."

실내화를 들고 뺨을 후려치기 시작했다.

윤칠의 눈퉁이가 부풀어 올라 얼굴이 일그러졌다.

윤칠은 바닥에 흐트러진 밥풀과 반찬 나부랭이를 청소하고 식기를 거두어 식당으로 갔으나 배식시간이 끝나서 저녁을 굶어야 했다.

빈 속으로 내무반으로 돌아오자, 대원들이 양쪽 마루에서 서로 마주 보고 도열해 있었다. 모두 팬티만 달랑 걸친 채 맨몸이었다.

윤칠은 영문도 모르고 남들과 같이 옷을 벗고 구석자리로 가서 줄에 붙어 섰다.

시부타니가 서슬이 시퍼렇게 엄포를 놓았다.

"지금이라도 돈을 들고 나오면 용서하겠다. 만약에 그러지 못하고 나에게 발각되는 놈은 영창에 처넣겠다."

병장의 돈이 분실된 모양이다.

'사물함에 넣어 두었던 게지?'

시부타니는 차례로 한 명씩 팬티 고무줄을 당겨 속을 들여다본다.

"이건 뭐야? 끄집어내!"

함양 산청의 산골에서 아카가미赤紙를 받고 징병으로 끌려온 사병이 복대를 끌러 놓는다. 솔기를 따라 이가 두어 마리 기어가고 있다.

"열어 봐!"

복대 속에는 꼬깃꼬깃 접혀서 땀에 절어 바랜 누런 지폐가 나왔다.

"무슨 돈이야? 모두 얼마야?"

"15원입니다. 월급 모은 돈입니다."

"무엇에 쓸 건가?"

"제대하고 나서 송아치라도 사는 데 보태야 할 돈이오. 내가 병정 나와서 집안에 벌이가 모자라니 대신에 다문 얼마라도 벌어가야 할 것 아니겠소 … ."

"그만해!"

그는 다음으로 넘어갔다.

이번 사병도 역시 전대를 차고 있다.

"속에 든 것 끄집어내!"

명주 깁으로 싼 명함 크기의 납작한 물건을 내어놓는다.

시부타니는 그것을 받아서 펴본다. 사진이 나왔다.

"미인이군."

그는 쪽진 머리에 흰 저고리를 입고 박은 사진에 '쪽!' 하고 입을 갖다 대었다. 그리고는 병장의 얼굴은 일그러졌다. 본인은 웃는다고 웃는 것이었으나 심한 화상火傷 자국으로 얼굴이 일그러진 표정이 된 것이었다.

"그건 또 뭐야? 이리 내!"

그는 전대 속에 남아 있는 쪽지를 받아 들고 살펴보았다. 글씨가 적혀 있다.

내가 죽거든 자식도 없는 몸이니 묻을 생각일랑 말고 분골을 바람에 뿌려 주오. 원귀가 되어 일본천황에게 날아가서 복수할 것이오.

"뭐어?"

시부타니 병장은 깜짝 놀랐다.

"이게 무슨 말이야?"

"…….."

"뭐냐니까?"

"유서요."

"유서라고 천황폐하를 모독해도 되는가?"

사병은 변명하여도 통하지 않을 것을 알고 각오한 것 같다.

"어차피 죽을 몸인데 ….."

"너 같은 놈은 도저히 그냥 둘 수 없다. 하얼빈 감옥에 처넣어야겠다. 지금 당장 옷부터 입어!"

병장은 당장 끌고 가서 문제 삼을 모양이었다.

그는 나머지 사병들의 팬티도 대충 훑어보고 마지막으로 윤칠에게 한마디 했다.

"너는 당번병이란 놈이 도대체 내 사물함에 도둑의 손이 타도록 뭘 하고 있은 거야? 내가 저놈을 인계하고 올 때까지 벗어 놓은 옷을 낱낱이 살펴보고 범인을 찾아내라. 만약 못 찾아내면 밤을 새워서라도 조사하겠다. 도난의 책임은 네놈한테도 있는 거야. 그러고도 못 찾아내면 그때는 네놈 책임으로 묻겠다."

시부타니는 중대본부로 천황을 모독한 사병을 인솔해 갔다.

윤칠은 광적이리만큼 괴벽에 가까운 병장의 처사에 치를 떨었다.

'앞으로 허구한 날 이따위 군대생활을 어떻게 견뎌갈 것인가. 그렇다고 또 달아날 수는 없다. 죽었으면 죽었지, 그 지긋지긋한 중영창에는 다시는 들어갈 수 없다. 그렇다면 차라리 …..'

윤칠은 무기고로 갔다.

군화를 벗어 놓고 99식 장총에 탄환을 장착하고 총구를 입에 물었다. 그리고 엄지발가락을 방아쇠에 걸어 힘껏 눌렀다.

윤칠의 사망사유란에는 단순히 '병사病死'라고 기입처리 되었다.

생명을 다듬는 마지막 고비

1. 질산칼륨

통술집 아주머니는 도마에 돔을 올려놓고 칼로 다듬고 있다. 대가리를 치고 나서 몸통을 돌려서 꼬리도 잘라내고 뉘어서 지느러미도 친다. '두둑 두둑!' 비늘이 튄다. 아주머니는 뺨에 들러붙은 비늘을 손등으로 쓱 닦아내고, 칼을 밀면서 회를 저미기 시작한다.

바람에 포장이 펄럭인다. 유리 호야(등) 속에서 남폿불이 흔들리자 까만 그을음이 등피를 씌운다.

청수는 많이 취해 있었다.

"나는 학병에는 못 나가. 왜 자기들 전쟁에 조선 사람이 대신 싸워야 하느냔 말이다 ….."

용팔이 한 손으로 회를 몇 점 초고추장에 듬뿍 찍어 우물우물 씹으면서 청수를 쳐다본다. 그도 술기가 올라 있었다.

"나오라는데 안 나가고 배겨낼 것 같애? 결국에 자네도 별 수 없이 끌려가고 만단 말이다. 잘 생각해라. ”

  그날 오후에 청수 앞으로 학병 징집통지서가 도착하였던 것이다. ‘속달우편’이라고 빨간 고무인이 찍힌 봉투를 동래댁이 접수해서 아들에게로 가지고 왔다.
  아들 둘을 모두 전쟁터로 보내게 된 동래댁은 떨리는 손으로 청수에게 봉투를 건넸다.
  “야야아, 너까지 통지서가 나왔구나 … . 몹쓸 인간들. ”
  청수는 겉봉을 한참 노려보다가 봉투를 뜯었다.
  “출정날짜는 운제라 카노?”
  어머니는 아들의 눈치를 살피며 묻는다.
  ‘흐음, 나를 끌고 가겠다고 … . ’
  “아직 열댓새 남았어요. ”
  청수는 마음을 다잡지 못하고 방 안을 서성이다가 집을 나왔다.
  그의 발길은 무작정 바닷가로 향했다.
  ‘자, 이제 어떻게 할 것인가? 꼼짝없이 저들에게 끌려갈 것인가? 아니면 멀리 도망이라도 가 버릴 것인가?’
  바다에는 어둠살이 내리기 시작하고 파도가 남실거리고 있었다.
  어시장을 지나, 해안에 접안해서 짐을 부리고 있는 화물선을 바라보면서 커다란 창고건물들이 늘어선 곳을 지난다. 창고는, 송림 너머로 석탄더미를 쌓아 놓은 역에까지 선로가 연결되어 있었다.
  역 옆으로 개천이 흘러내리고 있었다.
  저녁 무렵 바닷물이 밀고 들어와 부풀어 오르자 용재는 개천을 가로

질러 그물을 쳤다. 바닷물이 빠지면 물고기들이 그물에 걸려들 것이다.

청수가 다리를 지나다가 용재와 만났다.

"용팔이! 오래간만이다. 고기는 좀 걸려드나?"

"내가 할 일이 뭐 있나, 물고기나 데리고 노는 거지. 재미 삼아 그물을 친 기라. 어디 가는 길고?"

"바람 씨이러 나왔지. 잘 됐다. 우리 술이나 한 잔 하자."

"으음, 좋다. 안 그래도 진환이하고 같이 저녁에 어울리기로 돼 있는데, 같이 하자."

셋은 중학교를 같이 다녔다. 학교를 마치자, 진환은 역에 일자리를 얻어 선로보수 작업을 하거나 화물의 상하차 작업 같은 노무 일을 하고 지냈다. 용팔은 징용으로 일본 후쿠야마福山에 있는 화약공장 노무자로 끌려갔다가 작업 도중에 가벼운 충돌사고로 화약이 폭발하여 왼팔을 잃고 말았다. 그래서인지 본명인 용재보다 용팔이라 불렸다.

용팔이 안내해서 가까운 통술집으로 가서 포장을 걷고 들어섰다.

"아주머니, 오뎅하고 막걸리 좀 주소 … 진환이도 이리로 바로 올 걸세."

둘은 사발을 들고 김이 모락모락 피어오르는 오뎅 국물을 후루룩 마시면서 몸을 녹인다.

"자, 한 잔 마시자."

청수는 우그러진 양은 주전자를 들고 용팔에게 술을 권한다. 이번에는 용팔이 주전자를 받아서 청수의 사발을 채운다. 둘은 막걸리를 벌컥벌컥 마신다. 청수는 젓가락으로 오뎅을 집는다.

"자네는 일본까지 끌려갔다가 돌아왔지만, 자네를 보니까 군대에 가고 싶은 마음이 더더욱 없네."

청수는 트림을 끄윽, 하고 용팔에게 말했다.

"너 징집통지서가 나온 거로구나. 착잡한 심정이겠지. 전쟁터에 끌려가는 것은 죽으러 가는 길이야, 절대로 가지 마라. 개죽음이야."

용팔은 손등으로 쓰윽 입술을 훔친다.

통술집 아주머니는 남폿불 심지를 돋우어 불꽃을 키운다.

"학상이 병정 나가는가배요? 쯧쯧, 학상들은 모도 싸움터로 실고 간다던데."

그녀는 접시에 회를 담고 마늘쪽과 채 썬 고추를 얹어 내어놓는다.

둘 사이에 술잔이 오고 갔다.

용팔이 젓가락으로 회를 몇 점 집어 초고추장에 듬뿍 찍어 우물우물 씹으면서 목소리를 높였다.

"내가 징용에 끌려갔던 것이 잘못됐어. 무슨 수를 써서라도 안 갔어야 했는데. 학병에 끌려가서 죽을 바에야, 뻔히 알면서 뭐 하러 죽으러 가는 것고? 몸을 피했다가 잡히는 한이 있다 해도 설마 죽이기야 하겠나? 살아남고 봐야지. 잘 생각해라."

"나도 같은 생각이야. 싸움판은 자기들이 저질러 놓고, 내가 거기에 끌려가서 개죽음을 당할 필요는 없지."

그러자 진환이 포장을 걷으면서 들어섰다.

"어잇 춥어. 여어, 오랜만이다."

작업모를 벗으면서 청수를 보더니 악수하고 자리에 앉는다.

"별일 없나? 어떻게 지내노?"

"별일 있다. 청수한테 출정통지서가 나왔단다."

용팔이 말을 받았다.

"그래애? 학도병 말이제? 언제 나가게 되는 것고?"

얼굴에 석탄 가루가 묻어 눈의 흰자위를 더욱 희게 굴리며 진환이 묻는다.

청수는 피식 웃었다.

"때가 되면 나가겠지. 자아 잔이나 받아라. 후래자 삼배다!"

사발에 부연 막걸리가 넘친다.

"아무리 바빠도 그렇지, 얼굴에 세수도 안 하고 사노? 석탄 부스레기 칠갑을 해 갖고 그것도 낯짝이라고 들고 댕기는고?"

청수가 석 잔째 술을 치며 진환을 쳐다보며 웃는다.

"말도 마라. 오늘 백탄이 산더미같이 들어와 퍼낸다고 허리가 다 휘었다."

진환이 소맷자락으로 볼을 쓰윽 문댄다.

"백탄은 뭣고?"

용팔이 묻는다.

진환은 술 사발을 죽 들이킨다.

"화력이 좋아서 군용 화차에 쓰는 거야."

갑자기 목소리를 착 낮춘다.

"관동군으로 올려 보내는 군수물자를 화차에 싣고 떠나는 모양이야. 미군 잠수함이 하도 설쳐 대서 뱃길이 위험한께 열차로 보내는 모양이야. 부산은 너무 노출이 돼 있어 이쪽으로 택한 거겠지. 지난번에 미군 잠수함이 시모노세키항을 출발한 일본 군용화물선을 폭격해서 침몰시킨 소식 못 들어 봤나?"

"군수물자?"

청수가 정색을 하고 묻는다.

"그래, 무기라 카는 것 같애. 미군 잠수함도 겁나지만, 요새는 공중에 폭격기까지 설쳐 대니까, 밤을 도와서 철도를 이용하는 거야."

청수의 눈이 빛을 내었다.

'무기라고? 만주 관동군의 무기라고?'

그는 입을 굳게 다물고 남포등 불꽃을 응시한다.

"백탄이라야 기차가 속도를 낼 수 있지."

진환이 용팔을 보고 술 사발을 든다.

"화차는 언제 떠나는고?"

청수가 묻는다.

"글피 저녁 임시 열차편일 거야. 노무작업반에 모레 밤 철야대기 지시가 내려왔어. 그날 밤에 무기를 실은 배가 들어온다는 말이겠지."

"으음."

청수는 깊은 신음 소리를 내었다. 주먹을 불끈 쥐었다.

'무기 화차를 그냥 보낼 수는 없지.'

셋은 술잔을 권커니 잣거니 퍼마셨으나, 청수는 머리가 점점 맑아 왔다.

마치 긴 낚싯대를 타고 건너오는 커다란 붕어의 입질을 느끼는 낚시꾼의 기분으로 흥분이 일고 있었다.

술판이 파하고 진환과 헤어지고 나서, 용팔과 같이 집으로 돌아오는 길에 청수가 말했다.

"폭탄을 만들자."

"뭐라꼬? 폭탄을 만들다니? 재료는 어떻게 구할라꼬?"

"내가 다 생각이 있다."

"도대체 어디다 쓸 거야?"

"군용열차를 폭파하자."

"뭐어 … ?"

"할 수 있어. 용팔이 니가 도와도고. 니만 믿는다."

용팔은 입을 굳게 다물었다.

청수를 쳐다보는 눈길은 점점 굳어 갔다.

"내일 다시 보자. 잘 가거라!"

청수가 용팔과 헤어져서 집으로 돌아와 마루에 올라서자 동래댁이 아들의 술 냄새를 맡고 걱정스런 푸념을 늘어놓았다.

"웬 술로 이리 퍼마셨노? 낼 아침에 아버지께도 학병 통지문을 뵈디리도록 하거라. 그라고 책상 우에 펜지 갖다 났다. 길 건너 일본 노인 집 딸아아가 들고 왔더라."

봉투도 없이 종이쪽지에 적힌 편지는 야스오의 것이었다.

느닷없이 지난 날 청수에게 칼부림을 했던 일을 후회한다는 내용이 비뚤비뚤 쓰여 있었다.

학교에서 일본인 학생들을 통하여 그가 카이텐 부대에 자원했다는 소식은 듣고 있었다. 단기短氣의 그다운 결단이라고 생각했다.

죽음에 이르러 나한테 자기의 속마음을 솔직하게 털어놓는 인간적인 이야기에 대해 마음속으로 야스오의 편지에 대해 마음으로 답을 해 주었다.

'나도 개인적으로 야스오 자네를 미워해 본 적은 없네. 너의 조국을 미워할 뿐이야. 자네가 나로부터 수탈해 가지고 간 것은 아무것도 없지 않는가. 나도 자네한테 뺏긴 것이라고는 하나도 없다고 생각하네. 그러나 자네의 조국은 용서할 수가 없네.'

만주 관동군 사령부로 올라가는 무기 수송열차에 관한 정보를 듣고 청수는 흥분된 마음을 진정시킬 수 없었다.

'열차를 폭파하고 도망치자.'

청수는 주먹을 부르쥐었다.

"그렇다! 자물쇠로 걸어 잠근 숨 막히는 이 일제의 폐쇄된 사회를 폭파해 버리고 뛰쳐나가자."

청수는 그길로 집을 나섰다.

그믐밤이었다. 경계경보 사이렌이 울린 지 얼마 되지 않아서 집집마다 등화관제를 하고 있어서 캄캄한 밤길이었다.

그는 공전학교의 담벼락 그늘을 따라서 교사건물 쪽으로 다가갔다.

숙직실 커튼 틈새로 불빛이 새어 나온다. 당직교사가 아직 자지 않고 있는 모양이다.

청수는 건물 끝에 있는 실험실 쪽으로 갔다. 가만히 유리창을 들어내고, 창틀을 타고 안으로 들어간다. 실험실 안에는 각종 화공약품이 든 병이나 상자가 잔뜩 진열되어 있다.

그는 수도꼭지를 틀어 호주머니에서 꺼낸 목수건을 물에 적시고, 자물쇠로 잠가 놓은 약장의 유리판에다 갖다 붙였다. 젖은 천은 유리에 착 달라붙었다. 주먹으로 타격을 가하자 '퍽!' 하고 둔탁한 소리를 내면서 유리가 나갔다.

그는 손전등을 비춰서 약품상자를 골라서 끄집어낸다. 전등을 들이대고 다시 확인한다.

원소기호 KNO_3라고 인쇄된 화공약품의 라벨이 눈에 들어온다. 그는 그 상자를 옆구리에 낀 채 창문을 타고 넘어 내려와서, 유리 창틀을 도로 제자리에 끼우고는 어둠 속으로 사라졌다.

이 상자가 없어진 것이 발견된 것은 그로부터 사흘 뒤 화학 실험시간의 일이었다. 담당 교수는 약품 탈취사건을 교무실에 알리고, 학교는 경찰서에 도난 경위를 신고하였다.

질산칼륨 KNO_3은 위험 화공약품으로 분류된 취급주의 품목으로 화약 원료로 쓰일 수 있는 물질이었다.

"내일 밤중이다, 열차가 떠나는 것은."

장도리로 유황가루를 찧고 있는 청수에게 용팔이 말했다. 역에 들러 야간 작업조로 대기 중인 진환을 만나고 오는 길이다.

굴속은 촛불의 가시거리 너머에는 깜깜했다.

청수는 흑색화약을 만들고 있었다.

"그것 갖고야 열차를 폭파시킬 수는 없지."

다이너마이트라면 몰라도 흑색화약 정도로는 육중한 무게의 기차를 날려 버릴 수가 없다고 용팔이 걱정한다.

"안다. 폭파가 아니다. 전복시켜 버린다."

용팔을 쳐다보는 청수의 눈초리는 차갑다.

그는 마치 책을 외우는 듯이 용팔을 향해서 중얼거리고 있다.

"흑색화약의 폭발 속도는 1초당 약 300m 정도다. 대략 음속에 해당하는 위력이다. 이 정도의 폭발력이면 질주하는 열차를 전복시킬 수 있다."

흑색화약을 만들기 위한 재료는 청수가 밤을 도와 준비하여 모두 갖추어 놓았다. 숯과 유황과 질산칼륨이 그것이다. 청수가 동굴 벽장 속에 옮겨다 놓은 상자 속의 KNO_3가 바로 질산칼륨이다.

청수는 작업을 하다 말고 잠시 손톱이 빠진 꾸둑살(굳은살)을 들여다보다가, 자기 스스로에게 확인이나 하듯이 또 중얼거린다.

"가연물질이 있고 산소가 공급되고 불씨가 있으면 연소가 일어난다. 그런데 밀폐된 공간 안에 이 3가지 요소가 압축되어 들어 있다면, 발화와 동시에 팽창압력은 폭발을 일으킨다 … 폭발 위력은 재료의 종류와 가공 수준의 정도에 달려 있다."

폭발을 촉발시키는 연소를 가능케 해 주는 산소 공급은 바로 질산칼륨의 역할이다. 폭약의 장약통裝藥筒 안의 밀폐공간에서 연소에 필요한 산소를 자신이 함유하고 있다가, 불에 닿으면 가연물질 숯과 유황에 산소를 공급해 주어 발화를 시키는 것이다. 이때 순간적인 팽창압력으로 1초당 폭발속도 300m의 폭발에너지를 얻게 된다. 이것이 흑색화약이다.

청수는 부서진 숯가루를 돌확(돌로 만든 절구)에 넣고 빻는다.

"숯가루를 곱게 빻을수록, 다시 말해 입자가 고울수록 산소와 접하는 면적이 커져서 순간적 폭발력을 높여 준다. 숯은 300℃ 내지 400℃ 사이에서 구운 놈의 연소 효율이 가장 좋다."

청수는 작업을 계속하면서 책에서 본 내용을 계속해서 외운다.

청수의 이마에 땀이 배었다.

곱게 빻은 유황가루와 숯가루를 장약통 상자 속에 섞어 넣었다. 그리고 질산칼륨을 막 쏟아부으려는 찰나 용팔이 청수의 팔을 잡고 주의를 준다.

"조심해라! 폭발한다이!"

"여기에 질산이 섞이모 바로 화약이란 말이다. 자칫 잘못하모 터진다이."

이 원료 3가지를 각각 떼어 놓고 보면 전혀 폭발성을 가진 물질이 아닌데도 혼합해 놓으면 폭약이 되는 것이다.

용팔이 히로시마 부근 후쿠야마의 화약공장에서 폭발을 당한 것은 미약한 정전기의 불꽃 때문이었다. 반제품 상태의 화약을 다음 공정으로 운반하는 작업 도중 상자끼리 마찰로 인한 방전으로 불꽃이 점화되어 폭발하였던 것이다.

"유황은 정전기의 부싯돌이라꼬, 가벼운 마찰에도 불꽃이 인다 안카나. 썩은 두엄더미에 유황을 던져두었는데, 지게가 넘어지면서 폭발한 일도 있다 카는 소리 몬 들었나?"

용팔이 잘린 팔에 감각이 살아나는 듯 아파 오는 어깨를 주무르면서 청수에게 설명했다.

"오냐, 조심하마 … 퇴비에서 생긴 질산이 황하고 충격해서 터진 것이다. 맞다. 불꽃이 없어도 충격만으로도 터질 수 있다. 인제부터 살살 다루어야 한다."

청수는 원료를 배합하는 나무상자 내벽에 미리 가죽을 덧대어 충격을 흡수하도록 해 놓고 작업했다.

장약통 안에서 유황의 작용은 무엇인가? 청수는 또 외우고 있다.

"숯가루를 가연제로 쓰는 흑색화약의 발화온도는 280℃ 전후이다. 이 정도 온도에서도 쉬 폭발이 이루어지게 하려면 … 산소를 응집시켜서 순간온도를 최대한 높여 주어야 폭연爆煙의 착화성着火性을 극대화시킬 수가 있다. 유황이 그 일을 해 준다. 즉 화약에 순간적으로 불이 붙어 폭발이 이루어지도록 돕는다. 흑색화약의 폭발 정도가 폭죽과 다른 것은, 유황이 들어가기 때문에 그 위력이 큰 것이다."

청수는 우물에 집어넣어 정수淨水하는 데 쓸 유황을 구해다 폭약을 만드는 데에 썼던 것이다.

원료의 배합작업은 끝났다.

폭약이 완성됐다. 그러나 폭발의 위력을 높이자면 가공작업을 거쳐 완성도를 높여야 했다.

배합가루를 물로 반죽하고 압착 케이크 상태로 약병藥餅을 만들어 다시 분쇄했다. 이것을 다시 고른 입자 상태로 만들었다. 장약裝藥의 입자가 좁쌀 알 만한 크기로 되었을 때가 최상의 폭파효력을 지니기 때문이다.

밤을 꼬박 새워 만든 흑색화약은 두 개가 되었다.

발파장치는 전기도화선을 이용하기로 하였다. 폭약의 뇌관으로 이어진 전선줄을 연결할 축전지는 날이 새면 광전사光電舍에 가서 구하면 될 것이다.

"용팔아, 인자 가서 눈 좀 붙이고 저녁에 또 보자."

"니도 푹 쉬어라. 그래, 저녁에 오꺼마."

2. 인연의 고리를 꿰는 의식

청수는 잠을 놓쳐 버려서 눈을 붙일 수가 없었다. 정신은 오히려 말똥말똥해 왔다.

눈에는 빨간 핏줄이 섰다.

그는 굴 밖으로 나왔다. 공허한 느낌을 억누를 수 없었다.

하늘을 올려다보며 깊은 심호흡을 한다. 시간은 물처럼 흐르고, 점점이 박힌 별은 떨고 있다. 달은 백도白道를 따라 지나다가 서편 하늘에 걸렸다. 왜 이 넓은 하늘 천지를 두고 달은 산기슭에 걸렸는고? 푸르스름한 별빛으로 산봉우리가 굽은 것이 드러난다. 그러고 보니 대나무 숲이 보이고 기와지붕이, 담장이, 전봇대가 어둠 속에 윤곽을 짓고 있다.

그때 문득 세일러 교복 칼라 위에 떠 있는 뽀얀 자흔의 얼굴 모습이 달 위에 겹쳐 떠올랐다.

'여기를 떠나면 한동안 못 보게 되는구나.'

청수는 이 순간 자기의 할 일은 자흔을 만나는 일이라고 생각했다.

'마지막으로 보고 가야지.'

그는 자기가 자흔을 진정으로 좋아한다고 느꼈다.

'보고 싶다는 것은 좋아하기 때문이겠지. 그래, 찾아가자.'

청수의 발걸음은 자흔의 집으로 향했다.

새벽은 소리를 내며 다가오고 있었다. 멀리서 닭이 홰를 퍼덕이는 소리, 문고리 따는 소리, 여물간 소 방울 터는 소리, 바람이 지나는 소리 … 뚜벅뚜벅 내딛는 자신의 발걸음 소리를 등 뒤로 남기면서 그는 나아간다.

똑 똑 똑!

자흔은 잠결에 목탁 소리를 듣는다. 가사를 드리우고 다가온 부처 앞에서 자흔은 합장으로 맞는다.

'아아, 미륵부처님!'

어머니와 함께 목어 두드리러 갔던 날 성주사 젊은 비구니가 일러주던 말이 생각난다.

'미륵불은 아득한 뒷날 중생을 구하러 도솔천兜率天에서 사바세계로 내려오신다.'

다시 '똑 똑 똑!' 두드리는 소리가 들린다.

자흔은 눈을 떴다. 골목으로 난 창문을 연다.

거기 청수가 서 있다.

'아아 … 미륵부처님!'

자흔은 끌리듯이 밖으로 나왔다.

"웬일로 새벽같이?"

자흔이 청수를 올려다보며 굳이 답을 들을 필요도 없는 말을 그저 물었다. 답이 필요한 일이라면 밝은 날에 찾아올 일이 아닌가. 청수는 왜 왔는지 굳이 설명할 말이 떠오르지 않았다.

"으음 … ."

새벽 찬 공기에 입김만 내뿜는다.

미명未明의 시간 새벽하늘은 엷은 푸른색으로 변하고, 별은 하나둘 스러지고 있다. 머잖아 햇살에 스러질망정 별은 아직은 푸르다. 땅 위의 어둠은 서서히 물러나고 있다.

둘은 바닷가로 향했다.

바다는 부풀어 올랐다. 한사리의 물때가 방파제를 넘본다. 달은 찰싹거리는 파도 위에서 산산조각이 나고 있다. 파도는 갯내음을 자아올렸다. 코를 후비는 새벽 날비린내는 싱싱하다.

'내일이면 나는 여기에 없다. 나는 떠난다. 이것을 어떻게 이야기해야 하나?'

바다 건너 어촌에는 불빛이 어른거린다. 새벽 출어出漁에 나서는 어부들이 서두르고 있는 모양이지. 그러고 보니 부둣가에 떠 있는 돛단배 속에 이불을 뒤집어쓰고 어부들이 자고 있는 모습이 희끄무레하게 눈에 들어온다. 저들도 곧 일어날 때가 되었지.

청수는 정작 남의 이야기를 했다.

"날이 새려나 … 사람들이 나오겠지."

동편 하늘은 높이 희부연했다. 별빛을 흐린다.

'이게 마지막이라니 이대로 헤어질 수 없다.'

청수는 자흔의 손을 잡아끌었다.

"대밭으로 가자! 남이 안 보는 데로."

거기 가면 툭 터놓고 술술 이야기를 할 수 있을 것 같았다. 징병을 기피해서 달아날 이야기 … 일제의 고문에 대한 분노와 보복 … 밤을 새워 폭약을 만든 이야기 … 오래지 않아 일제가 항복하고 물러날 이야기 … 그때 돌아오마.

새벽 대숲에는 싱싱한 대 비린내가 밤새 사람 키 높이로 차올라 있었다. 청수는 대밭 속에서 해야 할 말 대신에 와락 자흔을 껴안았다. 자흔의 여인의 체취가 풍겼다. 코끝으로 파고드는 그 냄새는 청수로 하여금 정신이 혼미해지게 했다. 말을 잃게 했다.

둘은 어느새 굴속으로 들어갔다.

청수가 밤새 작업하던 자리에 둘은 쓰러졌다. 청수는 난폭해진다. 둘 사이에 숨 가쁜 호흡이 엉킨다.

"아아 … ."

자흔은 신음 소리를 내었다. 아픔과 두려움과 기쁨이 뒤섞여 배 아래에서 뽑아 올리는 소리다. 인연의 고리를 꿰는 순간 젊은 두 사람은 절차를 생략한 실질적인 원시의 의식을 치르고 있었다. 여체는 눈을 감고 몸을 비튼다.

그들이 몸을 비비는 사이 날이 새었다.

바깥세상은 환하게 드러난 질명質明의 시간. 둘은 가쁜 숨을 몰아쉬면서 생명을 다듬는 마지막 고비를 넘기고 있었다.

청수의 몸이 축 처져 늘어질 때 굴 안으로 빛이 들어왔다. 동래댁이 촛불을 들고 청수 쪽으로 걸어오는 것이 보였다. 남지댁도 뒤따랐다.

3. 군용열차 폭파

　도시를 벗어난 철도 선로는 가파른 고개를 넘는다. 산비탈의 암반을 깎아 노반路盤을 내고 선로를 깔아 놓은 벼룻길 너머에는 열 길은 됨 직한 가파른 낭떠러지가 솟아 있고, 골짜기에는 개천이 흐르고 있다.

　청수와 용팔은 계곡을 내려다보며 마지막 객차가 지나가기를 기다리고 있었다. 그다음으로 군용열차가 올 것이다.

　살을 에는 겨울바람은 옷깃을 헤집고 목덜미에 작둣날을 들이대었다. 목은 섬찟 움츠러들었다. 온몸이 추위 때문에 진저리를 치며 부르르 떨린다.

　저녁 6시가 지나자 언덕 아래서 차창에 불을 밝힌 객차가 나타났다. 열차 안에서는 승객들이 졸고 있거나, 묵묵히 앉아 있거나, 아기를 안고 젖을 먹이거나 더러는 서 있거나 하는 것이 객창을 통해서 들여다보인다.

　열차가 힘겹게 언덕을 올라와서 지나가자 둘은 곧 작업을 착수했다. 폭발물의 매설지점은, 언덕을 넘어온 열차가 내려가면서 가속도가 붙어 내리 치닫기 시작하는 곳으로 정했다.

　도상道床 위에 일정한 궤간軌間을 유지하면서 두 줄로 나란히 부설된 레일 중에서 벼랑 쪽의 것을 택했다. 레일을 이탈한 화차가 벼랑으로 기울어 계곡 아래로 굴러 처박히도록 계산한 것이다.

　한 개 12m 길이의 평저平底레일은, 이음매판의 쇠물림을 물고 침목에 박혀 개못으로 죄어 있었다. 그래서 벼랑 쪽 레일이 길이로 서로 연결되는 부분의 침목 하나를 골라서, 그 양쪽에 자갈을 퍼내고는 거기에 장약통을 각각 묻었다. 두 개의 레일이 만나는 이음매 부분의 침목 양쪽에 폭약 두 개가 매설된 셈이다. 레일 한 개의 중량은 약 60kg인데, 이를 날려 버릴 화약은 쇠물림 개못의 조임과 대치해서 바특이 길항抗하고 있었다.

그는 화약 본약 속 전기 뇌관의 꼬리를 전선가닥으로 매듭지어 아카시아 덤불 뒤에 감추어 둔 콘덴서에 연결시켰다. 두 개의 화약은 전류의 흐름을 직렬식으로 연결하여 동시에 폭발하도록 작업이 완료된 셈이다.

"먼저 내려가서 기다렸다가, 신호를 보내꺼마."

용팔은 철길을 따라 올라가서 언덕을 넘어갔다.

두 가닥의 레일의 경강硬鋼은 열차 바퀴가 달리면서 다져 놓은 자국이 별무리의 희부연 광망光芒 속에서 반들거리며 뻗어 나가다가 어둠 속에 묻혀 버린다. 먼 곳에서 저수지 얼음이 갈라지면서 '쨍!' 하고 우는 소리가 들려왔다. 바람은 나뭇가지 끝에서 명주 폭 가르는 비명을 지르며 빠져나간다.

청수는 두 손을 툴툴 털면서 언덕으로 올라갔다.

월섬Waltham 회중시계를 높이 들어 도시 쪽 희부연 불빛을 향해 비쳐 본다.

바늘은 8시를 지나고 있다. 초침은 재깍재깍 시간을 쏠고 있다. 설치류 짐승의 이빨처럼 갉아 대는 기계음은 어둠 속에서 점점 크게 들려오고, 심장 박동도 빨라지고 있었다.

청수의 눈에는 부모의 얼굴이 어른거린다.

떠나기 전 초저녁 어둠 속에서 그는 사랑방 亞(아) 자 방문 틀 창호지에 비친 부친의 모습을 향해 머리 숙여 절했다. 먼 여행을 떠나면서 어른께 하직 인사를 드리는 뜻도 있었지만, 노잣돈으로 쓰기 위해 평생 처음으로 부친의 지갑을 훔친 죄스러운 마음에서였다. 부친은 콜록콜록 잔기침을 하고 있었다.

그는 선로 위에 엎드려 귀를 갖다 대어 본다. 싸느란 금속이 귓바퀴에 닿자 오금이 저린다. 열차 바퀴가 선로의 이음새를 건너는 소리가 탄소강의 금속 재질을 타고 아련하게 들려온다.

달그닥 달그닥!

스타카토의 단속음이다.

차디찬 겨울 공기로 오그라든 레일 강재의 이음새가 벌어져서 그 틈새를 건너는 바퀴의 마찰음이 한결 선명하게 울려오는데, 갈수록 그 간격이 짧아지고 있었다. 열차는 호계 골짜기의 오르막 언덕을 앞에 두고 속도를 내기 시작한 모양이다.

'올 때가 됐구나.'

먼 데서 개 짖는 소리가 들려온다.

왜애액!

기적소리가 울렸다. 산모롱이를 돌아 나오는 기관차의 전조등이 어둠 속을 바알갛게 뚫었다.

청수는 아연 긴장한다.

용팔은 느티나무 뒤에 숨어서 지나는 열차가 군용열차임을 확인하고, 겨드랑이에 낀 성냥갑에 한 손으로 쥔 딱성냥 개비를 '드륵!' 그었다. 무기 수송열차가 맞다는 것을 신호로 알려온 것이다.

청수는 어둠 속에서 성냥 불빛이 피는 것을 확인하고, 콘덴서가 있는 곳을 향해 달려 내려갔다. 가슴이 쿵덕쿵덕 널을 뛰기 시작했다. 숨이 가빠왔다.

기차는 연통으로 시커먼 연기를 솟구치며 '뚜웃!' 하는 짧은 기적소리와 함께 언덕으로 올라섰다.

청수는 아카시아 나무 덤불 뒤에 숨어서 귀에다 솜을 틀어막고 다가오는 기차를 보고 있다.

전조등 불빛 아래 '미카 2 212X'라고 쓰인 증기차의 동그란 명판이 보인다. 군수물자 수송은 속도가 좋고 힘이 드센 미국제 미카 화통이 이용되었다.

창도 없이 시커먼 유개有蓋화차가 눈앞으로 다가온다. 기관실에는 챙이 짧은 철도원 모자를 눌러쓰고 턱 밑에 끈을 조여 맨 기관사가 서 있고, 그 옆에는 99식 장총을 집총한 채 호송헌병이 차렷 자세로 앞만 주시하고 있다.

피스톤의 힘찬 왕복으로 열차는 속도를 내면서 내리막을 치닫기 시작한다.

청수는 갑자기 숨이 턱에 찼다. 혈류가 관자놀이를 치며 세차게 흐른다. 기차바퀴 구르는 굉음에 맞추어 심장 박동이 벌렁벌렁 뛴다.

열차의 화통이 화약매설 지점 약 30m를 앞두고 다가왔을 때, 그는 떨리는 손으로 콘덴서에 연결된 음양 두 전극의 전선을 이었다. 니크롬선이 달구어지는 시간을 속으로 세면서, "하낫, 둘, 셋, 넷, 다섯"

하는 순간, '쾅!' 하고 폭발했다.

주황빛 섬광이 번쩍 솟아올랐다. 복사열로 얼굴이 화끈해 왔다. 망막을 가득 채웠던 하얀 광휘光輝가 꺼지자 눈앞이 캄캄했다. 응축공기가 터지면서 일으킨 바람이 옷깃을 젖히고 머리카락을 날린다.

폭발은 레일 두 개를 치고 솟구쳤다. 뒤이어 내려온 열차의 기관실이 기우뚱 기울면서 왼쪽 벼랑 아래로 굴러 내리기 시작했다. 이어서 화차 곳간이 줄줄이 무너져 내려갔다.

감격의 쇠망치가 청수의 심장을 강타한다. 청수는 북쪽을 향해서 달아나고 있었다.

격동하는 밀영

1. 지칠 줄 모르는 갈등

청수는 흑룡강성 밀산密山 읍내 양산상회를 찾아갔다.

가게 안에는, 한편으로 멍석에다 쌀과 옥수수 및 잡곡을 쌓아 놓았고 다른 한편으로는 빨래비누며 양초, 성냥, 남포등과 양동이, 세숫대야, 양은 냄비, 쥐틀 등이 잡다하게 널려 있었다. 가게 밖에는 깔때기를 꽂아 놓은 석유통이 놓여 있고 그 옆에 숯 가마니가 쌓여 있었다. 말하자면 양산상회는 싸전 겸 잡화점이었다.

두터운 솜 핫바지에 한복저고리와 조끼를 걸치고 키가 큰 가게 주인인 듯한 자가 됫박으로 가마니에서 쌀을 퍼내고 있다.

"머 살라는교?"

콧등에 걸친 안경 너머로 청수를 쳐다보며 물었다.

"길 좀 물을까 해서 왔습니다."

그러면서 청수는 가만히 두 손을 포개서 차수叉手를 짓고 주인을 본

다. 가게 주인 고달식^{高達植}은 청수의 두 손을 찬찬히 살펴본다. 오른
손 주먹으로 왼손 엄지를 움켜쥐어 수인^{手印}을 지은 것임을 확인하며
물었다.

"난데없이 길로 묻다이, 도대체 오데서 온 보살인교?"

양산상회에서 수인은 암호로 통하였다.

"비로나자불이오."

청수는 고 씨에게 답했다.

그제야 고 씨는 알아들었다는 듯이 마치 열쇠로 찰칵 자물쇠를 따듯
이 아귀가 맞아떨어지는 답을 했다.

"어서 오시오. 찾아오느라 수고하셨소. 그래, 오데로 갈라 카는 길
인교?"

청수는 지난날 마산 청요릿집 쌍흥관에서 곽상수가 가르쳐 주던 암
호를 주고받았던 것이다. 그것이 통하였다.

"창원농장을 찾아왔소."

"그곳을 우떻게 알고 왔소?"

"고향에서 듣고 알았소."

"고향이 오덴교?"

"마산서 왔소이다."

"멀리서도 왔소 … 오늘이 하필이모 장날이라 거게서 숯을 지고 사
람이 올 낀께네 좀 기다리 보소."

주인 고 씨는 쌀가마니로부터 쌀을 퍼내서 멍석에 널어놓으면서 고
향 소식을 묻는다.

"요새 조선서는 쌀가마이째로 다 공출해 간다 카이 다들 멀 묵고 사

는지 … ?"

"글쎄 말입니다. 여기는 괜찮습니까?"

"말도 마소. 여어도 마찬가지요. 쌀이고 콩이고 강냉이고 다 뺏들어 가고 … 심지어 젊은 아이들을 징병까지 해 가고 … 조선서 하는 짓을 여어서도 똑같이 하고 있단 말이오."

청수는 쌀뒤주로 눈을 돌리면서 물었다.

"이 지방에서도 쌀이 많이 납니까?"

"흑룡강성은 쌀 천지요. 조선 사람들이 와 갖고 논을 맨글어서 베를 심겄다 카이 … 쌀은 남도 사람이 잘 짓는 기라."

주인 고 씨는 쌀을 한 줌 쥐고 손가락 사이로 술술 흘려 보인다.

"이거는 안가安家쌀이라꼬 유맹한 쌀인 기라. 맛이 특등이요. 만주 국 황제 푸이가 질겨 묵는 어용御用 쌀인데, 전에 히로히토 만나로 동 경 갈 때 시종이 안 잊고 챙기 갔다 안 카요. 조선 사람 공성진이가 안 가진安家鎭농장에서 지은 쌀인 기라. 거게서 조선 사람 데불고 농장을 크게 하고 있는데, 관동군에 납품까지 하고 있다 카네."

주인은 혀를 쯧쯧 차더니 한마디 보탰다.

"조선 사람이 요 먼 데까지 와 갖고도 일본놈 손아구를 벗어나지 몬 한다 카이 내 참. 쯧쯧쯧."

그때 바깥에서 숯 가마니를 실은 달구지가 도착해서 말을 묶어 놓 고, 나이 지긋한 중늙은이가 가게 안으로 들어섰다.

"안녕하신교?"

"어서 오소, 장 씨. 마참 잘 맞차 왔소. 손님이 찾아왔소."

주인은 장 씨에게 청수를 소개한다. 최규의 밀영 농장에 같이 있는 함안 군북 사람 장씨 노인이었다.

"우짠 일이오?"

"대장님을 좀 뵈올까 하고요."

"우떻게 되는 처지요?"

"곽상수 씨 소개로 찾아오게 됐습니다."

"그러시오?"

장 씨는 청수를 아래위로 행색을 훑어보면서 물었다.

"그 작자 세상 베린 일을 알기나 하오?"

"그럼요. 나도 그 양반 일로 서에 끌려가서 고생했었지요."

"그래요오? 그라모 나중에 내가 다시 올 터이니, 그때 같이 새터로 올라가기로 합시다."

장씨 중늙은이는 달구지에서 참숯 다섯 가마를 부려 놓고, 지게를 둘러메고 서둘러 사라졌다.

해거름이나 되어서 장 씨가 돌아와 주인 고 씨한테서 숯값을 치러 받고, 농장으로 돌아가는 길에 청수를 데리고 길을 떠났다.

읍내를 벗어나 좁다란 외길을 따라 산 쪽을 향해서 가는데, 그새 해가 꼴깍 떨어지고 말았다. 막아선 산은 굴기崛起해서 어둠 속에 가파르게 보였다.

"상수를 안다 카니 말인데, 내가 장인 되는 사람이오."

어둠 속에서 묵묵히 걷던 장 씨가 청수에게 말했다.

"아, 그러십니까? 전혀 뜻밖의 일입니다. 뭐라고 위로의 말씀을 드려야 할지."

"다 지나간 일이요. 타고난 멩줄이 그것밖에 안 되는 사람이라 …
저쪽으로 돌아가서 골짜기를 타고 올라가야 하니까, 한참은 더 가야
할 길이요. 한 30분은 좋이 더 걸릴 끼요."

달구지 한 대나 다닐 만한 좁은 길이었다. 날이 어두워지니까 한결
추워졌다. 하늘을 배경으로 우뚝 솟아 있는 시커먼 산세는 거하였다.

마을은 산비탈에 있었다.

집은 예닐곱 채나 될까. 툰屯이라 불리기에는 너무 작아서 그냥 새
터라고 불렸다. 그중 큰 집의 마루 앞으로 안내되었다.

"손님 오셨소."

숯막 노인이 축대로 올라서며 말했다.

창호지에 가로세로 빗댄 문살이 등불에 비친 방문이 열렸다. 등을
등진 최규는 마루에 올라선 청년을 살폈다.

"어어 자네, 청수 아닌가?"

엉거주춤 일어선 채 와락 청수의 두 손을 붙잡았다.

"네가 어쩐 일고? 어서 들어가자."

방으로 들어선 청수는 그제야 상수가 말하던 최 대장이 바로 최규인
것을 알아보게 되었다.

"형님! 여기 계셨군요! … 절부터 받으십시오."

"절은 무슨 절고, 그만두어라."

규는 큰절을 하려고 엎드리는 청수의 어깨를 잡고 일으켜 앉힌다.

청수는 집안 손윗사람을 오랜만에 만났으니 당연히 절을 올려야 한
다는 생각이었다.

그러나 규는 그러한 절은 받아본 적이 없다.

'너는 내가 따지고 보면 형뻘이 된다고 예를 차릴 모양인데, 집안에서 나를 언제 형 대접을 해 준 적이 있더냐? 객지에 나오니까 피붙이를 알아본다고 반가워하는 것은 알겠는데, 절할 것까지는 없다. 봉건 잔재다. 너는 아직도 부르주아 티를 못 벗었구나. 흐음….'

"요새 세상이 바껴도 한참 바꼈는데 절이 다 뭣고? 먼 길 고생했다. 여기는 어떻게 알고 왔는고?"

청수 자신은 '요새는 옛날하고 달라 양반 상놈이 다 없어지고 세상이 바뀌었으니 형님한테 절을 드리는 거요.' 하고 속으로 생각하면서 규에게 말했다.

"곽상수 선생한테서 듣고 찾아왔습니다. 여기 계신 줄은 정말 뜻밖입니다."

"숙부는 건강하신가?"

세준의 안부를 묻는다. 최규에게는 강세준은 숙부가 된다. 아버지의 동생이니까.

"예, 그만그만하십니다."

최규는 강세준에 대하여 마음속에 찌꺼기가 남아 있다.

'내가 성씨가 최 씨로 된 것은 강세준 때문이다. 소학교에 다니겠다고 호적에 올려 달라고 애원했으나 거절했다. 내가 그까짓 알량한 족보에 올려 달라고 부탁한 것도 아닌데 … 그 꼬장꼬장한 강 씨 고집에 그만 내가 최 씨가 되고 말았다….'

규는 방문을 열고 부엌 쪽으로 일렀다.

"배고프겠다. 먼저 저녁부터 챙기자. 언년아! 상 좀 보거라!"

그때 중건과 수명이 방으로 들어왔다.

"청수야!"

"야아, 청수 왔구나!"

청수는 둘이 여기 와 있는 것을 보고 놀랐다.

"아니, 중건이, 수명이! 너거들 여기 와 있었구나. 진작 왔어?"

"마산을 뜨자 바로 올라왔어. 벌써 1년이 다 되었구나. 하여튼 잘 왔다. 반갑다, 야!"

"야아, 용케 찾아왔구나!"

둘은 청수의 손을 잡고 흔들다가 방바닥에 같이 앉는다.

청수도 먼 객지에서 그것도 이 깊은 외딴 곳에서 뜻밖에 친구들을 만나니 더욱 반가웠다.

"그래 어찌 떠나게 되었던고? 학도병 징집이 나왔제? 학병을 피해서 도망온 거 맞제?"

"으음, 그렇다."

"그래 잘 왔다. 왜놈 군대에 끌려가서 총알받이로 개죽음을 당할 수야 없는 일 아닌가. 그런데 청수 네 형님은 학병 나갔나?"

"으음. 지난 초겨울이었으니까, 지금쯤 훈련 마치고 … 만주 어딘가에 배속받았다고 하더라."

둘 다 실밥이 터지고 너덜너덜해진 옷을 입고, 버선인지 양말인지 너절한 발주저리를 하고 있었다.

"그런데 너희들 옷 꼬락서니가 그게 뭐냐? 만주 천지에 속옷 솔기에 서캐 안 슬고 이 안 끓는 사내는 독립군 쟁이가 아니라 하더라만 꼭 말 그대롤세."

"그래 말이다. 그런데 여기서는 옷 차려입을 일이 없다. 편한 대로

지내면 되는 거지. 남의 눈치 봐 가면서 살 필요 없이 내 일만 하면서
지내면 되니까.”

“무슨 일을 하는데?”

“당장은 농사짓는 일이지.”

“그리고 … ?”

“장차 때가 오면 우리도 나서서 좋은 세상을 만드는 일을 할 거야.”

“중건이, 자네 춘부장 건강하시고, 자당께서도 무고하시더라.”

청수는 중건에게 부모의 안부를 전한다.

규가 그들 대화 사이에 끼어들었다.

“얼마 전에 그곳서 열차 대폭파 사고가 있었다 하던데, 어찌된 일
고? 누구의 소행인고?”

“…… .”

청수는 세 사람의 얼굴을 차례차례 둘러보았다.

“너는 모르는 일가?”

“그거는 바로 접니다.”

“머라꼬?”

“청수 니가 폭파를 시켰단 말가?”

중건이 되물었다.

“그렇다.”

“군용열차라고 하던데, 맞나?”

“맞다. 무기 수송열차다. 여순 관동군 사령부로 가는.”

“용타! 쾌거다. 일제가 얼마나 간담이 서늘했겠는가.”

세 사람은 입이 짝 벌어졌다. 한참 동안 다들 입을 다물지 못하고

청수를 바라다보고 있었다.

"상상도 못 할 일이다. 하기사 청수 너는 원래 엉뚱한 짓을 잘 했으니까, 그랬을 수도 있기는 하다만 … 그 일은 일본군에게 예사 타격이 아닐 것이다. 청수 네가 했다면 비미(여간) 여물게 했겠냐마는, 그래 폭탄은 어디서 구했는데?"

수명이 물었다.

"내가 만들었다. 용팔이하고 둘이서."

"그렇게 만들어 갖고 기차가 넘어지나?"

규가 따지듯이 물었다.

"철길에 묻어서 선로를 날려 버렸습니다. 화차가 골짜기 강 속으로 곤두박질치는 것을 두 눈으로 똑똑히 봤습니다. 물하고 화약은 서로 비각 아닙니까. 물속에 잠겼다가 나온 화약은 화약이 아니니까 … ."

규는 속으로 뜨악했다.

'물러 빠진 강씨 집안에 이런 강골이 있다니 … 야아는 내하고는 피가 댕기는구나 … .'

잠시 침묵이 흘렀다. 청수가 그들 앞에 손등을 펼쳐 보였다. 손가락 끝에 손톱이 3개나 빠져 버린 자리에는 보랏빛으로 우툴두툴했다.

"중건이 네가 떠난 뒤의 일이다. 곽상수 선생 따라 우리도 서에 끌려가서 고문을 받은 자국이다. 죽다가 살았다. 사상범이라면 경무국 특고에서 최우선 불량범으로 취급하니까, 연관이 있다고 짐작되면 모조리 옭아 넣어 취조하는 거야. 엉뚱한 나까지 고문을 당한 거지. 나는 그때부터 놈들을 도저히 그냥 둘 수 없다고 작심했어. 나를 고문한 오쿠무라란 형사 그 한 놈의 문제가 아니야. 그자가 속한 일제 군국주의 자체의 거대한 불법조직을 혐오해 왔다."

"고문받은 이야기는 뒤에 올라온 수명이를 통해서 들었다. 반죽음이 되어 풀려났다며? 몸은 더 다친 데는 없나?"

"우리는 안 죽을 만큼 얻어맞았다."

"우리라니?"

규가 물었다.

"아버지하고 원계 삼촌하고 저요. 죽을 고생을 했습니다. 삼촌은 지금 감옥에 가 있습니다."

"상수가 끌려가서 목숨을 잃었다 하는 이야기는 들어서 알고 있다만, … 숙부도 끌려갔었다니 나이 든 양반이라 몸이 얼매나 상했겠는가. 삼준이도 욕을 당했다 하니 참 안됐구나. 세상 물정 모르고 곱게들 큰 사람들이라 … 쩌렁쩌렁하던 집안이 젓 담았겠구나."

규는 세준과 삼준도 끌려갔다는 사실을 이제야 듣게 되었다. 김원봉의 서신을 곽상수에게 들려 보낸 장본인이 자신이니 한편으로는 큰댁 숙부와 삼준 두 사람에게 미안한 마음도 들었다.

그러자 언년이 밥상을 들고 들어왔다. 그녀는 부석부석한 얼굴로 잠 든 사내아기를 등에 업고 있었다.

언년은 청수의 얼굴을 빤히 쳐다보았다.

'부엌에서 듣자하니, 저 작자의 집안 때문에 애 아비가 경찰서에 잡혀 갔다는데 … 군자금 몇 닢 보태주는 돈이 그렇게도 아까워 경찰서에 찔러 바친 것인가. 야속도 해라. 남의 목숨을 어찌 돈하고 바꿀 수 있는고?'

그녀는 앙심을 먹고 그에게서 쉬이 눈을 떼지 않는다.

'그래, 뒤에서 남을 구렁텅이에 밀어 넣고 혼자서만 잘 살겠다고 그게 어디 사람의 탈을 쓰고 할 짓가? 아이고 분해라. 저놈은 희멀겋게 생겨 갖고 능히 남에게 덤터기를 씌울 상판대기를 하고 앉았구나.'

언년은 청수에게 눈을 흘기고 밖으로 나왔다.

입춘이 왔는데도 북만주의 겨울은 쉬이 물러가지 않았다.

이곳에 처음 올라온 청수에게는 춥기가 한겨울이나 매한가지였다. 따갑게 살갗을 파고드는 동삼冬三 추위는 물러갔으나, 대신에 품속으로 스며드는 봄추위 역시 몸을 오들오들 떨게 하였다.

농사일은 4월 말이나 되어서야 시작할 모양이니, 산에 가서 나무라도 해 와야겠다고 숯막으로 올라갔다. 숯막은 새터마을 뒤 산등성이 너머에 있었다.

"화력이 너무 지나치모 참나무 재가 하얗게 사그라들고 말제. 그전에 끄집어내야 참숯으로 쓸 수가 있는 기라."

장씨 노인은 이글거리는 불덩이를 꺼내 땅 구덩이에 묻고 흙을 덮으면서 청수를 보고 말한다.

청수는 가파른 언덕 아래를 지나 강 건너 편으로 뻗어나간 외길을 내려다보았다. 길은 농가가 몇 가구 옹기종기 모여 있는 마을을 지나 야트막한 산골짜기 사이로 사라져 갔다.

"저 길이 읍내로 가는 길일세."

그는 밤중에 이 마을로 들어오던 날 가파른 산 밑을 지나던 생각이 났는데, 아마 이 산 밑이 아니었던가 하고 짐작했다.

톱으로 나무를 자르고 토막을 낸 장작감을 지게에 한 짐 지고 그는 불쏘시개를 짊어진 노인을 따라 밀영으로 내려왔다.

청수는 마당 구석에 통나무를 부려 놓고, 도끼로 장작을 패기 시작했다. 장작개비는 경쾌한 소리를 내며 결 따라 반으로 쪼개졌다.

그리고는 장작을 한 아름 안고 부엌으로 들여놓았다.

장씨 노인의 처 산청댁은 아궁이 앞에 웅크리고 앉아서 불을 지피고 있었다. 불씨에다 솔잎 갈비를 한 줌 올려놓고 '후후!' 불면서 불꽃을 살려냈다. 타 버린 솔잎은 실낱같이 하얗게 오그라들며 사그라졌다. 장작불은 이내 활활 소리를 내며 기세 좋게 무쇠 가마솥을 핥고는 구들장 속으로 빨려 들어간다.

식솔을 여남은 명이나 공양하는 큰 솥이었다.

상식하는 식솔이란, 규를 위시해서 장씨 내외, 딸 언년이 모자, 중건, 수명, 청수 셋에다 중국인 머슴 두 명 등이었다.

"아주머니, 배앓이는 좀 낫습니까?"

장작을 내려놓고 청수는 수명한테서 들은 이야기가 생각나서 산청댁에게 물었다.

"밤낮 낫았다 싶으모 또 아프고 … 생아편을 삼켰더이 좀 낫기는 하더라만 그때뿐인 기라."

그녀는 맥없이 대답했다.

언년이 부엌으로 들어오면서 볼멘소리를 했다.

"남의 어미 배 아픈 데에 웬 말 적선이오? 동정할 일이 그리 남아돌던가배."

언년은 유독 청수에게 가시 박힌 소리를 해댔다.

며칠 전에는 청수가 언년이 업은 아기를 들여다보고 "착하게도 생겼구나. 아버지 닮았구나. 어디 한 번 안아보자." 하고 아이의 겨드랑이에 두 손을 끼우려고 하는데 언년이 "일 없소. 고만두소." 하고 팩 돌아섰다.

"뒤서는 아아 애비를 겡찰에 일러바치고, 앞에서는 머슨 염치로 아아를 얼르대는고 … 부자를 갖고 놀리는 뱁이 아이요."

청수는 언년이 자기에 대해서 뭔가 오해하고 있다는 것은 짐작하였으나, 이렇게 얼토당토않게 생각하고 있을 줄은 몰랐다. 기회가 오면 잘 알아듣도록 타일러야겠다고 다짐했다.

창원농장의 주택은 조선식 가옥구조로 되어 있었다. 온돌을 넣고 툇마루를 놓은 한옥을 따로 몇 채 지어냈다. 열 명 너머 되는 식솔들이 공동생활을 하다 보니 규가 들어있는 집채의 안방이 말하자면 식당인 셈이고 또한 회의실인 셈이었다. 이 방에서는 주로 농사에 관한 의논을 하고, 세상 돌아가는 이야기, 전쟁에 관한 새로운 소식 등을 주고받았다.

입춘 날 아침 장 씨는 먹을 갈았다.

말아둔 한지를 꺼내서 입춘다경立春多慶의 주련을 쓰고, 태극을 그려서 오렸다. 옆에서 이를 보고 있던 규가 젊은 대원들에게 말했다.

"이 태극은 조선 사람이 어디에 가 있든지 민족정신을 잃지 않고 있다는 것을 상징하는 징표이고, 또한 오늘에는 일제에 저항하는 상징이다."

장 씨는 주련과 태극을 대문에 내다 붙였다. 누가 보아도 한눈에 이 집이 조선 사람의 집이라는 것을 알 수 있었다.

규는 벽에 걸린 태극기를 가리키며 말을 이었다.

"조선 사람이라면 전통적으로 태극사상을 신봉해 왔고, 설령 그것이 훈구파든 개화파든 또 공산주의자든 민족주의자든 간에 태극기에 대해서만은 모두 똑같이 숭상을 표하고 있다. 그 말은 조국을 사랑하는 마음은 다 똑같다는 뜻이다. 그러나 그 방법에 차이가 있다. 각자가 그리는 조국이 다르다는 말이다. 그렇다면 우리가 지향하는 조국에 대한 동경은 무엇이겠는가? 자본주의 사회의 모순인 자본가와 지주의 소수계급을 타파하고, 다시 말해서 있는 놈과 없는 놈의 고리를 끊어 버리고 무산대중에 의한 평등사회를 건설하는 데에 우리는 목표를 두고 있다."

규는 중건, 수명, 청수의 얼굴을 차례차례 쳐다본다.

"그렇습니다. 우리의 궁극적 목표는 해방조국에 돌아가서 만민이 평등한 사회, 즉 무산혁명을 통한 사회주의 사회를 건설하여야 합니다. 조국의 해방전선에 우리 젊은이들이 앞장서야 합니다. 청수야, 수명아! 드디어 우리가 일어나서 나설 때가 눈앞에 다가오고 있다!"

중건은 둘의 어깨에 손을 얹고 말했다.

규는 말을 이었다.

"순수한 공동소유와 공동생산, 이 얼마나 이상적인 사회냐? 러시아 공산주의는 계급혁명을 통하여 지주들을 몰아내고 생산수단의 국유화를 마쳤다. 이제부터 집단농장의 생산성의 효율만 추구하면, 모든 인민이 부족함이 없이 고루고루 나누어 가지게 되는 체제가 완성된다."

규의 눈에는 형형한 광채가 뿜어 나온다.

"그런데 바로 그 효율이 문제 아닙니까?"

청수가 규의 눈을 마주 보며 껄끄러운 이의를 단다.

"효율? 그것은 모든 인민들을 잘 지도하여 협동함으로써 능률을 얼마든지 향상시킬 수가 있다. 여하히 지도해 나갈 것이냐의 방법에 관한 문제이다. 예를 들자면 협동농장이 바로 그런 것 아니겠느냐."

"효율은 경쟁에서 나오는 것이지, 평등에서는 추구되기 어렵지 않습니까?"

"그 말은 가진 자의 계급에 의한 수탈을 옹호하는 말에 지나지 않는 변론이다. 현실적으로 조선 사회를 보아라. 지주가 농민 대중으로부터 수탈을 자행해서 인민들이 굶어 죽어 가고 있는 현실이 네 눈에는 보이지 않느냐? 우리는 우선 인민을 해방시키고 고무된 그 인민들에게 효율을 지도해서 사회를 발전시켜 나가자는 것이다."

규는 청수의 말에 반론을 들이댔다.

청수는 그 말에 지지 않고 자기의 소신을 굽히지 않았다.

"집단농장을 보십시오. 옛날 지주에게 소작 짓는 거나 뭐가 다릅니까? 거두어 가는 주체가 지주 대신에 정부로 바뀌었다 뿐이지, 농민들 손에 남아나는 것이 없기는 마찬가지 아닙니까? 소작료 대신해서 노르마란 것을 정해 놓고 다 훑어가고 있지 않습니까? 이 노르마는 결국 농민의 목에 걸린 목줄이나 다름없습니다. 이 목줄을 걸고 죽지 못해 질질 끌려가는 것이 그들이 농노나 노예하고 뭐가 다르겠습니까?"

청수는 잠시 말을 끊었다가 다시 이어 나갔다.

"조선은 자본주의 국가가 아니고, 제국주의의 식민지 사회입니다.

지금 조선의 지주들을 몰아내자고 농민들을 선동해서 그렇게 되었다고 칩시다. 그러면 농민들이 잘살 것 같습니까? 수탈은 일제가 해 가고 있습니다. 우리가 지금 공산주의니 자본주의니 민족주의를 운위하기 전에, 무엇보다 먼저 조국이 일본 제국주의로부터 해방해서 독립하는 일이 모든 가치에 우선해야 합니다. 다시 말해서 우리는 무산운동無産運動이 아니라 독립을 향한 민족운동에 우선적으로 총결집을 해야 합니다.”

호롱불로 벽에 비친 네 사람의 그림자가 방문을 덜컹거리고 새어든 바람에 크게 일렁인다.

규는 눈을 부릅뜨고 청수를 노려본다.

“너는 일제를 핑계로 하여 계급사회의 모순을 외면하려고 하느냐?”

청수는 여전히 굽히지 않는다.

“여기에 있는 우리들 중에서 어느 누구도 제대로 된 자본주의 체제하에서 살아본 사람은 없지 않습니까? 자본주의의 모순은 없다고는 할 수 없어도 그것을 개선해서 발전시켜 나가면 되는 것 아닙니까? 반드시 공산주의로써 자본주의를 대체해야 한다는 것만이 방법이 아니지 않습니까? 가령 미국, 영국, 불란서가 결코 소련이 가고자 하는 사회보다 못하다고 할 수는 없지 않으냐 말입니다.”

순간 규는 주먹으로 탁자를 내리쳤다.

“반동분자!”

물종지가 물을 튀기고 나뒹굴었다.

그는 청수에 대고 손가락질을 하며 언성을 높였다.

“뭐라고? 이 부르주아지! 너는 출신이 반동의 집안이니 그따위 사상을 버리지 못하고 있구나. 어릴 때부터 나는 네 집안이 전형적인 봉건에다 반동인 것을 보고 자랐다. 물러 빠진 문약文弱한 반동 지주 양반! 너도 조금도 다르지 않구나. 반동은 반드시 인민대중의 이름으로 저주를 받을 날이 올 것이다."

규는 어렸던 날의 삼준의 모습이 눈가에 떠올랐다. 소학교 여선생 앞에서 자기를 부정하던 삼준 …….

'그러면 그렇지, 피는 못 속인다. 그러고 보니 네놈도 그놈과 피가 같구나. 조금도 다르지 않구나 …….'

규는 이를 갈았다.

그는 격해진 감정으로 분위기가 험악해짐을 느끼고, 마음을 가라앉히고 차근차근 알아듣도록 설명해야겠다 싶어 목소리를 떨구었다.

"물론 나 개인으로서도 소비에트 공산당은 믿지 않는다. 레닌식 거짓말로 농민을 속여서 볼셰비키가 다수당으로 집권 독재하거나, 스탈린식 독재로 인민을 탄압해서 권력을 유지하는 것에는 찬성할 수 없다. 그들은 나를 죽이려고 했다. 그러나 공산주의는 옳다. 문제는 공산당이 국가권력을 장악하면서부터 지나치게 정치 지향적이 되었다는 데 있다. 공산당은 권력을 유지하기 위해 범죄적 행위를 국가의 통치구조 속에 내포시켰다. 정치적 반대집단을 집단수용소에 가두거나 예사로 총살로 숙청을 자행하고, 종교를 탄압하고, 양심을 억압하고, 표현과 언론의 자유를 박탈하고, 소수민족을 강제이주로 축출시키는 등 온갖 폭정을 자행하고 있다."

청수도 공산당을 비판했다.

"그런 점에서는, 공산당은 독일 나치와 다를 바가 없습니다. 청소년을 동원하고 당의 선전 선동을 일삼고 이념의 세뇌교육, 거대한 병영화 사회, 독재자의 개인숭배, 반대자의 무자비한 제거 등등 양쪽이 다다를 바가 없지 않습니까?"

규는 잠시 그를 쳐다보더니 수긍하는 표정으로 말을 이었다.

"요는, 공산당의 혁명은 권력을 장악하기 위한 수단이었고, 권력은 독재를 낳고 … 그들 국가의 권력은 강압을 통하여 무자비하게 개인의 자유를 박탈하고 있다. 그리고 그들은 새로운 지배계급으로 인민 위에 군림하고 있다."

규는 가까스로 죽을 고비를 넘기고 볼셰비키에 쫓겨서 연해주에서 만주로 넘어오던 눈 쌓인 들판이 잠시 눈앞을 스쳐 갔다.

"하얗게 눈 덮인 들판처럼 모든 것을 덮어 버리고 그 위에 새로운 사회를 구축하자는 것이 우리의 목표다. 일체의 국가권력을 배제하고 자유연합에 의한 공산사회를 건설하자는 것이다. 지금 이 창원농장이 그런 사회의 출발이다. 같이 생산하고 같이 나누어 가지면서 발전해 가자는 것이다. 꼭 정부가 필요한 것인가. 나는 이대로의 사회가 좋다."

2. 어떤 골육상쟁骨肉相爭

　　논에 벼꽃이 트자 이상조가 찾아왔다.

　　그는 가방을 탁자 위에 올려놓고 종이 꾸러미에 싼 물건을 끄집어냈다. 이상조는 규의 동정을 건너다보며 말했다.

　　"최 대장! 사이판 옥쇄玉碎 소식 들었지요? 태평양에서 미군이 물밀듯이 밀고 들어와 소위 황군은 연전연패하고 있지 않소? 사이판에서 군민軍民이 전원 옥쇄로 저항하는 것은 최후의 발악 행위요. 이제 소련도 곧 조국의 해방전선에 뛰어들 것이오. 시간문제요. 해방군은 이쪽 일본 수비대를 향해서 진군해 올 것이오. 다리를 폭파해 주시오!"

　　"다리라니요?"

　　"국경수비대대와 본대를 연결하는 다리 말이오."

　　규는 말이 없다.

　　"붉은 군대는 장차 일본 국경수비대의 라오헤이산 본대本隊와 이곳 지대支隊를 각각 따로 공격할 계획이오. 양자 간을 연결하는 다리를 끊어 놓아야 하오."

　　규는 이상조의 이야기를 곱씹으며 잠시 망설였다.

　　"좀 두고 봅시다."

　　그때 야크기 두 대가 편대를 지어 우수리강을 따라 저공비행하다가 산 위로 솟구치고 있었다.

　　"저것은 소련군의 시위요. 이제는 우리 스스로가 나설 때가 되었소.

우리는 지금부터 적의 후방 교란을 통하여 그들의 세력을 약화시키고, 나아가서 종내 그들과 맞서서 대결할 준비를 하여야 하오."

"그러나 우리한테는 폭탄이 없소. 총검으로 교량을 무너뜨릴 수야 없지 않소?"

이상조는 종이 꾸러미를 펼쳤다.

떡가래같이 길쭉하게 생긴 것이 3개 나왔다. 심지가 달려 있었다.

"다이너마이트요."

규는 물을 한 모금 마셨다.

'흐음 다이너마이트라 … 그까짓 다리 기둥쯤은 한 방에 날려 버릴 수 있겠지.'

규는 머릿속에 무너져 내리는 교량을 상상하면서 결심했다.

"좋소. 두고 가시오."

"성공을 비오. 김원봉 대장에게도 보고하겠소. 기뻐할 것이오."

이상조는 손을 내밀어 굳게 악수하고 돌아갔다.

그날 저녁에 규는 중건, 수명, 청수 세 사람을 불러 모았다.

규는 나지막한 목소리로 단호하게 말한다.

"이제 우리도 행동으로 나설 때가 되었다. 적의 방어선을 파괴하는 공작이다."

"…… ."

셋은 의아해서 눈을 깜박인다.

"무슨 말입니까?"

중건이 물었다.

"다리를 폭파한다."

"다리를요…?"

셋은 얼굴이 굳어지며 긴장의 빛이 역력하다.

"일본 국경수비대의 교량을 폭파한다. 장차 소련 해방군이 진주해 넘어올 때 본대와 지대를 분리해서 양쪽에서 공격할 것이다. 적군을 단시간 내에 제압하기 위해서다."

"폭탄이 있어야 하지 않습니까?"

청수가 물었다.

"준비되어 있다."

규는 탁자 아래서 다이너마이트를 끄집어냈다.

"세 개다."

청수는 머리를 주억거렸다.

"다들 어떻게 생각하는가?"

중건이 주먹을 불끈 쥐고 흔들었다.

"내가 앞장서겠습니다."

"나머지 두 사람은?"

"맡겨 주십시오."

"폭파하겠습니다."

규는 세 사람의 얼굴을 들여다보며 또박또박 끊어서 지시한다.

"그렇다면 당장 조사에 착수한다. 폭파할 목표 교각의 선정, 그곳까지 접근하기 위한 경로, 강의 수심, 보초의 교대시간, 야간근무 상태, 조명 등 제반사항을 염탐하여야 한다. 세 사람이 조사하되 내일 저녁 다시 모여 보고 내용을 종합하기로 한다."

셋은 그길로 나가 어둠을 틈타 다리 가까이로 접근해서 제반사항을 점검했다. 낮에도 밭으로 가는 척하며 중건이 부러 거름통 수레를 밀고 다리를 건너가 보았다. 보초는 복초複哨였다. 군용차가 지나다닐 수 있는 너비의 다리 양쪽 끝에 단총을 메고 한 명씩 지키고 있었다.

저녁에 다시 모여 습격계획을 의논했다.

폭탄은 청수가 맡아서 처리하기로 하고 나머지는 청수를 엄호하면서 보초를 처치하기로 하였다.

"폭탄은 한 개면 충분합니다. 강폭이 좁아서 교각이 하나뿐이니까."

"중요한 것은 폭파 후에 우리의 흔적을 남기지 말아야 한다. 무기 이외에는 일체의 물건을 지참하지 않도록 한다."

행동은 그믐밤을 택해서 실시되었다.

그들은 칠흑 같은 어둠 속에서 강가의 풀밭을 헤치고 나갔다. '스윽 스윽!' 발부리에 풀이 스치는 소리가 났다. 다리께에 다가가서 넷은 엎드려서 동정을 살폈다.

별빛을 배경으로 올려다 보이는 다리 위를 동초動哨 한 명이 초소 쪽으로 갔다가 되돌아왔다가 다시 왕복을 계속하는 동작이 어렴풋이 보였다. 다리의 저쪽 끝 초소막에는 유리창을 통해서 남포 불빛을 받고 서 있는 보초가 보였다.

규가 속삭였다.

"초소 쪽 상번上番은 나하고 수명이가 맡겠다. 중건이는 이쪽 동초를 맡아라. 청수는 지금부터 다리 밑으로 들어가서 바로 폭탄설치 작업에 착수해라."

밤이슬이 내렸다. 목덜미가 시큰시큰하다.

중건은 허리에 찬 단도를 확인했다. 그놈이 돌아서는 순간 뒤에서 덮쳐 목을 조르고 칼을 꽂을 작정이었다.

청수는 신발에 헝겊을 감아 매고 자갈밭을 걸어갔다. 머리에 수건으로 폭탄을 묶어 조이고, 물살에 휘감기지 않도록 바짓가랑이를 동여맸다. 그리고 물속으로 들어갔다. 물은 시커멓고 차가웠다.

다리 위에서 동초의 구둣발 징 소리가 '잘그락 잘그락!' 울려왔다. 조금 뒤에 보초의 발소리가 그쳤다. 조용해졌다.

'중건이 해치운 건가?'

규는 수명을 데리고 멀찌감치 돌아서 초소 쪽으로 접근해 갔다. 상번의 뒷모습이 유리창을 통해서 비쳤다.

둘이 거의 초소에 접근했을 무렵 갑자기 수명이 재채기를 하였다. 둘은 그 자리에 엎드렸다.

상황은 급변했다. 상번이 밖으로 나와서 플래시를 비치며 사방을 두리번거리더니, 무턱대고 자동소총을 난사한다.

'드르륵 드르륵!'

총알은 규의 머리 위로 흘러갔다.

규는 그를 향해서 권총을 발사했다. 보초는 다리 아래로 굴러떨어졌다. 플래시는 흐르는 물속에 잠겼다. 사방은 다시 캄캄해졌다.

청수는 교각에 다이너마이트를 붙였다.

'빨리 마쳐야 한다. 본대 놈들이 오기 전에.'

그는 도화선의 심지를 군도軍刀로 짧게 잘랐다. 그리고 불을 붙이고 둑을 향해 뛰었다.

"터진다! 빨리 피해랏!"

청수는 외쳤다.

후폭풍의 영향권을 겨우 벗어났다 싶은 순간 다이너마이트가 굉음을 내며 폭발했다. 솟구쳐 오른 파편이 후둑둑 하고 강물로 떨어져 내렸다. 이어서 다리의 상판이 물길을 치며 내려앉았다.

폭파음은 고요한 밤공기를 흔들며 벌판을 가로질러 갔다.

"이쪽이다!"

규가 외치는 소리가 들렸다. 넷은 결집했다.

일을 끝낸 뒤에는 강 건너 새터 쪽과는 반대편으로 달아나기로 하였다. 증거를 남기지 않고 따돌려서 폭파를 은폐하기 위해서였다. 규는 팔로군의 옷가지와 권총집을 유류품으로 위장하여 떨어트려 놓았다.

규의 일행은 강 상류를 향해서 달려가기 시작했다. 팔로군의 소굴로 통하는 길을 택했다.

멀리 수비대의 본대 쪽에서 트럭들이 등황색 헤드라이트를 켜고 달려오는 것이 보였다.

국경수비대장은 폭파범 색출에 혈안이 되었다.

"필시 소련군 스파이들의 소행이다. 빠루의 유류품은 조작이다. 떨어트린 옷가지는 겨울옷이다. 조선의 토비土匪들이 개입되었을 가능성이 있다. 철저히 수사하라."

수색대는 마약밀매 밀정들을 사방에 풀어놓았다.

"한 대만 … 딱 한 대만 놓아주소, 제발."

언년의 어머니 산청댁은 육손에게 애원했다. 모르핀의 약효가 떨어져 미친 사람처럼 얼이 빠졌다. 육손은 고개를 꼬고 짐짓 먼 산을 쳐다본다. 그녀는 애가 달았다. 손이 벌벌 떨리고 있었다.

"아이구, 또 도졌다. 뒈지도 싸다. 저럴 바에야 차라리 고마 싹 없어지삐라."

언년이 아이를 안은 채 오들오들 떨고 있는 어미를 향하여 모진 말을 퍼부었다.

산청댁은 횟배앓이로 처음에는 생아편을 먹다가 차차 아편을 피우기 시작했으나 나중에는 값이 싸고 중독성이 강한 모르핀 주사를 맞기 시작하면서부터 집구석에 남아나는 것이 없었다. 은가락지도 빼어 주고 은비녀도 넘겨주고 돈이 될 만한 옷가지도 다 건네고 뒤주에 쌀을 퍼서 넘기기에 이르렀다.

산청댁이 한번은 쌀을 퍼내다가 이를 본 남편한테서 몽둥이로 흠씬 얻어맞았다.

"이 년이 살림 다 들어묵겠다. 하다하다 나중에 기둥뿌렝이까지 빼다 버릴 년 아이가."

장씨 노인도 마약에 빠진 산청댁을 끝내 포기했다.

산청댁은 딸한테서도 버림을 받는 지경이 되었다. 언년은 뒤주 속의 쌀을 비워서 감추어 버렸다.

"어서 돌아가소. 다시는 얼씬도 하지 마소."

딸은 육손을 향해 쏘아붙였다.

산청댁은 육손의 소매를 잡고 벌벌 떤다.

"소문을 들은 대로 말해 주면 약을 놓아 주겠다. 들은 대로 말해 봐."

"무슨 소문요?"

"저 아래 다리 폭파한 거 말이다."

육손은 정색하고 그녀를 바라본다.

"이래 늙어 빠진 할망구가 듣기는 무슨 소리를 들었겠소. 그라지 말고 약 좀 주고 가소."

언년은 모친이 가여웠다.

'나이 서른 안 된 새파랗이 어린 사람한테 매달리면서 애원하고 있는 꼬락서니가 낯살이나 먹었다는 인간이 할 짓가.'

"나 갈려네."

육손은 짐짓 돌아서는 시능을 했다.

그녀는 그의 소맷부리를 잡고 사정했다.

"제발, 부탁이오. 딱 한 번만 놓아 주소."

그러자 언년이 나섰다.

"내가 봤소."

"뭘 봤다는 거지?"

"약 먼저 주시오. 요번 딱 한 번뿐이오. 담부터는 얼씬도 마시오."

"그래 줄 테니까, 뭘 봤다는 거지?"

"그자가 폭약을 들고 다리께로 갔다 칸께."

"그가 누군데?"

"청수란 작자 말이오. 그저께 밤에 헛간에 갔다 오는데 다이나마튼가 먼가 떡가래 같은 거를 끼고 나갔소."

"청수가 누구야?"

"지금 저 아래 감자밭에서 일하고 있을 끼오. 목에 수건을 감고 키가 장대만치 큰 사람이오."

육손은 소금포대에서 말약과 주사기를 끄집어내어 건네주고 휑하니 집 밖으로 나갔다.

언년은 혼잣말 비슷하게 중얼거렸다.

"그런 놈은 감방에 처넣어삐야 해. 넘을 쥑여 놓고 지 혼자 잘살라꼬? 나쁜 놈의 자석, 니놈도 감방에 끌리가서 오지기 앙물(앙갚음) 한 분 받아 바라!"

산청댁은 몸을 비스듬히 벽에 기댄 채 약물에 중독되어 갔다. 눈을 게슴츠레 뜨고 세상을 발치 아래로 내려다본다.

일에서 돌아온 장 씨는 언년이 차려 주는 느지막한 점심을 먹고, 희죽이 웃으면서 올려다보는 처를 보고 끌끌 혀를 찼다.

"약은 오데서 구해 갖고 … 또 저 꼬라지로 늘어짖는고?"

산청댁은 목구멍이 간질간질하여 손가락을 집어넣으니 지렁이가 손에 잡혔다. 뽑아내니 회충이 한 마리 나왔다. 손가락 사이에서 꿈지럭거린다.

"웩웩 퉤퉤!"

산청댁은 구역질을 해 댄다.

"저년이 미쳤나, 마루에 춤까지 다 밭고?"

장씨 노인이 방문을 열고 투덜거렸다.

"벌거쟁이가 올라와서 … 빈 속에 약을 맞았더이."

"약은 또 오데서 났노?"

"육손이가 공짜로 주고 갔소."

산청댁은 수월케 답했다.

"공짜라니? 세상에 공짜가 오데 있다 말고? 그놈이 와서 무신 수작을 걸었어?"

" …… ."

"왜 말을 몬 해?"

"수작은 무신 수작. 언년이 년이 일러바쳤지, 청수 총각이 다리 폭파한 거. 아아 애비 원수 갚는다고 잡아 처넣으라꼬 … ."

"머라꼬? 일러바쳤다고? 이거 크일 났구나!"

노인은 벌떡 일어났다.

"다시 말해 바라. 일러바쳤다고?"

그는 황급히 논으로 달려 내려갔다.

"최 대장! 최 대장!"

"웬일이시오?"

보릿대 모자를 눌러쓴 규가 노인을 쳐다본다.

"육손이 놈이 냄새로 맡아 갔다 하요."

"냄새라니?"

"다리 폭파한 거 말이오."

"누가 일렀다 하오?"

"딸년이 주책없이 청수가 한 일이라꼬 한 모앵이오."

노인은 얼굴이 하얘졌다.

"육손이가 일본 헌병대에 일러바칠 터이니, 이 일로 우찌하면 좋겠소? 어서 청수를 피신시키입시다."

'갈치가 갈치 꼬리 자른다더니 엽전 놈이 다 같은 엽전을 일본놈에게 일러바치다니.'

규는 분해서 이를 갈았다.

"그럴 일이 아니오. 적은 우리 새터 사람들의 소행으로 보고 마을로 토벌에 나설 것이 틀림없소. 대원들을 소집해야겠소."

규는 급히 처소로 돌아와서 징을 '두웅 둥!' 두드렸다. 징 소리는 골짜기를 타고 들판으로 내려갔다. 징 소리는 비상사태를 알리는 신호였다. 잠시 후에 중건, 수명, 청수가 밭일을 버려둔 채 올라왔다. 중국인 머슴들도 올라왔다.

규가 입을 열었다.

"교량 폭파가 탄로 났다. 일본군 토벌대가 곧 들이닥칠 것이다. 어떻게 해야 할지 각자의 생각을 말해 봐라."

"어서 싹 짊어지고 도망을 가야지요."

장씨 노인이 말했다.

"그럴 수 없소. 지금 도망이라고 간들 어디로 갈 것이며, 또 달아나 봐야 얼마나 가겠소. 금세 추격해 올 것이오."

중건이 입을 열었다.

"결사항전입니다. 무기가 있지 않습니까? 오늘 같은 날에 쓰려고 갖추어 둔 것 아닙니까?"

"그 정도 화력으로는 그들에게 필적할 수 없다."

벽장 깊이 감추어 둔 총기가 규의 머릿속을 오갔다.

중건이 말을 잇는다.

"뒷산 퇴로는 된 비알(비탈)입니다. 우리가 언덕에 올라가 길목을 막고 먼저 진을 쳐서 기관총을 내리 갈겨 대면 한 발짝도 못 올라올 것입니다. 적의 전진을 완전히 차단할 수 있습니다."

새터 뒤 골짜기에는 잔운棧雲이 서린 험난한 퇴각로가 나 있었다. 조도鳥道라 새라서 날아 넘지, 사람이 다닐 길이라 할 수 없었다. 하늘이 내려준 도산검수刀山劒水의 험난한 천연요새였다.

그러자 청수가 입을 열었다.

"우리한테 폭탄도 있지 않습니까?"

"무슨 폭탄?"

"다이너마이트 말입니다. 두 개가 남지 않았습니까?"

"그거는 광산에서나 쓰는 폭약이지, 어떻게 전쟁터에서 쓰겠다는 것고?"

"쓸 수 있습니다. 제가 폭파시켜서 적의 진로를 막겠습니다. 저에게 맡겨 주십시오."

"도망갈 처지도 못 된다면 그 수밖에 없다. 좋다, 그렇게 하자!"

규는 항전抗戰하기로 결단을 내렸다.

"장 씨는 앞산 숯막으로 올라가서 망을 보시오. 적이 나타나는 즉시 통보해 오시오. 나머지는 짐을 꾸리고 총기로 무장해서 비탈로 올라가자."

아래채에서 애 보채는 소리가 들린다.

"수명이는 얼른 아래채로 가서 아낙들 피난 준비를 도와라. 준비되는 대로 산중턱으로 미리 피신시키도록 해라. 짐은 중국인들에게 지우도록 해라."

규는 벽장문을 열어젖히고 무기를 끄집어 내리도록 했다.

그간 구입해서 모아둔 근접화기의 보관 총기류는 기관총, 소총, 권총, 수류탄과 각종 탄환이었다.

규는 무기 가운데 기관총을 제일 먼저 운반하도록 지시했다.

기관총을 나르고 나자 이번에는 각자에게 소총을 할당했다.

대원들은 뒷산 언덕에 진지를 잡고 각자 전투대형으로 매복할 자리를 정했다.

진입로가 내려다보이는 곳에 솟아 있는 바위에 기관총의 총좌銃座를 정하고, 중건이 맡도록 하였다. 기관총은 원래 바퀴가 달려 있었는데 망실하고 없어져서 중건과 청수 둘이서 메고 날랐다.

수명은 무라다 소총을 배당받았다. 통나무를 베어다 뉘어 놓고 엄폐사격을 할 수 있도록 총신을 걸쳐 놓았다.

"무라다 30은 왜놈들 총이지만, 잘 만든 총이다. 미국의 M1 소총에 손색없는 무적의 총기다. 일본 육군의 대표적 개인화기다. 그 총으로 일본군을 저격하라."

무라다 30은 총구 6.5mm 소구경. 발사 반동이 적고 분해결합이 용이하여 실용성 높은 편리한 총이었다.

청수는, 뒷산 도주로가 시작되는 길목에 가지를 드리운 나뭇가지에 다이너마이트를 매달았다.

적이 접근하면 언덕 위 진지에서 총으로 명중시켜 폭파시킬 계획이었다. 그래서 명중률을 높일 수 있도록 다이너마이트의 겉에다 고추탄 흑색화약으로 감싸 묶어 부피를 키웠다.

청수는 진지로 돌아와서 목표물을 향해서 러시아제 5연발 모신나강의 총구를 정조준하여 거총据銃해 놓았다.

진지 건너편 비탈길을 장 씨가 손을 흔들며 달려오고 있었다.

"온다! 적군이 나타났다!"

숨을 헐떡이며 규에게로 다가와서 고한다.

"적군이 나타났소. 말 탄 놈이 앞장서고, 그 뒤로 목탄차 두 대가 이쪽으로 달려오."

대원들은 긴장했다.

"아직 한 20분은 걸리겠구나. 장 씨도 총을 쥐도록 하소. 가족들을 데리고 먼저 뒤쪽 언덕으로 피신해 올라가 있다가 나중에 우리와 합류하도록 하시오. 짐은 중국인들이 날라줄 거요."

"중국 머슴들은 달아나고 없소."

"하여튼 피신해 있으시오!"

모두다 제자리로 찾아가 매복하고 아래를 내려다보고 기다렸다.

이윽고 적이 나타났다.

노루목을 지나 마을로 올라오는 고샅길에 기마 두 마리가 모습을 나타내고 이어서 트럭이 먼지를 일으키며 뒤따랐다. 선두에는 기수가 탄 말이 깃발을 펄럭이며 앞서고, 그 뒤의 기마에는 자세를 곧추세운 장교가 타고 있었다. 맨 뒤에는 만마輓馬가 곡사포의 수레를 끌고 따라오고 있었다.

마을로 진입하는 길은 외길로 엄폐물이 전혀 없기 때문에 적의 동정이 훤히 내려다보였다.

갑자기 '슈웅!' 하고 공기를 비집는 소리가 나더니 마을 초가지붕에 포탄이 떨어졌다. 적이 박격포를 발사했다. 지붕이 내려앉고 기둥이 날아가고 벽이 허물어졌다. 지붕의 지푸라기에 붙은 불은 번져 갔다. 매연이 먼지와 함께 바람에 실려 날린다.

잘 측량된 포탄은 포물선을 그리며 목표지점에 연거푸 떨어졌다. 박격포의 엄호사격을 받으며 적의 병사들은 차를 버리고 전진해 왔다. 병사들은 마을을 빙 둘러쌌다. 선발대가 총검을 든 채 집마다 방과 부엌과 고방을 살피고 나오는 것이 보였다.

이어서 적이 돌아 나온 집에서는 불길이 치솟았다. 방화放火였다. 마을을 통째로 불태워 버릴 셈이었다.

개머리판을 어깨에 대고 나뭇가지에 걸어둔 폭탄을 향해 겨냥하고 있는 청수의 가슴은 쿵덕쿵덕 뛰었다. 방아쇠를 건 손가락이 떨렸다.

"모두 산으로 달아났다. 뒤를 추격해라!"

드디어 말에 올라탄 지휘관이 칼을 쳐들고 퇴각로를 향해서 진격명령을 내렸다.

"오이, 기수! 저쪽이다. 산을 향해 앞장서라!"

병사들은 깔때기 주둥이같이 좁아지는 마을 뒷산을 향해 진입로로 몰려들었다.

청수는 앞장선 기수를 노려보고 있다가, 그가 말을 몰고 병사들을 이끌고 진입로로 다가서자 외쳤다.

"이때다!"

그는 방아쇠를 당겼다. '쾅!' 하고 폭음이 울렸다. 천둥치듯 하늘이 갈라지는 메마른 소리가 공중에서 울리고, 공기를 흔들어 놓았다. 주변의 나무가 뽑힐 듯이 흔들리고 나뭇잎 사이로 빠져나가는 바람소리가 요란했다.

공중 폭발은, 지상매설 지뢰를 폭발시켰을 경우보다 반경범위가 훨씬 넓어서 살상효과가 엄청났다. 병사들의 몸이 사방으로 튀었다. 뒤에 떨어져 있던 기마는 넘어지고 지휘관은 낙마했다.

규의 부대원들은 일제히 총격을 시작했다. 콩 튀는 소리가 났다.

드르륵 드르륵!

기관총으로 비질하듯이 쏘는 기총소사機銃掃射가 흐른다. 소방호스가 물을 뿜듯이 탄환이 흘러 나간다.

미국제 개틀링 1865식 기관총은 기계적으로 우수했다. 발사속도가 1분에 600발이나 쏟아 내었다. 원통에 든 10개의 총신이 회전하면서 연속적으로 뱉어내는 탄피는 한 치의 오차도 없이 옆으로 튕겨 나온다.

적도 응사해 왔다. 그러나 난사였다. 표적을 겨냥할 새도 없이 마구 총알을 뿌려 댔다. 유탄은 흩어져서 날았다. 적은 미처 은신할 겨를도 없이 퍽퍽 나가 떨어졌다.

고추폭탄의 매연으로 매캐한 냄새가 퍼졌다. 적의 사병들은 눈물을 줄줄 흘리면서 갈팡질팡하며 기침을 해댔다. 그들은 뒤로 주춤주춤 물러나며 응사했다. 전열은 무너지고 퇴각이 시작되었다.

다이너마이트의 공중 폭발로 지휘관과 기수의 기마 두 마리가 쓰러졌다. 기수는 말에서 떨어져 나무둥치에 처박혔다.

그 기수는 강장오였다. 그는 눈을 뜰 수가 없었다. 의식이 가물가물 멀어져 가고 있었다. 태수는 쓰러져 있는 장오를 흔들었다.

"장오야, 장오! 강장오, 일어나라!"

그는 환자를 들쳐 메고 달리기 시작했다. 피가 어깨너머로 흘러내렸다. 태수는 고추탄 매연 속에서 눈물 콧물을 줄줄 흘리며 뛰었다. 사방에서 '캑캑!' 기침하는 소리가 들렸다.

박격포의 포탄이 포물선을 그리며 대원들의 머리 위를 대중없이 날아가 숲속으로 떨어졌다.

슈웅 펑! 슈웅 펑!

흙먼지가 일고 나뭇가지가 부러졌다.

적은 이미 퇴각의 길로 접어들었기 때문에 포격은 엄호의 의미를 잃었다. 그렇다고 표적을 조준해서 발사하는 것도 아니었다. 엄포에 불과했다.

잠시 후 사위가 조용해졌다. 황새목 돌아가는 고샅으로 일본군은 도주했고 바로 진지 아래 도주로 진입 언저리에는 병사들의 시체가 널브러져 있었고 총기도 흐트러져 있었다.

마을의 초가에는 불길이 치솟았다. 그러고 보니 논밭에서도 불길이 치솟았다. 필시 석유를 뿌리고 불을 지른 모양이다.

"적은 퇴각했다!"

규는 일본군을 물리쳤다는 사실에 감격하였다. 대원들은 한동안 멍하니 엎드려 있었다. 일본군을 격퇴시켰다는 사실이 믿기지 않았다.

"일어나라! 우리가 이겼다!"

모두 일어나서 서로 얼싸안고 껑충껑충 뛰었다.

"만세! 만세, 만만세!"

대원들은 높이 외쳤다.

규가 애국가를 부르기 시작했다. 나머지 세 사람도 서로 껴안고 따라 불렀다.

"동해물과 백두산이 마르고 닳도록 … ."

〈올드 랭 사인〉 곡이었다.

"총은 이쪽에 다 모아라!"

규가 말했다.

대원들은 휴대용 권총과 수류탄만 지니고 총기류를 쌓아 올렸다. 규는 등유를 붓고 불을 놓았다. 그리고 총탄은 구덩이에 파묻었다.

"자, 가자!"

대장은 배낭을 둘러메며 말했다.

이미 초토화되어버린 마을에서는 아직도 연기가 오르고 있었다.

넷은 뒷산을 오르기 시작했다.

언덕을 넘자 장 씨네 가족이 땅바닥에 널브러져 있는 모습이 보였다. 곡사포의 포탄이 떨어지면서 가족이 몰사하고 말았던 것이다.

언년은 가슴과 배가 피범벅이 되어 하늘을 올려다보고 드러누워 있었는데, 필시 안고 있던 아기 앞에서 포탄이 터진 모양이었다. 아이의 형체는 없어지고 핏덩어리만 가슴에 묻혀 있었다. 다만 어미가 아이를 안은 시늉을 하여 두 팔을 안고 있었다.

만주 땅을 헤매던 조선 농민의 유랑가족은 끝내 멀리 만주 땅 객지에서 한꺼번에 몰살하고 말았다.

대원들은 그들의 시신을 땅에 묻어 주었다. 규는 나무토막을 주워 봉분에 박아서 무덤을 표시했다.

그들은 산을 오르기 시작했다.

중턱에 오르자 해가 지고 어두워졌다.

"자아, 여기서 쉬었다 가자."

앞서가던 규가 길섶에 불거진 바위에 걸터앉았다. 중건과 수명은 배낭을 내려 그 위에 깔고 앉고 청수도 바위 모서리에 걸터앉는다.

저 멀리 들판 너머 일본군 국경수비대 야전병원의 불빛이 보였다.

"이 산을 넘어가면 밀산密山이 나온다. 또 거기서 북으로 올라가는 길도 나온다. 이렇게 떼를 지어 다닐 수는 없는 일이다. 일단 흩어져서 각자도생各自圖生하고 후일 새로 만나도록 하자."

규의 제안에 다들 말이 없다. 어디로 가야 할지 막막했다.

청수가 먼저 입을 떼었다.

"어디로들 가려고 합니까?"

"아직 정한 데는 없지만 일단 북으로 올라가 흑룡강 가까운 곳에, 소련과 국경 근처에 자리 잡을까 한다. 무엇보다 일본의 군경이 없는 곳을 찾아서."

"나도 같이 갈렵니다."

중건이 말했다. 수명도 동의하는 눈치다.

"나는 중경重慶으로 갈렵니다. 임정臨政을 찾아서."

"가는 길이 쉽지 않을 것이다. 일본 감시병들이 금망禁網을 쳐 놓고 쫙악 깔려 있어서 뚫고 나가기가 보통 어려운 일이 아니다 … 차라리 북으로 올라가자."

"그래 같이 가자."

중건도 청수에게 동행하기를 권유했다.

청수는 뜻을 굽히지 않았다.

"그래도 나는 중경으로 가는 것이 좋겠다."

"정 그렇다면 연해주로 가서 시베리아철도를 타고 가다가 중경으로 가는 길을 찾아보는 편이 나을 것이다. 목단강 교외 마도석磨刀石으로 가면 우수리스크를 경유해 시베리아로 가는 철도가 있으니까 … ."

규는 청수의 도주로를 염려해서 길을 가르쳐 주었다.

"소련 땅에는 가고 싶지 않습니다."

해가 지면서 어두워지기 시작했다.

"자, 밤을 도와서라도 걸어야 한다. 꾸물거릴 때가 아니다. 가자!"

규가 일어서서 배낭을 메었다.

그들은 밤새도록 걸어 산을 넘었다. 멀리 동편으로 난 들판 너머 동이 트고 있었다.

규는 지남철을 들여다보고 나서 갈림길을 가리키며, 청수에게 손을 내밀었다.

"자아, 이쯤에서 갈라지자."

중건, 수명도 청수의 손을 잡고 힘차게 흔들었다.

"잘 가게. 해방조국에서 새로 만나세."

"그래 잘 가게. 항상 몸조심하고. 새로 만나자."

그들은 남북으로 헤어졌다.

청수는 돌아서서 무작정 중경을 향해서 발걸음을 떼기 시작하였다.

3. 후송後送

저녁 햇살이 빗겨 내리는 우수리강 너머로 새떼가 날아갔다.

목탄차량은 먼지를 일으키며 강을 뒤로한 채 비포장도로를 달려가고 있었다. 국경수비대 승마보병부대의 목탄트럭 한 대는 부상병들을 싣고 본대 의무중대로 달려가는 중이었다. 새터마을 전투에서 다친 부상병은 열 명이 넘었다.

차 안에는 신음 소리로 가득 찼다. 차가 덜컥거릴 때마다 환부의 통증을 자극해서 앓는 소리는 한결 높아갔다.

태수는 호송병으로 자원해서 혼수상태의 장오를 곁에서 지키고 있었다.

환자는 깨어나지 않았다. 폭탄의 후폭풍으로 나무에 부딪쳐 터진 머리에서 흐르던 피가 머리카락에 엉겨 붙어 찐득거린다.

태수는 숨을 죽이고 환자의 코에 귀를 대어 본다. 실낱같은 호흡이 한숨을 쉬듯 단속적으로 새어 나오고 있었다.

장오는 의식을 잃었다. 실낱같이 가느다랗게 눈앞을 어지럽히는 것은 고향 선산에 조개처럼 엎어 놓은 조상 묘의 모습이었다. 역장逆葬이 된 증조부와 조부의 묘가 오락가락 어른거린다.

망자 장오의 체백體魄을 떠나는 혼령이 거두고 가는 오감五感 중에서 제일 마지막으로 빠져나가는 청각이 울린다.

'뫼를 잘못 썼다! 풍수를 잘못 잡았다!'

눈이 부셨다. 온통 새하얀 빛이 회칠을 한 듯 눈앞을 가렸다. 그 가운데 칠보 비녀를 머리에 꽂은 아내의 얼굴이 떠오른다.

남지에서 혼례를 올리던 날의 모습이었다.

어머니의 당부하던 말이 들린다.

'신부가 입장한다고 바로 쳐다보는 벱이 아이다. 잠시 목을 꼬고 외면을 하고 있거라이.'

어머니의 목소리는 준엄했다.

'시집 몬 간 손각시하고 장가 몬 간 몽달구신이 용심이 나서, 신랑 신부가 마주 보고 서로 넋을 놓는 순간 잽싸게 끼어들어 주당살周堂煞을 박아 놓는다이. 홀기 소리를 기다리야 한다이.'

그러나 넋을 잃고 화려한 신부를 바라보는 그의 입에서는 '아!' 하고 가느다란 신음 소리가 새어 나왔다. 신부는 눈부셨다.

햇살에 빤짝이는 칠보 비녀는 칼끝 같은 시퍼런 날빛으로 자기의 동공을 찌른다.

'저 비녀는, 예단 보낼 때 내가 따로 신부에게 보낸 그 물건이구나.'

공중에 바스러지는 은색 날빛이 서슬 푸른 사금파리 날로 되어 눈을 후빈다.

이때였다.

'주당살이다, 주당살이 끼었다!'

장오의 의식은 사그라져 갔다.

차가 병원 의무대 문 앞에 닿자 위생병들이 들것을 들고 달려왔다.

태수는 장오를 응급실로 옮겨 침대에 눕혔다.

위생병들은, 부상병들의 옷을 벗겨 환부를 살피기도 하고, 가위로 살갗에 엉겨 붙은 헝겊을 오려내기도 하고, 흐르는 피를 거즈로 닦아 내기도 한다. 한편 환자들의 차트를 작성하기도 하고, 바쁘게 뛰어다니는 구둣발 소리가 요란하고, 병동건물은 환자들의 입에서 새어 나오는 괴로운 신음 소리로 가득 찼다.

다들 살아 있었다.

장오는 깊은 한숨을 들이쉬고 나서는 꼼짝도 않고 누워 있다.

이윽고 위생장교가 나타났다. 중좌 계급장을 단 군의관은 가죽장화를 저벅거리며 장오 쪽으로 다가왔다.

위생병이 장오의 옷가슴을 헤치자 군의관은 청진기를 갖다 댄다.

"괜찮겠습니까?"

태수가 물었다. 장교는 머리를 가로저었다.

"사망했다."

군의관은 잠시 침대머리에 걸린 차트를 들여다보더니 중얼거렸다.

"학도병이군."

그는 태수를 쳐다보며 물었다.

"같이 입대했는가?"

"예, 꼭 좀 살려 주십시오."

"학교는 경성에서 다녔는가?"

"아닙니다. 동경에서 … 우리 둘 다 중앙대학에 같이 … 꼭 좀 깨어 나도록 해 주십시오."

"안됐네. 나도 경성의전 졸업을 앞두고 끌려왔네만 … 학도병 중에서 내 손으로 사망진단서를 끊어야 할 첫 번째 경우가 되었네."

그는 위생병에게 턱짓을 지어 지시를 하고는 다음 환자에게로 넘어 갔다.

태수는 마음속으로 각오는 하고 있었지만, 막상 장오가 죽음의 문턱을 넘어 딴 세상으로 갔다는 사실을 의학적으로 확인하고는 낙담했다. 그는 환자의 볼에 손을 대어 보았다. 서로 뺨을 때려야 했던 다이코빈타의 쓰라린 기억이 되살아나서, 마치 그가 살아 있기라도 한 듯 그의 양 볼을 두 손으로 꼬집었다. 그의 손바닥이 태수의 뺨에 횟수를 거듭하여 가격을 더해 올수록 타격의 강도가 세어지던 아픔이 되살아났다. 그때는 눈에서 불이 번쩍번쩍 일었다. 장오도 그랬을 것이다. 둘은 점점 분노로 떨었었다.

'내가 너한테 무슨 원한이 있었겠는가마는, 분노가 이는 것은 체내에 잠자고 있던 야성이 고개를 든 거였지. 장오의 눈에 불꽃이 이글거렸는데, 눈물은 분노의 불길을 식히려고 흘러내린 거였지.'

태수의 눈에 어느 틈엔가 눈물이 번져 눈꼬리를 타고 내린다.

위생병이 들것을 들고 와서 장오의 시신을 옮겨 실어 밖으로 나른다. 태수는 장오의 손을 꼬옥 쥐고 몇 걸음 따라가다가 군의관에게로 다가갔다.

"부탁이 있어서 왔습니다."

"뭔가?"

"시신을 화장해서 고향 부모님께 유골을 보낼 수 있도록 해 주십시오. 꼭 부탁입니다."

태수는 어떻게 해서라도 장오의 유해를 부모님께 보내드리는 것이 도리라고 생각했다.

중좌는 잠시 생각하더니 고개를 끄덕여 주었다.

"분골粉骨로 처리해서 보내도록 하게."

그리고 위생병을 불러 화장火葬을 지시했다.

장오의 분골은 군사우편으로 북만주에서 남쪽 고향집으로 배달되었다.

떠도는 혼

1. 초혼招魂

　나무상자를 안은 일본 헌병이 강세준네 대문을 밀고 집 안으로 들어섰다. 그는, 대청마루에 벋디디고 선 세준 앞으로 다가가서 상자를 내려놓고 거수경례를 붙인다. 칼집이 달그락 소리를 내었다.

　어마지두에 눈을 둥그렇게 뜨고 내려다보는 세준 앞에 그는 편지 한 통을 꺼내 상자 위에 올려놓는다.

　봉투 속에 들어 있는 것은 장오의 전사통지서戰死通知書였다. 상자는 분골함이었다. 헌병이 세준을 향하여 차렷 자세로 서서 낭독하듯이 또박또박 말한다.

　"고 강장오 상병은 대일본제국과 천황폐하를 지키기 위한 성전에 출정하여 명예롭게 전사하였음을 삼가 전합니다."

　"뭐라꼬?"

세준의 목소리는 떨렸다.

"뭐라꼬 했노?"

그는 얼굴이 노래져서 무너질 듯한 몸을 겨우 버티고 섰다. 팔이 바르르 떨린다.

"방금 … 장오, 장오 이야기였던가?"

"하이!"

세준은 펄썩 주저앉았다.

헌병은 다시 한 번 거수경례를 붙이고 돌아서 나갔다.

세준은 봉투를 집어 뜯고 종이를 펼쳤다.

전사통지서

성명: 강장오

계급: 상병

생년월일: 대정大正 9년 8월 24일

전사일자: 소화昭和 19년 11월 27일

전사장소: 만주 밀산현 봉밀산 전투

전사사유: 조선 비적의 폭탄에 의한 부상으로 인한 사망

맨 마지막 줄에는 국경수비대장의 직함과 이름이 적혀 있었다.

두 손으로 받쳐 든 종이가 파르르 떠는 소리를 낸다.

"영감, 무슨 일인교?"

동래댁이 앞치마에 손을 훔치며 다가왔다.

그는 상자를 손가락으로 가리켰다.

"장오 … 장오가 이 속에 들었다 하지 않소."

동래댁은 하늘이 무너지는 듯 땅이 울렁거린다. 마루의 기둥을 부여안고 가까스로 버틴다.

"아이고오, 이 자석아. 이기 우얀 일고!"

그녀는 상자를 안고 축대에 풀썩 주저앉고 만다.

"으윽 으윽 … 천금 만금 내 자석아! 으으윽 … ."

동래댁은 까무러쳤다.

세준은 입술을 실룩거렸다.

"허허어, 이 불효막심한 놈! 멀쩡한 애비를 두고 먼저 가다니!"

그는 멍하니 대문을 쳐다본다.

'살아생전에 학도병 출정하던 날 머리띠를 질끈 동여매고 대문을 나서던 뒷모습이 바로 엊그제 일 같은데, 이렇게 죽어서 형해形骸 가루가 되어 돌아오다니 … .'

'사손嗣孫을 안아 보고 고종명考終命을 하려 했거늘 하늘이 이 어이 무심하게 자식을 먼저 거두어 가 버리는고? 저승에 가서 무슨 낯으로 조상을 뵈올 것인고.'

"으흐흐흐 … 흐윽 흑흑 … ."

장오의 아내 남지댁이 시어머니 동래댁 곁에 서서 주먹으로 입을 가리고 흐느낀다. 격한 호흡이 악다문 이빨 사이로 비어져 나온다. 어깨가 출렁인다.

"끄으이! 끅!"

동래댁도 상자를 안고 용을 쓴다.

세준은 중얼거렸다.

"망자는 아직 멀리 못 갔을 기다. "

육신을 빠져나온 혼백은, 산문産門을 비집고 처음으로 세상에 얼굴을 내밀었던 산방産房으로 찾아와서 탯줄 담아 놓은 바가지 곁에 서성이면서 미련을 달래 보고 한동안 시신 곁을 맴돌다가 구천으로 올라가 떠도는데, 마흔 아흐레째 종내 황천길로 떠난다 했으니.

세준은 이미 실성한 상태다.

"아직 지붕 위에서 헤매고 있을 기다. 저거 봐라! 가아 옷자락이 날린다. "

마당에 널어놓은 빨래가 바람에 펄럭인다.

"고복皐復으로 불러 와야겠다. "

세준은 제사 때 집전용으로 입히려고 지은 장오의 안동포 두루마기를 찾아 들고, 장독대 높은 곳으로 올라갔다. 두루마기 허리를 쥐고 휘휘 휘두른다.

"장오야아! 보옥復! 복! 보오오옥! 장오야아, 돌아오이라!"

세찬 바람에 허리가 꺾인 두루마기 자락이 펄럭펄럭 나부낀다.

공허한 목소리였다. 목젖을 꼴깍이며 구성지게 부르짖는 노인의 목소리는 쉬었다. 울부짖는 짐승소리같이 허공에 안타깝게 메아리친다. 멀고 먼 만주 땅 벌판에서 객구客鬼가 되어 공중에 떠도는 망인의 혼백을 부르는 노인의 고복 소리를 바람이 낚아채서 멀리 사라진다.

"허허, 기어코 가는구나! 애비 목소리를 못 알아들을 리 없건마는. "

그는 공허한 실소를 한다.

준오는 백부가 절제를 잃고 헤픈 웃음을 흘리고 있는 표정이 탈바가지를 뒤집어쓴 것 같다고 생각했다.

"자식을 생각하면 억울해서 죽어도 눈을 못 감는다. 작귀포혼作鬼抱魂이다. 오냐, 이기이 다 히로히토 때문이다. 전장에 내몬 기이 니가 아니더냐. 내 니 이름을 초혼招魂하리라."

세준은 다시 두루마기를 흔든다.

"히로히토야! 히로히토야! 히로히토야!"

초혼을 부르다가 엇갈려 이름이 잘못 불리면 불린 그 사람은 죽는다 했으니, 세준이 장독에서 내려와 두루마기로 분골함을 덮었다.

"인자, 발상發喪 준비를 하거라!"

곡소리가 담을 넘었다.

"아이고! 아이고! 아이고 앵통해라. 억울해서 이 일을 우얄꼬?"

동래댁은 마루를 두드리며 대성통곡을 한다.

세준은 성복成服을 하고, 몰려오는 대소가 상객들과 친지들을 맞았다. 자식을 먼저 보낸 상주는 오른쪽 팔을 소매에 끼지 않고 꺼낸 채 두루마기를 걸치고, 아비의 도리를 못 다 한 탓을 상객들에게 알렸다. 마치 절간에 부처님이 오른쪽 어깨를 드러내고 가사袈裟를 걸치듯이.

동래댁은 일찍이 장오를 낳고 유천乳泉이 짧아 젖이 말라 버리자, 밀양댁 조모가 손수 밥물을 받아서 아이에게 떠다 먹였다.

"니는 우째 그리 젖 복도 짧게 받아 났더노?"

아이가 이빨이 나서 저 혼자 씹을 수 있을 때까지는 조모가 먼저 밥을 꼭꼭 씹어 아이 입에 넣어 주어 먹여 키웠다. 커서는 조모가 아이를 끼고 앉아 고등어 껍질을 일일이 벗겨서 밥으로 쌈을 싸 먹였다.

"귀한 손으로 태어나서 후제 내 제삿밥을 챙기 줄 끼다 싶으께 우째 온아(거두어) 키우지 않을 수가 있겠소."

동래댁은 곱게 키운 자식을 떠나보낸 데 대한 애틋한 정이 한층 더 가슴을 쓰라리게 했다.

"우리는 인자 오데서 운제 무엇이 돼서 만날꼬?"

세준은 부엌에다 대고 일러서 문 밖에 사자 밥을 챙기도록 했다.

도리상 위에 짚신을 세 켤레 올리고 엽전을 세 닢 놓고 밥을 세 그릇 차려 놓았다.

"찬을 짭게 올리거라. 행려行旅에 물이 케이(켜이) 거로."

세준은 사자들에게 짚신을 신기고 노잣돈도 집어 주어서 망자를 편안하게 안내하도록 부탁하는 한편, 먼 길 가는 동안 자주 우물을 찾아 목을 축여 가면서 쉬엄쉬엄 가도록 짜게 먹여야 한다고 생각했다.

연만한 노인 상객들은 빈소 옆방을 차지하고, 대청마루에도 나이 순차를 가려 자리를 잡고, 마당에도 젊은이들이 무리지어 깔아 놓은 멍석에 앉아서 '후루룩 후루룩!' 더운 국밥을 퍼먹고 있다. 일찍 온 젊은 치들은 막걸리 동이를 갖다 놓고 퍼마시면서 떠들썩하다.

산사에서 내려온 스님이 빈소에 앉아 목탁을 두드리며 독경한다. 목탁음의 파장은 독경소리의 음파를 간섭하고 일체중생의 소리를 제압했다.

목탁은 박달나무로 만들었다. 나무는 물을 먹고 자란다. 물은 하늘에서 내린다. 나무와 비구름과 토양이 오행상생의 순리로 생성해 놓은 이 조그맣고 동그란 불구佛具가 울리는 목질 음은 그 바탕이 하늘에서 굴러오는 소리다.

그윽하고, 유원하고, 청려하고, 막힘없고, 둥글고, 은은하고, 조약돌이 구르는 소리도 같고, 골짜기를 타고 흘러내리는 개울 물소리도 들어 있고, 추운 한겨울 꽁꽁 얼어붙은 호수의 얼음이 '쨍!' 하고 우는 소리도 담아 내고, 강약이 있을 뿐 높낮이도 없고, 멀리서나 곁에서나 음량이 같고, 맑은 날 물방울 돋는 소리와도 같이 영혼을 두드리는 청음淸音을 밤늦게까지 울리고 있었다.

목탁 소리는 하늘 높이 떠도는 망인亡人의 혼을 달래 주었다.

2. 칠보 비녀를 부장副葬하다

자정.

남지댁은, 두 폭 병풍 가리개 뒤에 모셔 놓은 분골함을 들고 나와 교의交椅 위에 올려놓는다.

비녀를 빼고 오른쪽 어깨너머로 머리카락을 쓸어내린 그녀는 하얀 무명옷 매무새를 여미고 절을 네 번 올렸다. 굳이 오른쪽으로 머리카락을 풀어 내린 것은 홀로된 아낙이 남자인 망인을 끝까지 섬기지 못하게 된 사연을 두고 예를 갖추는 일이다.

의자에는 고인의 사진틀이 세워져 있었다.

꽃잎 한 장을 단 이등병 군모를 눌러쓰고 가죽장화를 신은 채 말 위에 앉아 있는 승마보병의 사진이었다. 입대하고 나서 얼마 안 있다가 보내온 것이었다.

병풍에는 명정銘旌기가 걸쳐 있다. 붉은 비단 폭에 '學生莊五公之柩'(학생장오공지구)라고 쓴 은박 물감이 촛불에 반짝이고 있다.

고인의 혼백은 영좌에 앉아서 그윽이 아내를 내려다본다.

그녀는 배례를 마치고, 새로 짜 맞추어 아직도 향을 다 떨치지 못한 옹이 없는 송판 나무함의 뚜껑을 열고 그 속에 든 단지를 끄집어냈다.

단지는 명주보자기로 싸여져 있었다.

수습하고 염殮할 망인의 형해形骸 대신에 가루로밖에 남아 있지 않을지언정, 세준은 상자를 수의 대신에 하얀 명주보로 싸 입히도록 했었다. 벌레가 스는 일이 없도록 박하 잎을 끼워 넣어 고이 접어둔 명주 피륙이었다.

곱쳐 맨 보자기의 고를 풀고 유골함을 열자 재 가루가 드러나고, 굵은 황촉 불빛은 스치는 바람에 심지를 물고 일렁이며 엇비슷이 그늘을 드리웠다 지웠다 하고 있었다.

남편의 분골은 잿빛이었다.

한 줌 주먹을 쥐고 죄어 본다. 정답던 남편이 이승을 버리고 떠나면서 아린 그녀의 가슴속에 재 가루를 뿌린다. 삶과 죽음을 이렇게 까칠하게 갈라놓을 수가 있을까.

'속절없이 가 버린 무정한 양반아, 정다웠던 비익연리比翼連理의 정분을 모질게 떨쳐 버리려고 일부러 까칠하게 하는 것이겠지. 아무리 이녘이 속내를 감추어도 부부 한 몸인 지어미가 어찌 눈치를 채지 못하리오.'

향안香案 위에 놓인 향로에서는 모락모락 연기를 올리면서 향이 퍼지고 있었다.

남지댁은 번지는 눈물 속에 예단 받던 날의 모습이 얼룩진다. 신랑은 혼전에 손수 칠보 비녀를 한 개 보내왔다. 비녀를 곱게 싼 명주손수건을 풀던 손이 떨렸다. 규수의 집 안채에 비녀를 들인다는 것은 청혼을 의미하는 것인데, 이미 혼사 날짜를 바투 잡아 놓고 제반사의 준비가 착착 진행되는 마당에 신랑이 신부에게 자기의 사랑하는 마음을 드러내 놓고 불쑥 비녀를 보내온 깊은 속내를 읽은 신부가 어찌 마음이 떨리지 않을 수가 있었겠던가.

비녀를 얼른 도로 싸서 자동子桐나무 옷장 서랍에 깊이 넣고, 대신에 신랑 될 사람의 사진을 꺼내 보며 그의 애틋한 마음 씀씀이를 감격스러워했다. 지난날 학생모를 쓴 얼굴 모습이 눈물로 얼룩졌다.

그녀는 혼례 때에 썼던 칠보 비녀와 화잠뒤꽂이, 첩지, 도투락댕기를 분골함에 집어넣고 뚜껑을 닫았다. 그녀는 뚜껑을 다시 열고 잠시 잊었던 마분향이 든 황낭黃囊을 함 속에 같이 집어넣었다.

혼례를 앞두고 신랑 댁에서 보내온 예단함 속에 끼워서 딸려온 황낭이었다. 신방에 든 신랑 신부는 말이 필요 없었다.

"마분향 냄새다."

이것이 긴긴 신방의 밤에 신랑이 한 유일한 말이었다. 하여 마분향은 평생을 두고 느끼는 향수 어린 신랑의 냄새였다.

선망先亡 남편의 관 속에 청상과부가 비녀를 부장副葬했다. 비녀는 원래 망인의 물건이었다.

'혼례 날 아침 규방에서 어머니가 꽂아 주고, 저녁 합방에 지아비가 풀어 주었던 그 칠보잠인 것을. 처음 머리 풀어 준 당신 곁에 영원히 함께하는 청상과부의 정표이리.'

그녀는 그런 뜻을 부장한 비녀에 부여했다.

황촉은 굵은 촛농을 주르르 떨구고, 불빛은 떨고 있다.

그녀는 일어섰다.

발인 날 아침이 밝았다.

남지댁은 방 안에서 머리를 숙이고 울고 있었다. 치마폭을 걷어 올려 눈물을 찍으면서 훌쩍인다.

준오는 문지방에 걸터앉아 형수 곁에 놓인 단술을 바라보며 침을 삼킨다. 형수가 슬그머니 단술 놋그릇을 밀어 놓는다.

"대름, 대름이 잡소!"

밖에서 백부가 한탄하는 말소리가 들렸다.

"애비가 죽으면 자식이 애비를 등에 업고, 자식이 죽으면 애비는 자식을 가슴에 묻고 간다 카지 않소. 평생 애비 가슴에 대못이 박히는 일이요."

이어서 박학추 의원이 위로하는 말이 들렸다.

"너무 상심 마시오. 망인의 천운이 그밖에 안 되는 것을, 인력으로 될 일인가."

준오는 단술을 마시고 있었다. 말랑한 고두밥이 입안에서 흐물흐물해진다. 이어서 준오를 찾는 소리가 크게 들렸다.

"준오야, 나오너라! 네가 앞서거라! 차마 내가 안고 가지는 못할 일이다."

변상變喪을 당하여 고인의 자식 된 상제가 없으면 최근친자인 아버지가 주상主喪이 되어 상례를 주관해야 했다. 주상이 마다하여 분골함을 안고 갈 사내를 준오로 지정했다.

장례행렬은 긴 장대에 매단 빨간 명정銘旌을 앞세우고 빨강 노랑 하양 만장기가 여럿 따르고 분골함을 실은 혼교魂轎가 뒤따랐다. 亞(아)자 무늬의 불삽黻翣과 구름무늬 운삽雲翣이 혼교 앞뒤에 늘어섰다. 흰천을 기로 만든 공포功布도 뒤따랐다.

준오가 함을 안고 맨 앞에 섰다.

그는 앞장서서 나가는 것이 어른으로서의 성년대접을 받는 기분이들어, 은근히 자랑스러운 느낌으로 자세를 가다듬고 걸어 나갔다.

건너편 2층에서 내려다보고 있는 미에 쪽을 쳐다보고는 어깨를 곧추세웠다.

백부는 하얀 두루마기를 비뚜로 걸치고 머리에는 네모꼴의 자루 모양으로 생긴 삼베두건을 쓴 채 고개 숙여 큰 코를 떨어트리고 침통하게 걷고 있었다.

"아이고오 아이고오!"

형수도 뒤따르고 있었다. 하얀 광목으로 소복하고 머리에는 삼으로 똬리를 꼰 수질을 얹고 삼베요질을 허리에 매었다. 죽장에 의지하여 고개를 숙인 채 수건으로 흐르는 눈물을 연신 닦아낸다. 어깨에 잔물결이 인다. 호상객들이 뒷줄에서 "어이 어이" 하고 거짓 울음소리를 내며 따른다.

높고 낮은 만장이 울긋불긋 기세 좋게 초겨울 바람에 펄럭거린다.

장의행렬은 선산으로 올라갔다.

묘터에는 미리 인부를 부려서 구덩이를 파 놓았다.

세준 노인은 지관이 풍수를 잡고 와서 지형을 설명할 때 대충 정하면 될 것이라고 말해 주었다.

"찾아올 후사도 없는 무자無子귀신 팔자에 … 묘터가 아무려면 어떻다고 … ."

세준이 퍼 올린 흙을 한 줌 쥐어 올리자 바싹 마른 토사 흙은 손가락 사이로 포슬포슬 흘러내렸다.

'육탈할 일도 없는데, 흙은 좋구나.'

분골함을 내려다보며 그는 중얼거렸다.

광중壙中으로 하관하고 봉분을 돋우고 떼잔디를 입혔다.

세준은 이곳으로 이장해 온 선산이 마음에 차지 않았다.

"아무래도 조상 묘를 잘못 쓴 것 같다. 음덕을 보기는커녕 후손마저 끊어질 지경이 되었으니. 으음."

세준은 우준 동생을 보고, 도로공사에 밀려 원래 있던 선산의 묘역을 이장할 적에 잘못된 탓을 말했다.

우준은 형의 말에 민망해하였다. 그러면서도 묘 탓을 자기한테 미루는 것은 한편으로 서운하기도 하였다.

"급한 짐에 내사 지관의 말을 따르는 수밖에 더 있었겠소. 성님은 겡찰서에 갇힌 몸이라 이논할 수가 없지 않았소."

산역을 마치고 하산하면서 세준은 집안의 적통을 걱정하였다.

'장오는 이미 망인이 되었고, 청수는 어디 가서 무엇을 하는지. 가아는 살아도 산목숨이라 할 수 없다. 험한 세상에 무슨 변을 당할지 걱정이 태산 같다.'

청수마저 변상變喪을 당하게 된다면 후사는 누가 이을꼬? 준오를 입후立後해서 대를 이어 제사를 모실 수밖에.

세준은 준오의 머리를 쓰다듬었다.

"항상 몸 보중하고 튼튼하게 커야 한다이. 내 말 알아듣겠느냐?"

"예."

준오는 일찍이 백부가 자기를 이렇게 다 큰 아이 취급해서 상대해 준 적이 없었는데, 오늘은 갑자기 우쭐한 기분이 들어 어른이 다 된 듯 어깨를 폈다.

"인자부터는 매사에 점잖게 쪼를 빼야(폼을 잡아야) 할 긴가?"

준오는 우쭐해져서 중얼거렸다.

운명의 무게

1. 괴로운 환희

날이 지고 연꽃이 꽃잎을 오므릴 때 새들은 둥지를 찾아 떠나고, 어둠은 산골짜기를 타고 내려왔다.

사미니沙彌尼는 저녁 발우공양을 마치고 법당으로 올라갔다. 그녀는 부처 앞에 오체투지 삼배를 마치고 꿇어앉았다. 머리를 조아리고 두 손을 모아 차수叉手를 지었다. 빡빡 깎은 머리에 촛불이 반들거린다.

사위는 조용했다.

붓순나무 잎을 태우는 말향 냄새가 번진다.

그녀의 헝클어진 마음이 차분히 가라앉는다. 내원사 절로 올라온 신자흔은 사미니가 되어, 일체 속세와는 연을 끊고 불심에 정진해 왔다.

마음이 흐트러져서 어지러운 날은 법당을 찾았다.

불전 앞에 오롯이 앉아 있는 그녀의 눈앞에 출가 전의 지난 일들이 희미한 촛불 속에서 주마등같이 지나간다.

지금은 강 건너 먼 대안對岸의 일들이다.

야스오로부터 마지막 편지를 받은 날, 조점식의 아들 조태구로부터 자흔에게 중신이 들어왔다.

그날 오후 생소한 편지가 한 통이 배달되었는데, 겉봉에는 발신자 이름은 없고 빨간 글씨로 큼직하게 '回天特攻隊'(회천특공대) 라고만 찍혀 있었다. 자흔은 이상한 편지라고 생각하여 열어 보았다.

야스오한테서 온 편지였다.

자흔,

여기는 태평양에 떠 있는 함상이오.

이제 바로 어뢰를 몰고 적의 군함을 향해 돌진하오.

어뢰에는 후진설계가 되어 있지 않소. 전진밖에 없소.

90도 각도로 적함에 충돌할 것이오.

물살을 가르고 질주하는 순간이 이승에서 내가 살아 있는 마지막 순간이 될 것이오.

폭파! (이하 다음 부분은 글씨가 비뚤비뚤 흐트러지고 있다.)

나의 영혼은 자흔의 모습을 품은 채 하늘로 돌아가오. 영혼이 빠져나간 몸은 가루가 되어, 바람에 날려서 자흔 곁으로 찾아갈 것이오.

산화散華.

그것이 나의 영원이오.

자흔! 영원히.

야스오

그녀는 편지를 읽고 나자 야스오가 가여워졌다.

편지를 고이 접어 아궁이 불에 집어넣고 태웠다. 활활 타오르는 불꽃을 보며, 그에 대한 연민의 정이 자흔의 가슴 깊은 곳으로부터 모락모락 증발해 올라와서 눈앞에 김이 서린다.

'가여운 사람. 전쟁만 없었더라면 젊은 목숨을 바다에 던지는 일도 없었을 텐데 … .'

구름처럼 일었다가 사라진 인연.

자흔을 스쳐 지나간 수많은 사람들 중에 지워질 수 없는 한 사람이었다.

그날 밤 남쪽 밤하늘에 큰 별을 하나 점찍어 놓고, 저것이 이 지상에서 이미 사라지고 없어졌을 그의 영혼이 서린 별이라고 생각하며 명복을 빌어 주었다.

속세에는 자신에게 인연의 고리를 걸려고 하던 자가 또 한 사람이 있었다.

저녁 마실에서 돌아온 어머니가 아버지 방에 들러 한참 이야기를 나눈 뒤, 자흔의 방으로 건너와서 끄집어내던 혼담 이야기가 귓가에 쟁쟁하게 울려온다.

"저쪽 총각은 창원 정미소 조趙갓집 아들이다. 요새 시상에 그만한 자리도 드물다. 지금은 부청에 서기로 일하고 있지만, 집안 유하제 동겡 유학까지 마친 어엿한 한림학사겠다. 빠진 거 없이 다 갖춘 신랑감이다. 암말 말고 아부지 뜻에 따르도록 하거라."

산인댁은 딸을 설득하기에 여념이 없다.

자흔은 고개를 떨구고 다소곳이 어미의 말을 듣고만 있다. 가타부타 말도 없이 손가락으로 옷고름만 돌돌 말았다 풀었다 한다.

　"총각이 니를 본 모얭이더라 … 장가들모 방앗간도 아들에게 넘긴다카더라. 딸린 논밭도 수두룩하고 … 농사도 마히 짓는 집안이다."

　남지에서 새댁이 강세준의 집으로 신행 오던 날 조태구는 동네 구경꾼들 사이에서 맑고 화사한 모습의 자흔을 눈여겨보았다.

　흰 저고리에 까만 치마를 입은 자흔의 음전한 자태가 구경꾼들 사이에서 단연 도드라졌다. 목덜미를 살짝 가린 새카만 머리카락에 옆에 선 태구의 눈길은 떠날 줄을 모른다. 관자놀이 옆으로 야무지게 눌러 꽂은 핀이 내내 햇빛에 반짝였다.

　모본단 치마저고리에 물빛 두루마기를 갈친 신부가 하얀 명주 목도리를 두르고 신랑 장오를 뒤따라 호두나무 집 대문 안으로 다소곳이 들어서는 모습을 자흔은 마치 꿈을 꾸는 듯 황홀한 얼굴로 바라보고 있었다.

　호두나무 집은 청수네 집이 아닌가. 자흔은 발돋움을 하고 마치 자기 자신이 신랑을 따라 대문을 들어서기라도 하는 듯 착각하면서 바라본다.

　태구는 집으로 돌아가는 자흔의 뒤를 밟았다.

　"처자, 나 좀 보소!"

　그는 자흔의 앞을 가로막고 섰다.

　"조, 태구라 하요. 댁이 어딘교?"

　자흔은 웬 별 사람을 다 보겠네 하는 표정으로 그를 올려보다가, 애써 고개를 돌리고 집으로 얼른 들어가 버렸다.

태구는 신태산의 문패를 들여다보고는 돌아섰다.

조점식은 아들의 혼사가 차일피일 늦어지자 걱정이 되어 여기저기 부지런히 중신을 세웠으나, 아들 태구가 번번이 퇴짜를 놓아서 또 해를 넘기게 되었다.

"니를 유핵인가 먼가 보내났더이, 무얼 배왔는지 신식만 고집하고 당최 혼처 자리를 거들떠보지도 않을라꼬 하이 답답하기 짝이 없다. 니 나이 벌써로 스물다섯을 넘갔으니 늦어도 마히 늦었다."

아비는 아들의 소행이 마음에 안 차서 입맛을 쩝쩝 다신다.

"이번 봄에는 천하없어도 그냥 안 넘군다. 아무데고 중신 자리가 한 군데 나서기만 하모 인자 더 볼 것도 없다, 고마 무조건 정해삐고 당장에 식 올릴 준비를 서둘 끼다. 그리 알아라!"

아비는 자식이 더 이상 딴 소리를 못하도록 말다짐으로 볼끈 조여매었다.

부친이 단단히 작심하는 소리를 듣고 혼사를 뒤로 더 미룰 수 없는 지경이라고 판단해 태구는 그쯤해서 신태산네 딸 이야기를 끄집어냈다. 태구는 신씨 집 처자 정도면 그동안 보아온 자리들에 비해서 그나마 그중 낫다고 생각해 마음을 굳힌 것이다.

조점식은 서둘러 중신애비를 통해 신태산네 집으로 혼담을 넣었다. 그편에 신랑 될 자의 사진도 들려 보낸다고 전갈이 왔었다.

어머니 산인댁은 딸 자흔을 앉혀 놓고 심중을 묻는다.

"니 생각은 우뗗노?"

자흔은 말이 없다.

'하기사 혼사문제를 두고 좋으면 좋다고 제 입으로 먼저 덜렁 나서

는 처자가 어디 있던가. 다소곳이 듣고 있다는 것은 부모의 말에 따르겠다는 뜻이지.'

산인댁은 자신이 그 정도로 일렀으면 딸도 알아들었으리라 생각하였다.

"내일 방앗간 집에서 사람이 온다 카더라. 니 선보로 오는 기다. 몸도 정갈커로 하고 분도 바르고 … 점슴때나 맞차서 올 모앵인데, 밥상은 니가 들이도록 하거라이."

어머니와 딸은 전혀 딴생각을 하고 있었다.

자흔은 머리를 떨군 채, 멀리 떠난 청수와 대밭 굴속에서 마지막을 같이한 일을 머리에 떠올리고 있었다. 고개를 두 번 세 번 저어도 도무지 지워지지가 않는 일이었다. 그녀는 다시 한 번 머리를 흔들었다.

'나는 인제 시집을 갈 수가 없는 몸이다.'

어두운 굴속에서 숨 가쁜 순간 청수가 끙끙거리던 숨소리가 아직도 목덜미에 뜨겁다.

'무슨 낯짝으로 멀쩡한 남의 집 총각한테 선을 뵈일 수가 있겠는가? 이미 부모에게 불효를 저지른 몸인데 … .'

자흔은 밤새 뒤척이던 끝에 차라리 자기 혼자 집을 떠나는 것이 일을 더 키우지 않는 길이라고 단정했다.

그녀는 새벽같이 일어나서 보따리를 꾸려서 집을 나섰다. 그길로 역으로 가서 부산 가는 첫차를 타고 가다 물금역에서 내렸다. 거기서 양산까지 걸어서 내원사로 올라왔다. 자흔은 산문으로 들어오자 속복俗服을 벗고 머리를 깎았다.

"야아가 도대체 아침부터 오데로 갔노? 점슴때 선보로 오는 줄 뻔히 알고 있슴시로 … ."

자흔의 부모는 조점식이 사람을 보내오는 날 아침부터 안절부절못 했다. 딸아이가 온다 간다 말도 없이 사라진 것이었다. 점심때가 지나 도 해가 빠져도 끝내 나타나지 않았다.

동네 사람들은 수군거렸다.

"영등할맘 봄바람이 억으로 불더이, 딸아아가 바람이 난 기라 … 바 람 따라 도망친 기라."

"아이라 칸께. 필시 이안부로 끌려간 기라. 요새는 절간에 신중도 끌고 가서 이안부로 넘긴다 카더라. 열아홉 꽃다운 나이가 은(원) 통도 하겠제."

며칠 전 칠원 장날에 일본 트럭이 길 가던 조선 처녀 하나를 강제로 태워서 사라졌다는 이야기가 파다하게 퍼져 있었다.

자흔은 출가해서 그동안 속세의 일은 훌훌 털고, 사미니계를 받아 강원講院에서 열심히 경전 공부에 정진하였다.

그러나 하루를 마치고 잠자리에 들어 혼자만의 시간을 가질 때면, 어김없이 청수의 모습이 떠올라 잠을 이룰 수 없었다. 어둠 속에서 눈 을 떠도 눈을 감아도 그의 그림자가 그녀의 눈앞을 덮는다.

언젠가 포교당에서 보라색 등꽃 앞에 선 청수의 얼굴 모습이 하얀 이빨과 함께 또렷하게 돋아났다. 한 일 자로 굳게 다문 얇은 입술, 짙 은 눈썹, 하얀 피부, 코발트빛 면도 자국 그리고 눈자위에 어리는 잔 잔한 미소 … .

그러나 지난날은 모두 다 부질없는 속세의 일들이었다.

"나무아미타불 ⋯ ."

그녀는 설핏 풋잠에서 깨었다.

마을로 탁발 나갔던 스님들이 짚신을 끌며 마당을 가로지르는 발걸음 소리가 법당으로 건너왔다.

말향抹香 냄새가 코를 자극한다. 자흔은 갑자기 비렸다.

"끄윽!"

가슴을 차고 구역질이 솟구쳤다.

이상한 일은 이미 넉 달 전에 있었다.

갓 계첩戒牒을 받고 모든 것이 초심으로 조심스럽던 시절. 때가 지나도 차고 있던 개짐이 멀쩡했다. 처음에는 달을 걸러 건너뛰는가 여겼다. 그러나 다음 달에도 멀쩡하기는 마찬가지였다.

며칠 전 강원 사미반에서 방장 스님이 설하는 자장보살게의 법문法門을 듣고 있는데 속이 메스꺼웠다.

"끄윽!"

그녀는 얼른 손으로 입을 가렸다.

다시 "끄윽!" 속이 뒤집혔다.

옆에 있던 수석 비구니가 그녀를 돌아다보았다. 눈자위에 잔주름을 짓는다.

"관세음보사알!"

사미니의 귀에 대고 가느다랗게 속삭였다.

방장 스님이 갑자기 죽비竹篦로 마룻바닥을 내리쳤다. 갈라진 대오리가 송판때기에 조각조각 난장을 친다. 그 소리는 귓전에 매몰차게 달라붙는다.

자흔 사미니는 깜짝 놀랐다. 화상은 눈을 가늘게 뜨고, 속삭이고 있는 수석 비구니와 자기를 노려본다.

'스님은 내 구역질을 들었을까?'

사미니는 고개를 떨구었다.

법당 쪽에서 목탁 두드리는 소리가 굴러왔다. 이는 바람에 풍경 우는 소리도 낭랑하였다. 풍경은 방장 스님의 강의를 한 마디도 흘리지 말고 귀담아들으라고 강원생들을 경각시키고 있었다.

스님의 법문은 계속되었다.

그날 저녁 강원생들은 불존 앞에 108배를 드리고, 안행雁行을 지어 탑돌이를 했다.

누군가 사미니의 등을 토닥거린다. 그녀는 돌아다보았다. 수석 비구니가 뒤따르고 있었다.

"낮에는 몸엣것이 멎어서 그랬제? 헛구역질 …."

비구니는 그녀의 귀에 대고 속삭이고 미소를 머금으며, 고개를 아래위로 주억거린다.

"아무 염려 말거라."

그 후로도 그 수석 비구니 외에는 아무도 그녀의 임신을 눈치채지 못하였다. 그러나 생명은 사미니의 몸속에서 점점 불어나고 있었다. 그와 함께 그녀의 번민도 늘어났다.

배는 점점 불러 왔다. 광목 띠로 배를 졸라맨다. 그러나 헐렁한 절옷으로도 감추기가 어려워졌다.

자흔은 이른 새벽에 일어나서 요사채를 나왔다.

서산에 걸린 초승달을 올려보았다. 뿌려 놓은 별무리가 아른거리는 밤하늘에 달은 졸린 듯 실눈을 뜨고 여명 속의 절간 마당의 여승女僧을 내려다보고 있었다.

그녀는 법당의 부처님 앞으로 올라가서 꿇어앉았다.

사위는 쥐 죽은 듯 고요한 가운데 촛불은 불꽃을 곧추세우고 타오른다. 촛농에 뜬 불순물이 튀는 소리를 낸다.

'탁! 탁!' 촛불이 잠시 흔들린다.

그녀는 불존 앞에 엎드려 태 속에 든 생명의 가피加被를 발원했다. 그러자 배 속의 아기가 갑자기 자위를 뜬다. 태반이 움칫했다. 그녀는 흠칫 놀랜다.

그와 동시에 장엄한 여래의 범음梵音이 귓전을 울린다.

'삼사생연三事生緣으로 금생에도 모태에 의탁했네.'

세 가지 일이 모여서 인연을 낸다 — 능엄경의 기복게祈福偈였다.

사미니는 머리를 들 수 없었다.

어느 틈엔지 등 뒤에서 수석 비구니가 그녀의 등 뒤로 사뿐사뿐 다가왔다.

비구니 스님은 합장하고 법문을 읊어서, 태중의 아이를 위해 부처님께 발원해 주었다.

"부모가 사랑을 흘리어 종자가 되고, 종자는 생각을 부어 태를 이루었으니 … 좋은 인연으로 태어날 끼다, 이 아이는."

사미니는 번민으로 가득 찼던 마음이 수석 비구니의 법문을 듣고 구름이 걷힌 하늘처럼 맑아졌다.

그녀는 석문釋門의 향을 느꼈다.

그러나 스님은 이내 사뭇 달리 차갑게 말했다.

"그래, 절간에서 아아를 낳겠다는 것가?"

바라를 쳐서 '궁 궁!' 울리는 청동 소리처럼 무겁게 그녀는 잘라 말했다.

"그래 갖고 법당에를 드나들겠다꼬? 인자 하산할 때가 됐다!"

그 말은 '너는 진작에 비구니는 틀렸던 게다. 절간은 아이 낳는 곳이 아니다. 속세에 돌아가서 우바이優婆夷(여신도)로 지내거라, 아이의 장래를 위해서' 하고 자흔에게 제 발로 걸어 나가도록 산문에서 쫓아내는 말이었다.

공수간에서는 당구솥 뚜껑 여닫는 무쇠 소리, 밥그릇과 수저가 달그락거리는 놋쇠 소리가 들려왔다.

자흔은 불현듯 어머니가 생각났다.

'그래, 집으로 가자.'

그녀는 불존 앞으로 가서 삼배를 올리고 합장을 지었다.

'산문을 떠나 사바세상으로 돌아갑니다 … .'

불존은 법당을 고즈넉이 내려다보고 있을 뿐 사미니에게 일체의 말이 없다.

그녀는 요사채로 가 보따리를 챙겨서 부엌으로 향했다. 그 속에서 치마저고리를 꺼내 갈아입고, 입고 있던 가사와 장삼을 둘둘 말아 아궁이 속으로 집어넣었다.

먹물을 들인 진회색 옷자락에 불꽃은 조심스럽게 일더니 이내 활활 솟구치며 발갛게 타오른다. 수도에 절은 때가 불꽃 속으로 사라진다.

자흔은 지그시 눈을 감는다. 눈두덩을 밝히는 환한 불꽃 속에 부모의 얼굴이 떠오른다.

불꽃이 잦아들고 사그라지자 공기가 흘러들어 재가 너울거린다.

자흔은 일어서서 요사채를 지나 일주문을 향하는데 수석 비구니가 달려왔다.

"자흔 님!"

그녀는 자흔의 속명俗名을 부른다.

"나를 몰라보겠습니까? 우리는 전에 한 번 만난 인연이 있습니다."

"…… ?"

자흔 사미니는 어마지두 비구니를 바라본다. 미소를 머금은 맑은 얼굴이다.

"누구시더라 … ?"

"내는 처음부터 사미님이 낯이 익어, 두고두고 생각해 봐도 내내 기억나지가 않더군요. 새벽 잠결에 불현듯 문 밖에 들리는 발걸음 소리가 신통하게도 저거는 자흔님의 발소리다, 하고 기억이 살아났지요. 인연이라 칼 수밖에. 자흔 님 볼에 팬 보조개가 꿈결에 떠올랐어요."

비구니는 웃음을 거두고 조용히 말한다.

"성주사 절 해우소 앞에서 마당을 썰던 행자 두리입니다."

"아아, 두리 … ."

자흔은 가느다랗게 신음 소리를 내었다. 늦가을 삼베 저고리에 휑하니 목을 드러내 놓고 떨고 있던 그 조그만 행자 아이.

"이 목도리는 자흔 님의 것입니다."

자색紫色 목도리를 들어 보인다.

방장 스님의 방을 나설 때 없어졌던 그 목도리.

"그날 마루 끝에 놓였던 것을 탐이 나서 내도 모르게 손이 나가 훔쳤 지요."

수석 비구니는 미소를 거두고 이내 근엄한 얼굴로 변했다.

"방장 스님의 법문을 듣고서 비로소 내가 잘못을 저질렀구나 하고, 내 맘 속에 도사리고 있던 도심盜心을 니우치게 됐습니다. 한동안 정지 장작데미 속에 목도리를 감차 두고 번민해 왔지요. 속세의 인연은 진 작에 다 버렸으나, 이 목도리 하나만은 집착을 버릴 수가 없어서 지녀 왔는데 … 인자 임자를 만나 돌리주게 됐으니, 집착도 풀리게 되어 맘 이 홀가분합니다. 내는 운젠가 임자를 만날 줄 미리부터 알고 있었습 니다 …. 만나게 된다는 것이 불가佛家의 인연이 아니겠습니까. 나무 아미타불."

비구니는 자흔의 목에 목도리를 둘러 준다.

"사바세계는 아즉 찹습니다. 잘 매고 가십시오."

산사의 쌀쌀한 새벽 공기 속에서 그녀는 합장해 주었다.

자흔도 같이 합장하고 나서 서둘러 일주문을 나와 무거운 몸으로 하 산을 시작하였다.

산 너머 동살이 희붐하게 밝아 오고 있었다.

머리에 수건을 뒤집어쓴 채 대문을 들이밀고 나타난 딸을 보자, 산 인댁은 달려가 와락 딸의 손을 잡고 아래위로 훑어보았다. 그녀가 수 건을 걷자 배코 친 머리가 드러났다.

"니가 오데 갔다 인자 오는 것고?"

그녀는 첫눈에 태중에 아이가 든 몸인 것을 알아봤다. 하늘이 무너져 내리는 것 같다. 입이 벌어져 차마 말이 나오지 않는다.

얼른 건넌방으로 데리고 들어가서 이불을 내리고 뉘였다.

딸은 떨고 있었다. 불어난 몸으로 아버지를 뵈올 두려움도 있었겠지만 당장은 학질에 걸려 한기로 몸을 떨고 있었던 것이다.

산인댁은 군불을 지피며 늦은 봄날 이마에 땀을 흘린다. 부지깽이를 쥔 손이 와들와들 떨린다.

'이 일을 장차 어찌 한단 말인고?'

그건 그렇고 우선 당장 딸이 이 지경이 되어 돌아왔으니 남편에게 알려야 할 일도 난감했다. 그렇다고 그냥 넘어갈 일도 아니었다.

"영가암! 딸아아가 절에서 내리왔소."

산인댁은 조심스레 남편의 얼굴을 살피며, 차분히 고한다.

"절간에서 내리왔다꼬?"

태산은 눈이 둥그레졌다.

"신중이 됐다는 말가, 처사가 됐다는 말가? 지 어미 내림이 씌었나, 절 구석은 웬 절 구석이고?"

자식이 무사히 돌아왔다는 이야기는 반가웠으나, 못마땅하다.

"집구석이라고 찾아들 왔이모 애비한테 인사부터 해야 할 거 아이가. 내가 지보고 부처 앞에맨키로 고두叩頭 삼배 절을 해 달라 카나 … 자아가 우째 저리 막 돼삐맀노?"

"지 딴에는 말 못 할 사정이 있는 모냥이요."

"부모 자석 간에 인사도 못 할 사정이라 카모, 그래 그놈우 사정은 뭣고?"

　산인댁은 어차피 남편이 알게 될 일이라면 아예 지금 이야기를 해 버리는 것이 좋겠다고 생각하여, 눈치를 살피며 말을 끄집어내었다.

　"딸년이 배가 불렀소."

　"머라꼬? 배가 우짜고 우째?"

　태산은 숨이 막혀 답답하다.

　"배가 불렀다? 그라모 자아가 귀접鬼接에라도 씌었단 말가? 씨도 안 심은 종자가 우째 배 속에서 불러올 일고?"

　"한 육칠 삭朔은 된 거 같소."

　태산은 산인댁을 밀어젖히고, 건넌방으로 가서 방문을 활짝 열어젖혔다.

　이불을 뒤집어쓰고 누웠던 자흔이 벌떡 일어나 앉는다. 맨들맨들한 딸아이의 민머리를 쳐다보는 태산은 입을 다물지 못한다. 부아가 머리끝까지 치밀어 올랐으나 한편 기가 차서 억장이 무너져 내린다.

　"에잇 망할 꺼!"

　문을 쾅 닫고 돌아선다.

　"지가 머슨 재주로 … 게드랑이로 부처를 뱄단 말가, 부처 에미도 아임시로 … 고마 몸을 베리뻤다! 그래, 씨는 우떤 놈우 씨를 받았다는 것고?"

　"아아가 도통 말로 안 하께 낸들 알 재주가 없는 거 아이겠소."

　"자아는 인자 자석도 아이다. 뵈기도 싫다! 당장 꺼잡아내서 문 밖으로 몰아내뼈라."

집안에서는 쉬쉬하며 말을 아꼈으나, 동네에는 벌써 말이 돌고 있었다.

공동수돗가에 양동이를 늘어놓고 줄 선 아낙들이 말을 주고받는다.

"산인때기 딸내미가 돌아왔다 카제. 절에 있다 온 기라 칸께, 신중이 돼 갖고. 머슨 일로 중 될 일이 다 있었던고? 정신대 안 갔으이 그만하모 다행인 기라."

"다행이라이? … 중놈의 씨를 받아 갖고 내리왔다 칸께."

"설마아 … 숭실받거로(흉측하게) 머슨 말이 그런 말이 다 있더노?"

"참말이라 칸께."

"아이고 무시라, 시상이 어지럽을라 칸께 이런 일이 다 생기 쌓노. 시상도 상그럽다!"

날은, 여름이 지나고 어느덧 늦가을로 접어들었다.

산인댁은 딸이 야속하고 밉기도 했지만, 한편으로는 점점 무거워 오는 몸의 뒷바라지를 하지 않을 수 없었다. 아이가 태어나면 입힐 배내옷과 삼안저고리를 짓고 포대기를 장만했다. 해산미역도 장만했다. 윤기가 도는 겨울 미역을 골라서 세이레까지는 쓸 만큼 다발째로 사들여 놓았다.

해산날이 가까워 오자 산인댁은 딸아이의 방 윗목에 새 짚을 깔고 삼신상을 차려 놓았다. 새벽에 퍼 올린 정화수 한 대접, 쌀 한 사발과 장곽長藿미역 한 다발을 상 위에 올렸다.

삼신할미에게 두 손을 싹싹 비비며 비손한다.

"천지제왕에 일월제왕 나리제왕 분부리 제왕님네, 두루두루 보살피서 부디 새 목숨 하나 무사하게 삼계三界로 내리보내 주시이소."

마른 손바닥에 바스락거리는 소리가 나도록 치성을 올렸다.

산통이 시작되는 날 밤 산인댁은 산받이 할미한테로 사람을 놓았다. 그리고 요 위에 무명베를 덮고 딸을 뉘어 놓고, 아궁이에 군불을 지폈다. 방에서는 신음 소리가 새어 나왔다.

'탁 탁!' 비틀어지며 타오르는 적송 장작은 불길을 날름거리며 헐떡거렸다. 빠알간 불길은 무쇠 솥을 핥고, 솥뚜껑은 금세 '치이 치이!' 증기를 뿜으며 숨 가빠했다. 물은 데워졌다.

초산을 맞는 산모는 불안한 마음이 앞선다.

저녁나절 산실産室로 들기 전에 발을 씻고, 당분간 신을 일이 없는 고무신 신짝도 깨끗하게 씻어 댓돌에 가지런히 올려놓고 산실로 올라왔다. 자리에 누워 생각하니, 언제 저 신발을 다시 신어 보기나 할지, 이것이 마지막 길이 아닌지 하는 불안감이 왈칵 들었다.

'그럴 리야 없지만 혹시라도 잘못되기라도 한다면 나도 나지만 아이는 에미 없이 어떻게 자랄 것이며 … 가엾고 불쌍한 우리 아이 … .'

산모의 얼굴에는 눈물이 흘러내렸다.

"청승시럽거로 울기는 와 우노, 아아 놓다 말고 저승에나 가는 거맨키로 … ."

산인댁은 핀잔을 주고 딸의 눈시울에 남아 있는 눈물을 엄지손가락으로 눌러 닦아 준다.

"어이쿠, 장판이 쩔쩔 잘도 끓소!"

산받이 할미가 보자기를 안고 방으로 들어와 요 밑에 손을 넣어 본다. 삼할미는 동네에 산기産氣 소식이 있으면 산모로부터 아이를 받아

내는 일을 도맡아 20년도 넘게 해 왔다. 그동안 동네 장정들과 처녀들로부터 아이들에 이르기까지 벌써 스무 명 너머나 받아냈다.

"색시야! 너무 걱정하지 말거라이. 삼신지왕님이 보내서 내가 왔다 아이가."

까만 무명치마를 비집고 손을 넣어 산모의 배를 쓰다듬는다. 산모는 속곳을 입지 않았다.

"배 아푼 기이 좀 우떻노?"

한 줌 생명이 움찔거리는 것이 손바닥 가득히 전해 왔다.

'가만히 있자 … 허어 이것 봐라, 크일 났네! 아이가 돌아앉았구나!'

산받이는 안색이 변했다. 태아가 사위斜位로 자리 잡았다. 산모가 놀랄까 보아 말을 할 수가 없다.

'잘못하모 사산死産 받는다. 아이를 돌려서 바로 세워 놔야 한다.'

그녀는 연신 산모의 배를 주물러서 태아를 압박했다. 생땀을 흘리기 시작하였다.

산인댁은 눈치를 챘다. 안색이 변하였다.

"괜찮겠는교?"

그동안 야속하고 고까웠던 딸자식에 대한 그녀의 미운 마음은 온데간데없이 사라지고 오로지 산모가 무사하기만을 빌었다.

다행히 아이는 방위를 틀더니 제자리를 잡기 시작한다. 마침내 겨우 태아를 바로 세웠다.

산인댁은 쥐었던 주먹을 풀고, 깊은 안도의 한숨을 쉰다.

산받이는 산모의 아랫도리에 누르께하게 비친 이슬을 보았다.

"그새 문이 반쯤 열렸다. 이내 시작할 끼다."

산모에게 진통이 엄습해 왔다.

"끄응! 아이구 옴마야! 아이고 … 어윽 … 어윽 … ."

얼굴에 오만상을 짓고 이를 악다문다.

앓는 소리는 마루를 건너갔다.

안방에 앉은 태산은 울화가 치밀어 한숨만 푹푹 내질렀다.

'차라리 뒈지거라. 절간에 중놈의 자식인지 오다가다 스친 행객의 핏줄인지 저놈의 씨를 받아서 우짜자꼬 … .'

"아악! 아악!"

비명소리는 높아갔다. 태산은 입맛만 쩝쩝 다신다.

노파는, 몸을 비트는 산모의 배를 손바닥으로 쓰다듬어 진통을 누그러뜨려 주었다.

"에미야, 쪼꼼만 참아라. 다 돼 간다."

자궁의 수축은 산고産苦를 동반하고 주기적으로 찾아왔다.

"아악! 아이구우 옴마야!"

산모는 갑자기 대변을 쏟을 것 같다. 깨문 입술에 하얗게 자국이 남는다.

산인댁은 애가 달았다. 혀를 끌끌 찬다.

"아이고 이 웬수야! 자식새끼 나오는데 애비라 카는 기 낯짝도 안 비치니 … 산에서 내리온 신선이라 카더나, 바다에서 솟은 용왕이라 카더나. 애비 이름을 대라!"

"미륵이요 … ."

산모는 혹독한 산고의 고통에 못 이겨 숨을 헐떡이며 뇌까린다.

"미륵이 어느 화상고?"

"절에 화상이 아이고 … 강가姜家 … ."

"강가라니 누 집 손고?"

"아야야아 … 청수 학생 … ."

"청수라꼬? 호도나무집 강 영감 둘째 아들아아 말가? 도망가고 없는 가아 말가?"

산모는 머리를 끄덕였다.

"사람이 죽을 지경이 되모 속에 든 말을 한다 카더이 … 와 진작에 이야기를 안 했더노?"

아기는 벌써 산도를 타고 내려와 머리를 내밀었다. 탯줄이 아기의 목을 감고 있다.

"옳지! 용을 써라, 한 분만 더! 칙간(측간)에서맨키로 아랫배에 심을 불끈 주고 용을 써라 말이다."

노파는 산부의 가랑이를 벌렸다.

"양팔로 무르팍을 잡고 뒤로 댕겨라."

산모는 고개를 젖히고 안간힘을 쓴다.

"심껏! 옳지, 나온다 나와!"

아기는 산도를 타고 내려와 어깨를 내민다.

산받이가 아기의 턱을 받아 가볍게 잡아당기자, 파랗게 어혈이 뭉친 산모의 사타구니로부터 새 몸뚱어리가 쏘옥 세상 밖으로 나왔다.

산모는 남아를 생산했다.

얼굴과 몸뚱이 군데군데 피와 곱이 엉켜 있는 아이를 두 손으로 받아 들었다. 빨간 핏덩이가 꼼지락거린다. 옴지락옴지락. 허위허위 손발을 휘저어 삿대질을 한다.

산인댁은 얼른 뜨거운 목욕물에 쑥을 풀어놓았다.

장닭 우는 소리가 새벽공기를 찢고 포물선을 그리며 자지러진다.
이어서 '퍼덕퍼덕!' 홰치는 소리가 들려왔다.

"저승에서 이승으로 나는 길이 가시밭길인 기라. 온통 피 칠갑을 하
고 빠지나오는 거 보모."

노파는 웅얼거리고 산인댁을 향해 이른다.

"낫을 주소! 태를 갈라야제."

그녀는 삼할미의 보자기를 풀고 칼을 든다.

"꼬치라 칸께! 낫을 달라꼬 … 칼은 조개에 쓰는 기라."

산인댁은 뜨거운 놋대야 물에 낫을 담그고, 신생아를 보고 말했다.

"니가 사생四生 중에 탯줄을 쥐고 빠지나왔으이, 인자 여게가 삼계
다. 줄을 놓아라!"

산파는 낫을 받아 쥐고, 삼줄을 훑어서 배 근처쯤에서 싹둑 잘랐다.
신생아는 숙주宿主의 몸으로부터 떨어져 나왔다. 노파는 어물전 생선
장수가 고등어를 치켜들 듯 아기의 두 다리를 한 손으로 거꾸로 모아
쥐고 볼기짝을 찰싹 때렸다.

"으아앙! 으앙 으앙!"

신생아는 자지러진다. 한껏 벌린 입안에서 끈적끈적한 점액이 둘러
붙는다.

"옳지! 더 크게 꽘(고함) 질러라. '이승에 건너 왔소' 하고 삼신지왕
님 귀에 들리거로."

산인댁은 아이의 울음소리를 듣고 안도하면서, 튀어나온 태꼭지에

명주실로 친친 묶는다.

"삼이레쯤 지나모, 지물에 말라비틀어지서 떨어지 나갈 끼다."

배꼽은, 아이가 산모와 연을 맺었던 지울 수 없는 푯대이다. 자식은 배꼽으로 이승의 삶을 시작하였고, 배꼽은 저의 세상 중심인 것이다.

삼할미는 산모의 배 속에 든 삼을 흘리기 위하여, 탯줄을 산모의 발가락에 감아 둔다.

"삼이 안 빠지고 가슴으로 치받치 올라갔다가는 목숨을 잃는 기라. 작년에 안성 신산떼기 암소가 누렁이 낳다가 죽은 소문 몬 들어 봤소? 그기이 바로 이 삼이 안 빠지서 그랬던 기라. 사람이 아아 낳는 기나 소가 송아치 낳는 기나 이치야 다 같지."

산인댁은 탯줄과 태반을 거두어 깨끗이 씻고 창호지에 싸서 단지에 담아 넣었다.

그녀는 아기를 받아 대야 물로 씻긴다. 쑥 냄새가 김에 서린다. 풀솜에 들기름을 적셔서 입안을 말끔히 헹구어 주고, 하얀 저고리를 입혀 쌀깃으로 쌌다. 배냇냄새가 폴폴 난다.

"니가 쥔 탯줄은 핏줄인 기라. 강씨 집안 조상님이 내리주는 끄내끼(끈)를 잡고 내리왔다 그 말이다. 생때같이 커거라."

산인댁은 아이의 아비가 청수 총각인 것을 확인하고, 그동안 졸여 왔던 마음이 그나마 다소 놓였다.

산인댁은 아기를 산모 옆에 뉘였다.

산모는 겨드랑이에 아기를 끼고 내려다보았다. 부기가 남아 있는 눈가에서 따뜻한 눈물이 주르륵 귓가로 흘러내렸다.

'이것이 태중에서 손가락을 빨고 나온다더니, 탯줄이 갈릴 줄을 미

리 알았던 모양이지.'

산모는 젖을 물렸다. 초유가 신통찮아 힘껏 빤다. '쪼옥 쪽!' 바람
새는 소리가 난다.

허우적거리는 손에 산모는 가만히 손가락을 갖다 댄다. 아기는 어
미의 손가락을 꼬옥 쥐고 놓지 않는다.

산인댁이 감초 달인 물을 한 숟갈 떠서 아기의 입에 흘려 넣어 해독
을 시켜 준다.

"무병하거라이!"

신생아는 감초 물을 삼키고 아쉬워서 입을 쩝쩝거린다.

강보襁褓에서 풍기는 날비린내는 역겹지가 않다.

산인댁은 삼신상에 올렸던 쌀과 미역으로 밥을 짓고 국을 끓여 첫
국밥을 들여놓았다.

"마히 묵거라. 미역국을 묵어야 피가 맑고 젖이 불어난다이."

삼받이 할미도 한마디 보탠다.

"하모. 뜨신 물수건으로 젖을 자주 문대라이, 젖통이 불어나거로."

아기의 찢어지는 울음소리는 마당을 건너 사랑방의 태산의 귀에도
들렸다.

'저것이 애비 없는 자식을 낳아서 장차 우짤 낀고?'

동래댁과 산파가 두런거리는 소리도 들려왔다.

'흐엄 … 순산인 모양이지. 아들인가 딸인가?'

태산은, 딸이 중신 자리를 마다하고 집 나간 것부터 신중이 되어 아
이를 배고 집으로 돌아온 것까지 그 소행이 괘씸하기 짝이 없었으나,

출산은 별 탈이 없는 것 같아서 일단은 마음이 놓였다.

산인댁이 안방으로 건너왔다.

"아아는 사나 자석입디다."

"흐음! 애비도 모르는 자석을 낳아 갖고 우짤라 카노?"

태산은 일부러 딴전을 핀다.

"아아 아바이는 강 주사 둘째 아들 청수 학생이라 카요."

"머라꼬? 강 주사라이?"

"내애나 호도나무집 강 주사 말이요."

"허어, 그만하기 다행이라. 강세준이 손지라 카모 뼉다구 하나는 지대로 타고난 아알쎄."

태산은 뜻밖의 말을 듣고 한결 마음이 놓였다.

"그라모 당장 금줄부터 달도록 합시다."

태산은, 비록 초례는 갖추지 못하고 나온 아이라 할지라도 할아비되는 강세준에게 어엿이 손주가 나왔다는 소식은 알리는 것이 도리라고 생각했다.

"여보! 빨간 고추로 골라 보소! 지 하래비한테 우선 머슴아라꼬 소문이 건너가거로."

그는 손수 왼새끼를 꼬아 큼직한 고추와 숯댕이와 접은 흰 종이를 달고 대문 밖에 내다 걸었다. 귀신은 왼쪽을 싫어해서 왼새끼를 외면할 것이고, 숯검댕이는 액살을 빨아들일 것이니, 아이 신상에 궂은일을 막아줄 금줄은 한동안 태산네 집의 무상출입을 삼가토록 지켜 주고 있었다.

"산인때기 딸이 몸을 풀었다 카제? 그기이 중놈 자식이란 말이요."

마을 수돗가에서 펌프질을 하면서 아낙네들이 수군거렸다.

"고것도 아들이라꼬 건구지(금줄)에 꼬치를 주렁주렁 달아매 걸었더라 칸께."

"그나저나 애비라 카는 작자는 코빼기도 안 뵈이고, 아이는 우째 키울란고?"

아이는 사흘 만에 배내똥을 쌌다. 노란 황금빛으로 대추 알만 했다.

산인댁이 기저귀를 받아 내었다.

"때깔도 곱기도 해라. 지왕님이 꾸리서 보낸 기라 냄새도 없네."

산인댁은 삼신 바가지를 올렸다. 큰 바가지에 쌀을 담아 한지로 씌워 가는 새끼줄로 묶고 안방 시렁 위에 모셔 놓았다. 그 위에다 아이의 명이 길어지길 바라며 타래실을 올려놓았다.

첫 이레가 지났다.

금줄을 걷어 내렸다.

태산은 산인댁을 보고, 느닷없이 평소에 입지도 않는 양복을 꺼내 달라 한다.

"아침부터 와 이리 설치 쌓소? 오데로 갈라 카는교?"

"오늘은 저놈 지 할애비를 찾아가서 결판을 지어삐야겠소. 지 아비 핏줄로 밝히 낳아야 할 거 아인가배."

태산은 양복을 차려입고, 강세준네 집으로 향했다.

"계십니꺼?"

그는 사랑방 댓돌을 밟고 인기척을 했다.

방문이 열리면서 주인이 내다보고 그를 맞아들였다.

"아침부터 웬일이오? 자, 올라오시오."

둘은 마주 보고 좌정을 했다. 초상을 치른 지 얼마 되지 않은 강세준 노인은 아직도 삭신이 쑤시는 듯 상체를 잦바듬히 젖히고 앉아서 신태산을 건너다보며 얼굴을 살핀다.

"진작에 한 분 올라 캤는데, 차일피일 늦어졌십니다."

태산이 말머리를 끄집어냈다.

"오늘로 손주 아이 첫 이레가 지났십니다. 젖도 잘 묵고 잘 크고 있십니더."

"소문결에 잘 듣고 있소만 … 첫 손주를 보았다니, 좌우튼 경하할 일이오."

"청수 군은 기별이나 닿고 있십니꺼?"

"글쎄. 어디로 가 있는지 … 통 소식이 없소이다."

세준은 마뜩잖은 표정으로 말을 받았다.

"그런데 … 집의 딸 아아가 … 산모의 입으로 아아 아비 되는 사람이 바로 청수 학상이라 카네요."

"머라꼬요?"

세준은 휘둥그레진 눈으로 목소리를 반음 퉁겨 올렸다.

'이것이 무슨 해망駭妄한 소린고?'

세준은 이마를 잔뜩 찌푸린다.

'이 양반이 아침부터 채신머리없이 무슨 말을 하고 있는고?'

미간에 '내 천川 자' 골이 깊게 팬다. 고개를 젖혀 천장을 올려다본다.

"으험험!"

말도 안 되는 소리를 들은 양 짐짓 헛기침을 크게 뱉었다.

"가아가 댁에 손주가 된다, 그 말씀이요."

태산은 같은 말을 한 번 더 설명했다.

"헛허어! 이 무슨 날벼락 치는 소린고? 세상에 말이 되는 소리를 해야지. 장가를 들인 적도 없는데, 우째 아아가 생긴다는 말인고?"

세준은 목을 곧추세우고 태산을 눈 아래로 깔아보았다.

"우리 집안에는 밖에서 낳아온 서손을 들인 적이 없소."

이렇게 말은 하면서도, 그는 잠시 웅천댁에서 난 성준과 그의 자식 규가 떠올랐다.

'그들은 우리 가계에 올릴 수가 없다. 정실에서 난 손들이 아니니까. 어림없는 이야기지.'

세준은 한껏 목청을 돋우었다.

"버젓이 대례는 치르고 난 손이라야 손이지."

태산은 뚝심이 불끈 솟았다.

"그렇게 잡아뗀다고 될 일이 아이잖소. 댁에 자석이 씨를 심었이께, 가아는 댁에 손자라 말이요."

"댁에 딸아아가 절에 가서 씨를 받아온 모양인데, 무부무군無父無君 쌍놈 자식을 두고 감히 어느 반가班家를 넘보는 소리를 하고 있는고?"

태산이 입을 더듬거리며 말을 이으려 하자, 세준이 손바닥으로 방바닥을 내려치며, 태산의 말을 자르는 품새가 단숨에 푸줏간 사골 내리찍는 작두 칼날질이다.

"시방 뉘 앞에다 대고 행토(행짜)를 부리는 짓고오!"

소리가 쩌렁하고 울렸다.

"으흠! 으허흠!"

위압적인 헛기침을 뱉었다. 턱이 바르르 놀았다.

"으음 … ."

태산은 속으로 앓는 소리를 내었다. 자리를 박차고 일어섰다.

"다리 밑에 내삐릴 낀께, 주워 가든지 말든지 맘대로 허시오!"

태산이 휑하니 나가고 나자, 동래댁이 들어왔다.

"아침부터 고성을 올리시고, 웬일인교?"

"으흐험! 글쎄 청수가 건디리서 애가 생겼다 하지 않소. 비린내 나는 뱃놈이 어디서 감히 사돈 행세를 할라꼬 … 택도 없는 소리 … ."

동래댁은 세준이 화를 내며 내뱉는 말을 들으면서, 속으로 손가락을 꼽아 보았다. 마음에 집히는 것이 있었다.

2. 핏줄이 당겼다

열 달 전 아침 일이 머리에 떠올랐다.

동래댁은 조부 제사에 쓸 유기그릇을 아침 일찌감치 옮겨 놓으려고 며느리 남지댁을 데리고 뒤꼍 대밭 굴로 들어갔다가, 갑자기 '푸드득!' 튀는 소리에 깜짝 놀랐다. 웬 여식아이가 치마를 추스르며 굴 밖으로 뛰어나갔다. 동래댁의 손에 든 촛불이 펄럭였다.

부스스 일어서는 청년이 청수인 것을 촛불 속에서 알아챈다.

"니가 이 새북에 여어서 우얀 일고? 내사 지사 그륵 챙기러 온 참 아이가."

동래댁은 어이가 없어 바지를 추스르는 아들을 쳐다본다.

"그런데 다 큰 처이총각이 이래 어불리도 되는 짓가? 자아가 누 집 딸고?"

"…… ."

청수는 말을 못한다.

"산인댁 딸아아가 맞십니더."

남지댁이 말했다.

비릿한 내음이 풍겼다.

'댓잎 내음인가? 남정네 날비린낸가?'

동래댁은 두 젊은 것들이 저지른 해괴한 일에 짐작이 갔다.

'세상에 이 무슨 요상한 일이 다 있을꼬?'

눈앞이 캄캄해 왔다.

"니 이 짓 아부지가 아시모 그 불난리로 우째 감당을 할라 카노? 펄펄 뛰실 낀데 … ."

" …… ."

"처신을 진중하이 하거라이. 상대방 집안을 바 가면서 말이다. 딸아아를 저래 새북같이 내돌리서 풀어놓는다 카모 우째 자석을 지대로 키우는 집안이라 칼 수가 있겠노? 본데없이 막된 집안이지, 도저히 반반한 집안의 딸이라 칼 수가 없다."

청수는 말없이 밖으로 나갔다.

동래댁은 가슴이 답답해 왔다.

세준 영감도 이 일을 알게 되면 펄펄 뛰며 불벼락을 내릴 것이 분명한데, 그렇다고 말을 않고 지날 수는 없는 일이어서 동래댁은 뛰는 가슴을 누르고 제기祭器를 챙겨 들고 부엌으로 되돌아갔다.

그러자 남편이 부르는 소리가 났다.

"보소!"

사랑방으로 건너간 동래댁에게 세준은 고개를 갸웃거린다.

"참 괴상한 일도 다 보았소. 저 아래 메루치집 딸아아가 난데없이 대밭에서 뛰어나오더니 협문을 빠져나가지를 않겠소. 말만 한 다 큰 처녀가 풀쩍풀쩍 뛰면서 말이오."

세준은 용변을 다니러 가는 길에 집 뒤꼍으로 통하는 문이 열려 있어 닫으러 왔다가, 자흔이 달아나는 모습을 보았던 것이다.

"그렇게 말이요. 대밭에 갔더이 둘이 나오데요. 그래서 우짠 일이냐고 물었더이 말로 몬 하데요."

"지금 뭐라 했소? 여식애하고 … 둘이서? 청수가 말인가?"

세준은 당장 눈이 찢어질 듯이 벌어진다.

"으험, 으흐험!"

노여움을 헛기침으로 바투더니 방문을 활짝 밀어젖히고 기왓장이 들썩이도록 고함을 질렀다.

"이노옴, 처엉수야아!"

아무 기척이 없다.

잠시 후 다시 소리를 냅다 질렀다.

"청수 이놈아아! 어서 올라오지 못하겠느냐아!"

역시 아무 기척이 없다.

"겁이 나서 잠시 피한 모양이오."

동래댁은 학생방의 동정을 살피며 말했다.

"이놈 들어오기만 해 봐라, 당장에 요절을 짓고 말 끼다."

동래댁의 속셈으로는, 아침에 신태산이 다녀간 바로 지금 이 순간이 대밭에서 아이들을 만났던 날 아침으로부터 열 달이 지난 때임을 알아냈다.

"여보오, 예삿일이 아인 거 같소."

"뭐가 말이오?"

"산인때기 딸아아 출산 말이오. … 청수가 저지른 작태가 맞는 거 같소."

세준도 열 달 전 대밭을 빠져나와 달아나던 산인댁 딸아이를 머리에 떠올렸다. 속으로 달수를 짚어 본다.

'으엄, 얼추 열 달이 되는구나. 그렇다면 아이는 누구의 손이란 말인고? 허어, 참!'

세준은 부질없는 생각에 머리를 젓는다.

"그동안 얼마나 상심이 많으셨겠소? 자아, 오늘은 다 잊고 한 잔 들도록 합시다."

박 의원은 세준을 집으로 불러 조촐한 술상을 차렸다.

전쟁터에 끌려가 죽은 큰 자식의 초상을 치른 뒤, 사십구재까지 지내고 넋을 놓고 지내는 세준의 허전한 마음을 위로해 준다며 차린 술자리였다.

세준은 청주 잔을 받아 한 입에 죽 마시고 쩝쩝 입맛을 다신다. 젓가락으로 풍로 참숯불에 구워 노릇노릇 누른 봄 도다리를 한 점 집는다.

"애비는 자식을 잃고 가슴에 안고 간다더니 … 밥상에 행주를 보면 문득 가아 어릴 때 기저구 비린내가 코에 물씬 풍기고 … 담 너머 동네 아아들 떠드는 소리가 들려오면 문득 가아 목소리가 앵앵 귀에 울리고, 아낙네가 젖먹이를 안고 가는 것을 보아도 가아 어릴 때 생각이 물컹 솟소."

"그만하소. 병나겠소. 인생 목숨 어차피 갈 목숨, 좀 일찍 갔다 생각하시오. 툴툴 털어 버리고 다 잊고 지내야지. 자아, 한 잔 더 하십시다요."

박 의원은 세준의 빈 잔에 술을 친다.

약재 봉지에서 한약 냄새가 세준의 코끝에 머문다.

"그게 어데 그리 쉬운 일이겠소."

"하기야 그렇기도 하겠지. 허나 후사를 이을 둘째가 있지 않소. 어금버금 형제 둘이 백중지간이 아니었소. 동생인들 형만 못하겠소. 비미 여문 자식이 아니던가 말이오."

"가아들 지금 곁에 있는 것도 아니고 … 세상천지 어디로 떠돌아다니고 있는지 … 온다는 기약도 없이, 버린 자식이나 다름없소."

"허허어! 멀쩡한 자식을 두고 그리 막말을 하는 것이 아니오."

"여기서 일 저지르고 달아난 아아가 험하디험한 만주 땅에서 무슨 일인들 못 저지르겠소? 짐승 소굴 같은 마적馬賊 천지에 어디다 발을 붙이기나 할 것이며 … 가아는 살아도 산목숨이 아니요. 언제 고혼孤魂이 되어 돌아올지 모르는 아이요."

"허허어! 그리 허튼소리를 하지 마시오. 자아 한 잔 더 하고, 나도 한 잔 주시구려."

세준은, 학추가 허물없다고 생각하여 넋두리를 한다.

"내 아즉 상노인 행세하기는 이르다만, 이 낮살에 새로 별방을 두어 손자식을 생산할 수가 있을 것이며 … 사속嗣續을 잇지 못한다면 조상 앞에 무슨 면목으로 낯짝을 들겠소이까?"

세준이 학추 의원의 잔에 술을 따른다.

"여보게, 학추! 소문이 돌 만큼 돌아서 당신도 들어서 알겠지만, 글쎄 그놈이 떠나면 곱게 떠날 일이지, 남의 집 처자를 덜컥 건디려 놓고 애까지 지었으니 … 혼례도 치르지 않고 원 창피해서 … 복장이 터질 일이오."

"징용이다, 학도병이다 다들 끌려가서 목숨이 날아갈 판에 가아들로서야 무슨 짓인들 못 저지르겠소."

박 의원은 자기의 잔에 손수 술을 따라 마신다. 주기가 오르기 시작한다.

"혼례식? 그걸 뭐 그리 걱정하고 있소? 일본이 패할 날도 얼마 남지 않았으니, 전쟁 끝나고 아들 돌아오면 그때 가서 식을 올려서 혼사를 치르면 되지 않소?"

"으험 험! 그래도 그렇지, 하필이면 뱃사람 잡놈 집안에 연을 맺었으니 … 세상에 낯짝을 내밀고 다닐 수가 있어야지 … ."

"세주운! 사람의 씨는 하늘이 내리는 거요. 혼전에 손을 보았다고 무슨 문제가 될 일이 있겠소? 성리학性理學의 잣대로만 세상만사를 재단할 수가 없게끔 버얼써 세상이 바뀌어 버렸잖소. 태어난 알라아가 강씨 집안의 명근命根을 이어갈 어엿한 핏줄이 아니오? 요새는 학덕만 가지고 집안이 좋다, 그르다 반상을 가리는 세상이 아니지 않소? 모두 개명이 되어 가지고 근대화라 카던가, 실학實學이라 카던가, 산업화라 카던가 그런 세상이 아니겠소. … 가아는 버젓이 세준의 혈육이니 거두어들이도록 하시오."

세준은 호두알을 굴리면서 박 의원의 말을 듣고만 있었다. 기름때에 절어 밤껍질같이 반들거리는 호두알은 경쾌한 소리를 내었다.

딸그락딸그락!

'그렇기는 하다마는, 남의 눈도 있는 법인데 … .'

"요새 세상에 양반 상놈만 따질 때가 아니지 않소. 세상이 바뀌었으니 시속을 따라야지. 왜놈학교 신식교육을 받고 자란 아이들이 우리가 배울 때하고는 달라도 한참 다르지 않소? 어쩌겠소, 우리가 이해하고 넘어가야지. 우리가 잘못 키운 탓도 없지는 않은 것이라 … 요새 사람들은, 한방에 오던 환자들도 양약만 찾는 기라, 양약가루하고 주사 물약하고 말이오 …. 그 양약이라는 것이 어디 별건가, 다 한약재에서 추출했으니 둘 다 같은 것인데 말이오. 신식문물이 들어와서 우리 것이 안 바뀌고 남아나는 게 뭐가 있소?"

박 의원은 청주를 홀짝 들이키고 호박전을 한 점 집어 입에 넣는다.

"세준, 한번 들어 보소. 세상이 변했소. 가마 대신에 하이야 다쿠시가 신작로를 달리고, 말 대신에 기차가 철길을 달리고, 도락구가 소달구지를 대신하고 … 호롱불 대신에 전기다마가 불을 밝히고, 뽐뿌로 물을 자아올리고 …. 그 통에 남정네들이 하고 댕기는 꼴 좀 보소. 갓 대신에 중절모를 쓰는가 하면 상투 대신에 이발 머리 뽀마드를 바르고, 새비로를 차려입고, 입담배를 꼬나물고 …."

박학추는 주기가 올랐다. 내친김에 사설이 길어진다.

"예편네들은 또 어떻고. 밀기울 잿물 대신에 빨래 사분을 쓰고, 쪽진머리가 파마머리로 바뀌고 … 짚신에서 고무신으로 다시 하이힐로 바꿔 신고 … 장옷은 던져 버리고 파라솔을 뱅뱅 돌리고 … 여학생이라고 말만 한 처녀들이 교복 짧은 치마에 허연 종아리를 드러내 놓고 깡총거리고 … 세상은 뒤집어진 세상이라. 시속이 변했으니, 대례大禮 절차 없이 난 손이라고 혈통을 모른 척할 수야 없지. 아아는 따지고 보면 장손이 아니겠소. 받아들여야지. 형식이 중요한 것이 아니라 실질적인 내용이 중요한 것 아니겠소? 늘그막에 손을 보았으니, 이 어찌 기쁜 일이 아니겠소?"

박 의원 안댁이 새 술 주전자를 내왔다.

"지난분에 초상 치른다고 큰 욕 보셨습니다. 동래댁한테도 위로 전해 주시이소.”

세준에게 위로의 말을 하고 나갔다.

“신태산이 그 사람, 학문은 짧아도 그래도 멸치어장은 착실하게 일구어 놓은 사람이라.”

박 의원이 그를 만나본 소감을 세준에게 말해 준다.

“돌쌍놈! 사람이 예가 없어!”

세준은 짧게 내뱉었다. 아직도 불쾌한 감정의 찌꺼기가 남아 있다.

“사람은 만나 보니 성품은 행운유슙行雲流水다. 시원시원하고 거침없이 술술 제 생각을 늘어놓고. 그래도 신심은 있어 가지고 절에 목불도 공양하고 … 이웃 간에 천도재도 돕고 … 안댁이 신실한 보살이라 불심도 깊답디다.”

세준은 잠시 상념에 잠긴다.

‘청수가 돌아오기만 한다면야 … 으음 … 식은 그때 가서 올려도 되겠지.’

박학추의 이야기가 귀에 담기기 시작하였다.

석 달이 지나갔다.

산인댁은 목욕을 시킨 아기에게 손수 지은 삼저고리를 입혔다. 하얀 목면 천은 안팎 겹으로 하여 따뜻하다.

저고리 고름을 매어 늘어뜨리면서 외손주를 위해 치성을 드린다.

“멩필에다 문장 좋아 베실(벼슬) 하고, 오복수복 두루 갖차서 멩줄 길게 장수하거라이.”

그리고 아이를 누이고 토닥거리며 〈회심곡回心曲〉을 흥얼거리며 잠을 재운다.

이 세상 나온 사람 뉘 덕으로 나왔었나.
불보살님 은덕으로 아버님 전 뼈를 타고
어머님 전 살을 타고 칠성님께 명을 빌어
제석님께 복을 타고 석가여래 제도하사
일생일신 탄생하니 한두 살에 철을 몰라
부모은공 아올소냐 이삼십을 당하여는 …

아이는 장단에 맞추어 발을 차고 손을 저었다. 그리고 쫑긋 웃었다. 산인댁은 외손주의 배냇짓이 마냥 귀엽기만 하다. 볼을 집고 흔든다. 아이는 까르르 웃는다.

"백일이 가찹아 온다고 좋은가배. 니도 목숨을 달았다고 사람 구실은 다하고 있구나. 먹고 자고 싸고 울고 … . 니 에미가 서 말 서 되 피를 쏟고 니를 낳고, 여덟 섬 너 말 젖을 멕여 길러 주니, 펭생에 그 은 공을 몬 잊는다이."

외할머니는 아이를 들여다보며 중얼거렸다.

"왼쪽 어깨에 어머니를 받들고 오른쪽 어깨에 아버지를 받들고, 살가죽이 닳아 뼈에 이르고 뼈가 뚫어져 골수에 이르기까지 수미산須彌山을 백 천 번을 돌더라도, 부모의 깊은 은혜는 다 갚지 못하니라. 나무 사만다 못다남 옴 아아나 사바하!"

안방에서 산인댁이 은중경恩重經의 주요수미周遶須彌의 효孝 불경을 읊조리는 소리가 사랑방에까지 들려온다.

태산은 '욱!' 하고 속이 치민다.

"강가 그놈우 영감탱이! 세상 어느 천지에 지 핏줄로 내 몰라라 카고 이리 패대기로 치는 벱이 있단 말인고?"

태산은 분해서 밤잠을 설친다.

'애비 없는 저 핏덩어리를 참말로 어째야 하는고?'

엎치락뒤치락하다가 날이 새자 태산은 딸의 방으로 건너갔다. 아이를 포대기에 돌돌 말아 안고 나선다. 분위기가 심상치 않다.

"아부지예, 오데로 가십니꺼? 알라아는 이리 주이소!"

산모는 버선발로 따라 나와 아버지의 팔을 잡아당기며 아이를 도로 빼앗으려 한다.

태산은 팔을 뿌리치며 소리친다.

"시끄럽다. 핏줄 찾아가야 할 꺼 아이가. 오올은 지 애비 연줄 찾아나서자!"

치맛단이 투두둑 터지는 소리를 들으며 산모는 버선발로 한길로 따라나섰다. 매달리다시피 하여 그를 쫓아갔다.

태산은 강세준의 집 앞에 이르자 아깃보를 대문 안에 들여놓았다.

"강 고집 영감탱이, 오냐 두고 보자 … 니 손주 니가 몬 받으모 내도 몬 받는다!"

그리고는 산모의 팔을 잡아끌고 집으로 돌아왔다.

"인자부터는 대문 밖에 얼씬도 마라! 나갔다가는 다시는 집구석에 발모가지를 몬 들여놓을 줄 알아라!"

첫새벽에 세준은 문풍지 떠는 소리에 눈을 떴다.

'내가 잘못 들었나? 문고리가 삐거덕거리는 소린가.'

"으아아! 으아앙!"

아이 우는 소리가 문간 쪽에서 들려왔다.

이내 마당을 가로질러 고무신 끄는 소리가 나더니 며느리의 목소리가 들려온다.

"아이고 시상에 아아를 내다 버리고 갔네. 벨일도 다 있제."

애 울음소리가 안채로 사라진다.

'신새벽부터 무슨 일인가?'

세준은 일어나서 마당을 건너갔다. 안방에 들어서자 동래댁이 강포대기에 싸인 아이를 안고 앉아서 어르고 있었다.

"영감, 야아 좀 보소! 누가 문간에 베린 아아라 칸께요."

"허허어! 세상 시끄러울라 하니 온갖 일이 다 생기네."

아이는 갑자기 숨이 넘어갈 듯이 울어 젖힌다.

'젖 달라는 소리겠거니 … 이 핏덩이를 배로 곯리다니 … .'

세준은 안쓰러운 느낌이 들었다.

맏며느리 남지댁이 종지에 밥물을 받아 들어왔다. 배 속의 아이를 잃고 엎친 데 덮친 격으로 남편 장오마저 떠나보낸 뒤 그녀는 마치 죄인처럼 집 안에서 숨소리조차 제대로 내지 못했다. 눈앞의 아이를 보며 무거운 짐을 내려놓은 듯 안도의 숨을 길게 내쉰다.

동래댁이 '후후!' 불어 가면서 숟갈로 아이의 입에 부어 넣는다. 오물오물 삼키고 쩝 입맛을 다신다. 영 셈에 안 찬다.

"자상하이 디려다보소. 야아가 영판 청수 얼골을 탁했다 카이."

그는 아이를 내려다보았다.

"닮기는 머가 닮았다고 … 으험!"

말은 그렇게 하면서도 내심 흠칫했다.

'영판 지 애비 낯짝을 뺐구나.'

아이를 버린 짓은 뱃놈 신태산 영감쟁이의 작태일 것이다 하는 생각이 퍼뜩 들었다.

'독한 영감탱이! 그런데 야아 피색을 좀 보게. 과연 사발 엎어 놓은 둥근 이마빼기하고, 조개껍데기 오려 붙인 귓바퀴하고 깨꼬롬(새초롬)한 눈매가 자식 청수의 피색 그대로가 아닌가.'

맏며느리 남지댁이 붙어 앉아 아기를 들여다보고 한마디 했다.

"영판 삼춘 고대로 뺐네. 얄팍하이 불끈 다문 입술 좀 보이소 …. 친탁親托을 했네."

세준은 아이를 받아 안았다.

물끄러미 내려다보았다. 아이는 노인을 올려다본다. 조손祖孫간에 첫 대면이었다. 핏줄이 당겼던 것이다.

"여보, 새벽 선잠에 이상한 꿈도 다 봤소. 선고께서 황소를 몰고 대문을 들어서시지 않겠소. 내가 고삐를 쥐려 하니 내 손을 뿌리치고 대청마루로 올라가시지를 않겠소. 참 희한한 일도 다 있다 싶더이다. 그 꿈이 이것인 모양이오."

한나절이 지나서 세준은 맏며느리 남지댁을 태산네 집으로 보냈다.

대문을 밀고 들어서는 그녀를 보고 산인댁은 눈이 둥그레졌다. 젖은 손을 행주에 닦으면서 맞아들인다.

"남지때기 아이가? 우짠 일로 왔소?"

"어른께서 산모를 좀 보자 캅니더."

산인댁에게 시아버지의 말을 전했다.

"아아 젖 멕일 때가 지났으니, 울매나 울어 쌓겠노. 그래 퍼뜩 가 바야제."

그녀는 얼른 건넌방으로 들어갔다.

산모 자흔은 옷매무새를 고치며 마당으로 내려섰다. 남지댁에게 가볍게 목례를 한다.

"아아가 마히 울지예?"

"밥물도 믹이고 … 할머이가 따독거리 주고 있이께 … ."

남지댁은 산모를 데리고 갈 길을 서두른다.

그때 태산이 방문을 열어젖혔다.

"아아 받아 올 일은 당최 생각도 말거라!"

대문을 향해 걸어가는 딸의 뒤에 대고 소리를 질렀다.

"차라리 아아를 안고 그 집 마당에 드러눕어라. 인자 니는 죽어 구신이 돼도 그집 구신이다."

그러면서도 한편 태산은 속으로 짐작이 갔다.

'이제사 강 영감이 핏줄이 댕겼던 모양이지. 아아는 두고 며느리만 보낸 것을 보면 … .'

남지댁이 자흔의 손을 잡아 주었다.

"걱정하지 말게. 아아는 잘 있으께."

그녀는 산모를 데리고 사랑채 앞으로 가서 시아버지의 방을 향해 아뢰었다.

"아버님, 산모가 왔십니더."

"어험!"

기침 소리가 났다.

"들여보내라."

남지댁은 산모의 등을 밀었다.

자흔은 방으로 들어가서 어른 앞에 다소곳이 앉았다.

지그시 산모를 바라보던 노인은 입을 떼었다.

"니가아 어찌 그리 모질더냐? 젖먹이를 떼 놓고 어쩌면 그리도 천연
덕스러울 수가 있단 말이냐?"

목소리가 착 가라앉아 있었다.

그녀는 머리를 조아리고 버선코만 내려다보면서, 노인의 입에서 버
럭 쏟아질 야단을 두고 이제나 저제나 하고 가슴을 죄고 있었다. 그러
면서도 신경은 온통 안채로 쏠리고 있었다. 하마나(행여나) 아이 울음
소리가 들릴까 하여 귓바퀴는 점점 벌어져 갔다.

이윽고 노인의 입에서 말이 떨어졌다.

"아이 생시는 어찌되는고?"

"인시寅時라고 들었십니더. … 미역국이 들어올 때 첫닭이 울고 홰치
는 소리를 들었십니더."

"초봄에 낳은 닭띠는 영특하다 하제?"

굵고 깐깐하던 목소리가 많이 풀어졌다.

세준은 손가락을 꼽아가며 아이의 사주를 짚어 보고, 고개를 주억
거리며 책을 펼친다.

"으음, 좋은 탁생托生이다. 타고난 시는 어지간히 됐구나."

"태몽은 보았느냐?"

"미륵불彌勒佛을 보았십니더."

"해몽에 부처 이야기는 못 들어 봤는데. … 하여튼 꿈 이야기는 밖에 홀리지 말거라."

방문이 열리고 동래댁이 아이를 안고 들어서자 산모는 일어나 뺏다시피 건네받았다.

"아이 젖을 물리거라."

세준이 일렀다.

산모는 돌아앉아 저고리 섶을 걷어 올리고 젖꼭지를 들이대자 아이가 덥석 문다.

젖배를 곯은 아이는 할아비 앞에서 무엄하게도 '쪽 쪽!' 소리를 내며 젖을 빤다.

"젖은 안 모자라는가?"

동래댁이 물었다.

"예. 잘 나옵니더."

아이가 젖을 뱉고 잠이 들었다.

"야아 이름은 뭐라 부르는고?"

세준이 물었다.

산모는 아이의 머리를 쓰다듬으며 답했다.

"산돌이라 부릅니더. 외할머이가 산이 좋다고 그리 부릅니더."

"산돌이라. … 상스럽기는 하다만 당분간 그대로 쓰거라. 핏덩이는 이름을 막 지어 부르는 법이다."

세준은 콧수염을 쓰다듬으면서 헛기침을 하고 말을 이었다.

"어린것이 그간에 목숨이 붙어 살아남아 인제 사람이 될성부르니, 이름을 지어야 할 때가 됐다. 아이 관명冠名을 지어 작명례作名禮를 올릴 터이니 그리 알아라. 수일 내에 날 잡아 기별이 가거든 부모님 모시고 같이 오도록 하거라."

동래댁은 방문을 열고 안채를 향해 외쳤다.

"야야아이, 메눌아! 거게 챙기 놓은 거 갖고 오이라!"

남지댁이 한지로 둘둘 말아 놓은 꾸러미를 들고 방으로 들어왔다.

동래댁이 받아서 산모 앞으로 밀어 놓는다.

"아나, 이기이 돼지 족발이다. 고와 먹고 젖을 불리도록 하거라."

산모는 얼른 받아 들고 고개를 숙이며 인사를 했다.

"고맙십니더."

3. 다시, 빛 속으로

아이가 태어난 지 백일이 가까운 그믐날을 잡아 작명례作名禮를 올렸다. 안방에 병풍을 치고 그 앞에 빨간 방석을 깔아 상석을 마련하고, 아이의 할아버지 내외가 좌정했다. 그 앞으로 비스듬히 왼쪽에는 파란 방석을 펴서 산모가 아이를 안고 앉았다.

아이는 색동저고리에 풍차바지를 입히고 남색조끼에 보라색 두루마기와 쾌자快子를 입혔다. 옷 속에 둘러싸인 아이는 어미의 모본단 저고리 품과 화갑사 치마폭에 안겨서 목만 내밀고 도리질을 친다.

모자가 앉은 줄 다음 자리에는 세준이 먼저 앉고 그 옆으로 안성의 우준 동생이 앉고 그다음 맨 끝으로 숙항叔行인 준오가 앉았다.

건너편에는, 집안 여인들이 바깥어른들을 마주 보고 앉았다. 강씨 집안에 처음으로 손항孫行을 보게 된 집안 안팎 어른들은 모두 참석한 셈이었다.

강세준 노인은 산모의 아버지 신태산을 향해서 동생 우준의 등 뒤를 가리키며 자리를 권한다.

"자아, 그쪽으로 좌정해서 앉으시도록 하시오."

아이의 외조부 태산의 옆에는 제생당 박 의원이 앉았다.

산모의 어머니 산인댁은 부인들이 앉은 줄 뒤쪽에 자리를 정해 주었다. 비록 혼례의 예는 올리지를 못하여 산모의 부모를 사돈이라 부를 수는 없었지만, 아이의 외조부모임에는 틀림없는 사실이니 초청하였던 것이다.

'아이에게 양가에 결손이 없이 오롯이 건재함을 보여야 더욱 빛이 나는 자리가 아닌가' 하고 세준은 태산 내외를 초청한 명분을 찾았다.

모두가 좌정하자, 세준은 마땅히 가운데 마주 보고 청수가 앉아야 할 자리에 놓인 빈 방석을 바라보면서 잔기침으로 목을 다듬고 입을 열었다.

"사람이 나면 의당 이름이 있어야 하니, 첫 손주를 본 할애비가 생자명모生子名某의 옛 가례家禮에 따라 작명례를 시작하여 조상에게 아이의 이름을 무엇이라고 지었습니다 하고 아뢰도록 하겠습니다."

세준은 봉투에서 접어 놓은 명첩을 꺼내서 상 위에 펼쳐 놓는다.

그리고 아이의 왼손을 잡아 쥐고 나지막한 음성으로 말했다.

"아가, 지금부터 할애비가 너의 이름을 지어 주노라."

명첩을 한번 들여다보고는 일렀다.

"너의 애비는 강청수이고 너의 에미는 신자흔이고, 너는 첫째 아이로서 첫 아들이다."

잠시 쉬었다가 아이의 계원系源을 밝힌다.

"너는 진주 강姜씨의 30세이고 문원공文元公의 12대손이고 창주파 13대손 부와댁 효간공의 8대손이다."

다음에는 사주를 밝혔다.

"너는 을유년 무신월 갑자일 인시寅時 그러니까 새벽 4시에 마산부 원정 82번지 외가댁에서 태어났다."

이제 이름을 밝힐 때가 되었다.

"너의 이름은 주州 자, 인仁 자를 써서 '주인'이라 한다. '고을 주州 자'

는 물이 고인 형국으로 사람 사는 마을을 이룬다는 뜻의 글자이고, '어질 인仁 자'는 사람들이 사이좋게 어울려 지낸다는 형국의 뜻이니, 이 세상에 나가서 사람들과 더불어 잘 지내라는 뜻의 이름이니라."

강주인姜州仁.

강씨 문중 30세 사손嗣孫의 이름이다. 귀한 자손이다. 좋은 세상을 만나거나 궂은 세상을 만나거나 끊이지 않고 조상 대대로 면면이 이어 내려온 항렬과 소목昭穆의 차례를 뚜렷이 하여 지은 이름자다.

할아버지가 아이의 손을 놓지 않고 다정하게 쥐고서 이른다.

"주인아, 너 이름자에 맞게 훌륭하게 자라서, 이름을 부끄럽게 하는 일이 없도록 살아가거라."

아이는 고개를 가누고 할아비를 올려다보며 웃는다.

뒷줄에 앉은 박학추 의원이 한마디 했다.

"지 할애비 말을 알아듣고 싱긋 웃는 본새가 영판 지 아비 닮았소이 다그려."

"헛헛헛! 기특도 하구나. 으허허허! 어디 한번 안아보자."

세준은 팔을 내밀어 산모에게서 아이를 받아 보듬는다. 동래댁은 아이를 들여다보며 도리질로 어른다.

"니는 무슨 탁생托生을 받아 하필이면 우리 집에 났는고?"

갑자기 아이가 용을 쓰며 얼굴이 빨개진다. 입을 앙다물고 할아버지 품안에서 발을 뻗댄다.

어른은 얼굴에 웃음을 띠고 흐뭇해한다.

"오오냐! 힘도 좋다. 니 뼈대가 아비를 닮아서 장대하구나."

"고마 아아를 퍼뜩 에미한테 넘가주소."

동래댁이 보다 못해 하고 이르고는 산모에게 말했다.

"야야아, 얼푼 기저구를 갈아주거라이."

어린 개체는 조부의 품속에서 왕성한 배변의 생리작용을 했다. 할아버지 앞에서 한 무더기의 똥을 갈겼던 것이다.

어머니는 아이를 받아 방바닥에 뉘이고 목면 기저귀를 벗겼다. 발가벗은 아랫도리 한가운데서 오줌이 솟아 포물선을 그린다.

"으허허허허! 야야아 에미야, 아이 기념사진을 박도록 하거라. 아랫도리를 드러내놓고 … 헛헛헛!"

어른은 자못 흔쾌한 목소리로 웃어넘겼다.

"자아, 얼른 상을 차리도록 하소! 우리 다 같이 점심을 들도록 하시입시다."

아낙들은 부엌으로 나가고, 남자 어른들은 산모와 아기를 둘러싸고 앉았다.

"종친회에 기별을 보내서, 야아를 당장 족보에 올리도록 해야겠다."

세준은 큰 소리로 떠들었다.

일제는 창씨개명을 통하여 조선민족의 핏줄을 흐릿하게 뭉개 버릴 심산이었으나, 조선 사람들의 혈연의 역사를 담은 족보만은 이 땅에서 연면連綿히 이어가고 있었다. 피의 내력을 문자로 담아 놓은 족보는 지워질 수가 없었다.

어미의 젖을 물린 아이는 '쪽 쪽!' 힘껏 빠는 소리를 낸다.

왕성한 생명력이 뱉는 존재의 소리였다.

(끝)

박경리 이야기

김형국(서울대 명예교수) 지음

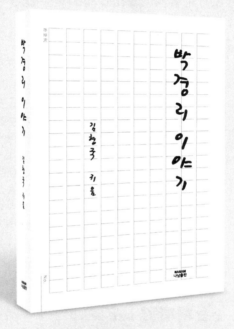

생명의 강, 생명의 불꽃이 타는 그리움의
심연 속에《토지》작가 박경리의 삶과 문학

《토지》작가 박경리와 30여 년간 특별한 인연을 맺어온
김형국 서울대 명예교수가 엮은 박경리의 삶과 문학.
지극히 불운하고 서러운 자신의 삶을 위대한 문학으로
승화시킨 '큰글' 박경리를 다시 만난다.

신국판 | 32,000원

나남 Tel. 031-955-4601
nanam www.nanam.net

은빛까마귀 고승철 장편소설

언론인 출신 작가 고승철이 증언하는 정치권력의 실상!

장기집권 야욕을 불태우는 현직 대통령과 이를 막으려는 애송이 기자의 숨 막히는 '육탄대결'을 그린 소설. 얼치기 운동권 김시몽은 대권을 잡고 영구집권 음모와 노벨문학상을 받기 위한 공작을 펼친다. 이를 눈치챈 수습기자 시현이 특종보도한다. 이 과정에서 김시몽 통령은 시현을 비롯한 관련자를 안가로 납치, 조선시대 방식의 국문(鞫問)을 가하는데….

신국판 | 320면 | 12,000원

개마고원 고승철 장편소설

평화의 무대 개마고원에서 펼쳐지는 비밀프로젝트!

불우한 유년을 딛고 성공한 CEO 장창덕과 재벌 기업가 윤경복은 대북사업의 일환으로 북한 반체제 활동자금을 지원한다. 개마고원에서 북한 지도자를 만난 장창덕은 한반도에 새 패러다임을 열어줄 아이디어를 털어놓는데…. 6·25 전쟁 당시 가장 참혹했던 장진호 전투가 벌어진 비극의 무대 개마고원이 이제 한반도 평화를 꿈꾸는 희망의 무대가 된다.

신국판 | 408면 | 12,800원

소설 서재필 고승철 장편소설

한국 근현대사 최초의 르네상스적 선각자 서재필!
광야에서 외친 그의 치열한 내면세계를 밝힌다!

'몽매한' 조국 조선의 개화를 위해 온몸을 던졌던 문무겸전 천재 서재필을 언론인 출신 소설가 고승철이 화려하게 부활시켰다. 구한말 개화의 소용돌이 속에서 펼치는 웅대한 스케일의 스토리는 대(大)서사시를 방불케 한다. 21세기 지금 정치 리더십이 실종된 한국, 그의 호방스런 기개와 날카로운 통찰력이 그립다! 신국판 | 456면 | 13,800원

여신 고승철 장편소설

흙수저 반란사건의 내막!
한국판 '돈키호테'의 반란은 과연 성공할 수 있을까?

영화관 '간판장이'였던 탁종팔은 자수성가해 부초그룹의 회장
이 된다. 그는 한편 부초미술관을 세워 국보급 미술품을 모은
다. 겉보기엔 돈 많은 미술 애호가인 듯하지만 탁 회장의 야심
은 만만치 않다. 바로 '헬조선'의 구조 자체를 뒤바꾸는 것! 그
의 야심에 장다희, 민자영 등 '흙수저' 출신의 걸물이 속속 모
여드는데…. **신국판 | 312면 | 13,800원**

춘추전국시대 고승철 시집

'경쾌한 독설'의 미학 고승철 작가, 시인으로 데뷔하다

웅대한 스케일의 장편소설들을 발표해 온 고승철 작가의 첫
시집. 언론계에서 여러 인간 군상(群像)을 접한 경험을, 소설을
쓰며 언어를 벼린 경륜으로 녹여 냈다. 거침없는 문체와 언어
유희로 던지는 질문들에서, 작가가 말하는 '경쾌한 독설'의 미
학을 느낄 수 있다. **4×6판 변형 | 188면 | 12,000원**

파피루스의 비밀 고승철 장편소설

이집트 신화의 비밀을 파헤쳐 '참 나'를 찾다
죽음이 두려운 이들에게 들려주는 진실의 힐링 메시지

고대 상형문자해독이 취미인 임호택은 우연히 이집트에서 신
화가 기록된 문서를 해독하는데, 문서에는 자신은 인간이며
신을 참칭했다는 이집트 왕의 고백으로 시작해 충격적 내용이
펼쳐진다. 죽음이 두려워 신을 만들어내고, 그 신의 손안에서
죽음을 더욱 두려워하는 역설을 발견하며 현재 우리 삶의 의
미를 묻는다. **신국판 변형 | 340면 | 14,800원**

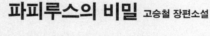

나남 nanam
Tel. 031-955-4601
www.nanam.net

숲에 산다 (제2판)

조상호(나남출판 발행인) 지음

아르코
문학나눔
2019

지성의 숲에서 생명의 숲으로!
一業一生 질풍노도의 꿈으로 쓴 세상 가장 큰 책

지성의 열풍지대에서 꿈과 땀으로 일구어온 언론출판 40년! 일업일
생으로 만든 그 책들을 소리 없는 아우성처럼 담아둘 공간인 수목원
에서 나무 가꾸는 일에 정성을 쏟았던 기록.

질풍노도 지성의 숲에서 화려하게 비상했던 저자는 생명의 존엄
을 지키려 나무를 심고 숲을 가꾸었다. 한국 현대 지성계의 빛나는
별들과 이룬 지성의 숲은 책 속에서 어느새 호젓한 산책길이 되고,
거대한 생명의 숲은 독자들을 웅숭깊은 사유의 세계로 안내한다.

신국판·올컬러 | 490면 | 24,000원

나남
nanam   Tel. 031-955-4601
www.nanam.net